Horror Writers
ASSOCIATION
SPECIALTY PRESS AWARD RECIPIENT

## CHARLEE JACOB

# I GIORNI DELLA BESTIA

ISBN: 978-88-99569-13-6
COPYRIGHT (EDIZIONE) ©2016 INDEPENDENT LEGIONS PUBLISHING
COPYRIGHT (TESTO) ©1998 CHARLEE JACOB
TITOLO ORIGINALE:
*DREAD IN THE BEAST – A HARDCORE HORROR COLLECTION*
TRADUZIONE: NICOLA LOMBARDI
REVISIONI FINALI: ALESSANDRO MANZETTI
PROOFREADING: STEFANO FANTELLI
ILLUSTRAZIONE DI COPERTINA: GEORGE COTRONIS
ILLUSTRAZIONE DI QUARTA: GIAMPAOLO FRIZZI
3° EDIZIONE – LUGLIO 2018

## ES
### EDIZIONE STANDARD

# SOMMARIO

# CHARLEE JACOB

# I GIORNI DELLA

# BESTIA

## (DREAD IN THE BEAST, 1998)

INDEPENDENT LEGIONS
PUBLISHING

**ES** EDIZIONE STANDARD

# DIAVOLI UBRIACHI, MOGLI SANTE

Piscio nel lavandino della cucina, perché non posso affrontare quel che c'è in bagno.

L'ho già vista una volta. Penzolante da una corda di canapa appesa al ricciolo in ferro battuto di uno di quei lampadari spagnoli che a Marti sono sempre piaciuti. Impiccata. La sua faccia è blu come una radiografia, e della merda le cola lungo le gambe in rigagnoli grumosi. Gli occhi sono uova sode.

Sta ancora oscillando, un poco.

È probabile che l'abbia fatto di proposito, non annodando il cappio direttamente contro la noce del collo per spezzarselo invece di strangolarsi lentamente. Così, lo sapeva, mi sarei sentito ancora peggio, per il suo suicidio. Per non parlare del pasticcio che mi toccherà ripulire.

E sullo sfondo di questa scena atroce si sente lo sferragliante ruggito predatore di un altro treno, abbastanza vicino da scuotere le mura di casa e far scaricare spontaneamente lo sciacquone del water.

Marti dondola al suo passaggio, facendo cadere un po' di polvere e gesso che si staccano attorno al ferro battuto.

«Tesoro?» sussurro. «Tesoro?»

Vedo i lividi. I danni che le ho causato io. Solo inutile collera. Ho ancora ciocche dei suoi capelli avvolte intorno alle mie nocche biancastre.

«Tesoro?»

Ora ha smesso di oscillare, il treno è passato, eruttando olio, diretto al ponte giù in fondo. Sospiro e le tocco i piedi con rispetto. Una pantofola le è sfuggita quando ha compiuto il balzo per aria. Mia moglie ha sempre avuto piedi deliziosi, piccolissimi. Piedi di bambola.

Dò loro una spinta per farla ondeggiare ancora un po' prima di uscire, richiudendo la porta del bagno.

Piscio nel lavandino della cucina, guardando il rivoletto giallo correre sopra le placche di ketchup rappreso, annegando un paio di scarafaggi. Chi ha detto che la pulizia è vicina alla devozione non ha mai preso in considerazione una moglie con la dipendenza dagli 'osanna'.

Mentre me ne sto lì decido che ho bisogno di una punizione. Be', non dovrei? L'ho sempre picchiata, e Marti è una santa.

Per buona misura infilo uno dei miei oltraggiosi pugni nel tritarifiuti, un posto adatto alla spazzatura. Mi protendo oltre il tostapane e abbasso l'interruttore, accendendolo. Strillo una violenta implorazione mentre un treno urla a meno di cento metri dalla rustica veranda dietro casa nostra.

Ma non è un'implorazione al cielo. Non da me, né dal mio moncone. È Marti la santa di questa casa. Io sono mister Sciacallo.

Me ne vado a letto con una comoda fasciatura e un laccio emostatico ben stretto attorno al polso. Bacio il cuscino di Marti e ci affondo la faccia, così da poter sentire il suo odore di bianchi gigli pasquali e borotalco. Mi risveglio nel bel mezzo della notte col bisogno di pisciare. Il whisky mi passa attraverso in quel modo. Dimenticando tutto quanto di Marti, nel mio torpore, vado in bagno e mi libero il moncherino. La mano mi è già ricresciuta. Sapevo che l'avrebbe fatto. Conto le cicatrici che si snodano in curiose increspature cuneiformi lungo le mie dita, brani di antichi manoscritti vergati subito dopo la grande caduta.

Questa volta la trovo nella vasca da bagno piena di Cherry Koolaide, quel dolcissimo vino sacramentale che la sua chiesa gradisce sempre e che i sacerdoti si ciucciano in canonica per poi tirarlo fuori quando dicono messa. Immagino si sia tagliata i polsi, ma no, a ben guardare vedo i fori nei piedi e nelle mani (piedi così graziosamente piccoli e mani di fine porcellana). Stimmate. Alcuni segni di spine sulla fronte, provocati dai rovi della corona invisibile.

Cosa succede quando un demone cede alla lussuria e una santa se ne innamora, e Satana sputa una maledizione mentre loro danzano il loro valzer nuziale, e Iddio Onnipotente in persona invia una schiera di scontrosi angeli buzzurri che si piazzano sullo sfondo con torvi cipigli mentre vengono scambiati i voti?

«Tesoro?» dico, inginocchiandomi accanto alla vasca e bagnandomi le ginocchia nel liquame tracimato. «Non ho intenzione di picchiarti. Sono solo un demone. Non posso farci niente.»

Lei è morta e non può sentirmi.

Comodo.

È sorda e cieca, e il suo cuore è un'immobile bianca colomba dissanguata.

Accarezzo i suoi boccoli setosi prima di spingerla sotto il Mar Rosso della vasca, che sicuramente si aprirà per salvarla.

Lei non si trova in bagno quando il mattino dopo entro barcollando per vomitar fuori la sbornia, liberando una gran quantità di vermi nel wc. Mi trascino in cucina per prepararmi un toccasana: due uova crude, un cucchiaio di salsa di tabasco, whisky, e pelo del cane che ho schiacciato mentre tornavo a casa ubriaco la notte scorsa. Marti ha visto la carcassa del retriever parzialmente infilata sotto il paraurti anteriore, e si è messa a piangere. È corsa giù in strada e ha cercato di farlo alzare. Le è riuscito di farlo levitare a circa un metro da terra e di ricucirne la metà anteriore. Ma è stato sufficiente solo a riportarlo in vita quant'è bastato per farlo guaire in agonia, sbatacchiando le zampe spappolate come se fossero sacchi di ghiaia. Non ho la più pallida idea del motivo per cui l'ho colpita, dopo. I miracoli – anche quelli senza senso – non sono compatibili con la mia natura, credo.

Marti ora è in cucina, caduta all'indietro da una sedia al tavolo della colazione, con una bottiglia di detergente per lo scarico stretta nella mano. Alcune bolle le hanno bruciato e annerito le labbra, e la sua gola è sformata come un marciapiede d'estate. È davvero intenzionata a farmela pagare.

«Tesoro?»

La sua lingua è una foglia morta, leggermente arricciata.

Vado in garage a prendere un badile. Suppongo che la seppellirò in cortile. Devo fermare questa merda prima che possa spingersi a più isterici estremi. C'è un giardino di rose, là fuori, e lei ci ha sempre tenuto. Io le detesto, loro e il loro lezzo ipocrita. Le sole cose buone che riesco a vedere nelle rose sono le spine. Come quelle che crescono spesse e taglienti sull'asta del mio cazzo. Non avrei mai pensato che una santa potesse gradire un sesso così brutale, ma forse è perché le ricordo le rose, eh?

Nel garage trovo Marti accasciata sul volante del suo piccolo fuoristrada, il motore acceso e la porta del garage ermeticamente chiusa. La sua pelle ha il colore delle bianche candele da altare. Le sue labbra sono piene, morbide e blu come il manto della sua frigida Madonna. Gliele bacio un'ultima volta, per minuti, per un'ora, sfiorando ciascuno dei suoi denti perlacei con la mia lingua di serpente, sputando un po' di veleno, come faccio sempre quando lacrimo. Poi stacco con un morso l'estremità della sua lingua e me la tengo fra guancia e gengiva come ricordo, masticando pensierosamente, spappolando le papille gustative che sanno d'anice.
Ricordo la nostra prima notte di nozze. Quelle represse ragazze cattoliche sanno davvero essere passionali quando si spezzano le catene, quando le mutandine di cotone bianco vengono strappate via e i loro capezzoli si inturgidiscono. L'ho sventrata col mio cazzo spinoso, da parte a parte, mettendola a nudo come in un'autopsia. Lei è venuta, si è divincolata e ha miagolato. Una volta, al Circo Massimo nell'antica Roma, era stata fottuta da un asino fra le acclamazioni della folla. Poi hanno ammazzato la bestia, e hanno cucito lei all'interno del suo stomaco sventrato per farla soffocare, quando la carcassa dell'animale si è rattrappita sotto l'impietoso sole dell'Italia meridionale. Lei sapeva veramente come si fa a soffrire. E lo fa ancora.

Quella notte mi strinse intorno le sue gambe magre e quasi mi spezzò a metà.

Le sue viscere rovesciate odoravano di incenso al sandalo e lillà di Persia, e il vapore che si levò era dolce come brezza d'aprile.

La mattina seguente la trovai in ginocchio sopra i pezzi di vetro con cui aveva cosparso il pavimento, intenta a ricucirsi il petto con i fili di seta del suo velo da sposa e un ago d'oro grande come una spada filistea. Stava pregando, balbettando con una voce che era per metà canto d'uccello e per metà ruscello.

Quella fu la prima volta che la colpii.

Be', mi ero preso una bella sbronza alla festa di nozze, mi doleva la testa e le mie palle pelose prudevano.

Ora è seduta nella sua poltrona preferita davanti allo sfrigolante schermo bianco del televisore, lo spettacolo che lei ama di più. Si è tagliata la gola da un orecchio all'altro con un tagliacarte d'argento. La maggior parte della gente non pensa che ci si possa tagliare con successo la gola, ma solitamente questo è il metodo più comune usato dalle donne per suicidarsi. Io dovrei saperlo. Ho adescato, ingannato e tentato molte donne mortali, inducendole a farlo, durante i miei diabolici giorni da scapolo. È facile, con una donna sola, o con una che ha subito degli abusi, bisbigliando quei confortanti suggerimenti sul sollievo del rasoio, magari dopo una bella scopata d'incubo a mezzanotte.

Il treno urla dal retro della casa.

Piango. «Tesoro?» Assaggio il sangue sulla ricurva ferita alla gola che sì, ha il sapore del miele.

Un diadema di sangue. Estasi. Lacrime rosse.

Le sue mani fredde sulle mie guance arrossate.

Mi avrebbe tenuto fra le sue fredde braccia di marmo, quando avessi perduto i sensi per la sbornia. Mi avrebbe cullato, e ci saremmo abbandonati, assieme, a una malinconica pietà. La sensazione dei suoi capelli sulle spalle potrebbe aiutarmi a smaltire la merda, qualche volta.

I matrimoni misti fra religioni tanto diverse possono essere pericolosi.

Lasciamo cadere la nostra spiritualità, quando scopiamo.

Le pareti di qualsiasi cappella o macello possono essere schizzate con inutile violenza. Uno di quei romani, Cicerone, disse un eone fa che «Di tutte le emozioni non ve n'è alcuna più violenta dell'amore.»

Ti amo, tesoro. Ti ho infilato il rosario su per il culo e l'ho tirato fuori, lentamente, con amore, un grano d'ebano alla volta. Questa cosa ti ha ricordato il Colosseo? Ho dentellato sui tuoi seni perfetti una liturgia con le braci incandescenti di grossi sigari Avana, li ho guardati suppurare, sfrigolare, e poi guarire in un'immacolata epifania, baciandoli follemente.

E li bacio ora, con devozione, sbottonando la vestaglia bianca e nera, sollevato dal fatto che non abbia mai insistito per indossare quello stupido velo inamidato. Ho avuto la meglio su quell'argomento fin dall'inizio, conficcandole uno zoccolo ben posizionato là dove è risultato più convincente.

È nella vasca a idromassaggio, un asciugacapelli in mano, collegato alla presa. Vene nere simili a merletti scuri, ragni incisi su entrambe le guance elettriche, occhi fritti lavorati in stile 'crackling' tipo quelli che si trovano nei mercati delle pulci, nelle bigiotterie, nelle simpatiche maschere mortuarie vendute alla Festa dei Morti, in Messico.

È di nuovo in cucina, con la testa nel forno, il gas aperto, più tranquilla di quanto non l'abbia mai vista. Ancora quei terribili lividi. Posso vedere i risultati del mutamento, le ho rotto le sue fragili ossa di passerotto. Soprattutto le ossa del viso, le guance sono distorte in angolazioni più marcate e l'osso del naso sghembo, come se fosse stata disegnata da El Greco quasi accecato dall'astigmatismo, durante i suoi ultimi anni di vita. Le mani di Gesù sono molto più morbide, sulle sue penitenti, che non le mie. Lei è una reliquia contorta, un'icona lievemente storpia ma ancora brillante, che mi fa male al cuore.

Può un demone andare in terapia? Imparare a controllare il proprio temperamento, la propria misoginia, il proprio naturale odio verso tutte le creature celesti? Io non odio Marti... merda, a volte però esagera con questi prolungati atti di sofferenza, sapete?

I santi sono sempre stati famosi per la loro sublime sofferenza.

Ora è sul letto, con una canna calibro trentotto in bocca, e nulla rimane della parte posteriore della sua testa. Solo diffuse stimmate sul cuscino, sulla testiera, sul muro. I cervelli santi non sono grigi, ma dorati, splendenti, dolci come la mirra.

«Tesoro? Puoi guarirti? Una volta ancora, per me?» la supplico.

Non lo farà. O non può.

Il treno ulula come una bestia mentre corre non lontano dalla nostra veranda sul retro. I morti premono le loro facce pallide contro i finestrini; i loro visi sono sfuocati. Il retriever che ho investito è sul vagone principale con il conducente, e sogghigna con la testa fuori dal finestrino e la lingua che fluttua nel vento. I binari non rimbombano. Sbatacchiano come uno xilofono, perché sono fatti d'ossa. Fra un altro mezzo chilometro raggiungeranno il vecchio e pericolante ponte coperto che attraversa la nostra curva del fiume Stige. Sentiremo il legno spezzarsi e crepitare come tronchetti in un falò, vedremo scintille in lontananza, lucciole ammiccanti.

Quasi mi aspetto di vedere Marti uscire e posare la testa sopra i binari. Ma no, lei muore sempre in casa. È il suo Ade, il suo speciale luogo d'esilio dove l'amore non porta beatitudine.

Ha scritto qualcosa col sangue sul lenzuolo ripiegato sotto le nude mele del suo seno.

PERDONAMI.

A chi è destinato? A chi chiede perdono?

A me o a Dio? Oppure alle legioni dei santi che, a differenza sua, erano più attenti quando donavano il loro eterno amore?

Vado in bagno, lancio una corda sopra la base ritorta del lampadario in ferro battuto. Salgo sul water, infilo il cappio. Salto.

Mi dimeno. Scalcio. Caldi spruzzi di merda. Grido il suo nome, senz'aria, smarrendolo comunque nel chiasso del treno.

Apro le uova bollite dei miei occhi diabolici. Cerco di ricordare il suo secondo suicidio.

Potendo, mi stenderei semplicemente ai suoi piedi, se lei fosse ancora nel nostro letto. Non è sufficiente. Devo seguire il suo esempio. Per incontrarla, penitenza                    per                              penitenza.
Ma anche quando l'avrò fatto, non sarà abbastanza.

Non possiamo ancora uscire di casa, perché questo è il nostro Ade fin quando Satana non la farà sua sul lago di fuoco e Dio non mi accoglierà fra le nubi. (Un tempo ero là, prima della grande caduta, e questo è sufficiente, per Lui.)

Non possiamo raggiungere i binari d'osso e chiedere un passaggio.

Il treno non è per noi.

# IL TOCCO OSCURO

Io sono l'angelo bambino, il bambino degli angeli. Il frutto della rovina di Jenny, il fiore del suo ventre. Figlio di cieli illuminati e di vicoli degradati, di questo mondo e dell'altro.

Da dentro il suo grembo, che è scuro per decreto, sento una voce che da qualche parte canta: «Jack lo Squartatore è morto...»

(È buio, qui, e io sono privo di peso, in preda al terrore.)

Sento, ma non riesco a rispondere. Conosco almeno il significato delle parole? Posso comprendere parole catturate attraverso la pelle e i muscoli di mia madre?

C'è un'altra voce, anche se tace. E senza parlare, dice: «In quei giorni venivano tributati sacrifici.»

So che cosa vogliono dire, quelle parole?

So che la notte non è sterile. Ma non ho ancora capito che cosa significano, le cose non dette.

\*\*\*

Erano trascorsi cinque mesi da quando Mary Kelly era stata assassinata al numero 26 di Dorset Street, con le interiora e altre parti mancanti, con i seni e il naso sistemati sul tavolo accanto al letto. Non era più accaduto altro, in tutto quel tempo, e la gente aveva pensato che lo Squartatore, chiunque fosse stato, fosse svanito nel nulla.

Poi, la polizia portò in manicomio una ragazza da Whitechapel nella notte del 24 aprile 1889.

«Un mucchio di sangue, nel vicolo, ma nessun corpo» spiegò l'agente al dottor Henderson. «Come se avesse ucciso una donna, là, ma poi avesse trascinato via il cadavere per lavorarsi il resto. Questa povera ragazza deve aver visto qualcosa. Deve aver visto tutto.»

«Forse è stato interrotto, com'è accaduto con Liz Stride. Solo che questa volta non ha voluto perdersi niente e ha portato il corpo con sé» suggerì il medico, picchiettando le dita sulle ginocchia di Jenny.

«È stata fortunata, che lui non abbia deciso di squartare anche lei.» Il poliziotto scosse la testa, strofinando le suole insanguinate sul pavimento. «Deve aver visto il diavolo, per essere ancora così spaventata.»

«Pensa di attribuire una sesta vittima allo squartatore?» Il medico tentò di aprire la bocca di Jenny per guardarvi dentro. Mascella e mandibola erano saldate. Si strinse nelle spalle.

«Non senza un cadavere. Un lago di sangue e una ragazza instupidita non dimostrano un omicidio» rispose il poliziotto.

* * *

Non aveva importanza che lei fosse di una bellezza ultraterrena. Non importava neppure, per l'inserviente ubriaco, che fosse indifesa. Anzi, per alcuni ciò rappresenta un'attrattiva, e di norma era così anche per lui. Ma ciò che attirava l'attenzione di Dawkin era il fatto che lei non parlasse e non reagisse, mai. Rimaneva solamente seduta, nello stesso posto, e fissava davanti a sé, in lontananza, un'ombra che doveva imporle quell'immobismo e quel silenzio.

Dawkin aveva messo gli occhi addosso a Jenny S., catatonica, fin dal momento in cui i poliziotti l'avevano condotta lì da quel luogo di battone e macelli. Le pizzicava i seni ogni volta che il dottore non stava guardando. Rubava baci dalle sue labbra di marmo. Una volta le infilò addirittura un dito fra le cosce, sondandone l'umidità. Poi si annusò le dita. Non era il solito profumo di donna. Non somigliava neppure al fetore dei malati di mente, che era acetoso. Cos'era, quello? Era l'odore del vento che conserva il calore sulle bianche scogliere di Dover a luglio, rovente e gessoso. Gli si bruciacchiarono i peli del naso.

«Riporterò in vita le tue emozioni» disse Dawkin vantandosi, una notte in cui era l'unico del personale in servizio nel reparto.

Jenny era un peso morto, con la gonna sollevata fissava qualcosa dietro la spalla dell'uomo, mentre lui la maltrattava più rozzamente che poteva. L'uomo sussurrò: «Lo senti?» Gridò: «LO SENTI?!»

Le schiacciò i seni e le provocò lividi alle gambe, stringendola forte fra le sue braccia, grattando le strane cicatrici che le correvano in due strisce verticali lungo la schiena. Jenny osservava semplicemente il soffitto, con occhi quasi estatici. Se lui aveva notato la piccola protuberanza sul suo ventre, non aveva pensato a nulla di particolare. Era solo un po' di ispessimento.

Le altre donne se ne stavano accovacciate contro le pareti e piagnucolavano mentre guardavano, abbracciandosi le ginocchia simili a vasi da notte. Dora sbirciò da dietro l'unto cordame dei suoi capelli. Katy semplicemente cantava:

*«Jack lo Squartatore è morto,*
*con una ferita alla testa.*
*Penzolan le viscere di fuori*
*e non v'è dubbio*
*che Jack lo Squartatore è morto.»*

Nulla fuoriuscì dalle labbra di Jenny, quando Dawkin gliele schiacciò contro le sue. Non riuscì a fargliele aprire, non importa quanto duramente la schiaffeggiò. Lei non emise un solo gemito, né gridò in cerca di aiuto. Dawkin avrebbe potuto fare qualunque cosa, a Jenny S., e non avrebbe dovuto temere che lei potesse graffiarlo, o mordergli il cazzo. (Non poteva tenerle aperta la bocca per infilargliielo dentro, in ogni caso.) Quando le venne sulla faccia, la spuma bianca le scivolò lungo la guancia come una goccia di metallo fuso.

Si spinse con forza tra le sue gambe aride. *Lì* poté entrare. Si crogiolò, dentro e fuori, domandandosi che cosa mai stesse vedendo, lei, che lui non poteva vedere: il ricordo di qualche nero vicolo puzzolente, di nebbia che nasconde un assassino che si nutre di anime rosse, o spessi tentacoli spuntare da un volto untuoso? Perché lei aveva visto l'assassino, non era così? Per cui, quelle che l'avevano accecata dovevano essere immagini oscure. E poi c'era quel suo odore, e quella foschia luminosa che attornia le lampade a gas.

I folli del reparto farfugliavano e gridavano, mentre Katy cantava con la sua voce atona: «Jack lo Squartatore è morto...»

*Io. Angelo bambino e bambino degli angeli.*

*Io so cosa significano quelle parole non dette.*

*La notte non è sterile; ne scaturì la luce, ed era cosa buona. È la Genesi. Ma come il Cielo crea, così il Cielo*

*punisce.*

*Io non vedrò mai la luce. Io piango senz'occhi; io mi infurio, senza amore... ho paura, nel buio. Sono stato*

*concepito nello splendore del Cielo. I cacciati sono abbandonati dalla luce, sono la notte.*

*Ma... sterili? No.*

\* \* \*

L'Infermiera e il dottor Henderson trovarono Jenny supina, in una pozza di sangue.

I capelli le fluttuavano attorno al viso, si erano irrigiditi in forma di ventaglio, come fossero stati laccati con vernice di sangue. Dawkin giaceva di traverso sopra di lei, le natiche butterate e bianche come gesso esposte alle luci. La sua gola era stata tagliata così in profondità che la testa, quasi staccata dal collo, ciondolava appesa solo a una fascia muscolare sopra una guancia di Jenny.

Spire di duodeno gli stavano ammonticchiate come salsicce in una massa fredda su una spalla, composte come panni di lavanderia. Quando lo rivoltarono, allontanandolo da lei con un tonfo fradicio, poterono seguire quel cordone fino all'origine, nelle sue viscere.

Il dottor Henderson tremò, avvertendo un rumore al margine del campo uditivo. Metallico, rugginoso, in movimento.

Catene.

Henderson aveva visitato il famoso manicomio de La Salpêtrière, a Parigi, un paio d'anni prima. Sentiva il tintinnio delle catene, adesso, proprio come gli era accaduto allora. Doveva essersi trattato di immaginazione, in entrambi i casi. Le donne incurabili non venivano tenute incatenate ai muri de La Salpêtrière dai tempi della Rivoluzione Francese, un secolo prima. Chiuse gli occhi quando gli intestini di Dawkin si mossero. Catene che tintinnavano, sferragliavano, i bassi mugolii e le grida perforanti di donne irrimediabilmente folli. Perché questo grumo di budella gli ricordava le catene?

Per un momento tornò con la memoria al manicomio di Parigi. Si era fermato di fronte a diverse pazienti. Non erano incatenate, ma aveva notato i curiosi segni lungo la schiena di una di loro. Era il tatuaggio di qualche segreta iniziazione? Il marchio di un protettore? Aveva toccato le cicatrici, aveva percepito il loro curioso calore, la sensazione di una presenza astrale, come quella che si riscontra solo negli amputati. Quella donna lo aveva fissato, con un viso talmente sereno da risultare trascendente.

Gli aveva detto, con una voce così bella che gli parve un coro melodioso: «Un passo falso in Cielo, e non c'è perdono.»

«Cosa ti è successo?» le aveva domandato.

«Il tocco dorato diventa il tocco oscuro» gli aveva risposto. Poi aveva sbavato saliva pastosa. Un piccolo osso di topo le era colato lungo il mento, e il viso le si era contorto in un'esagerata smorfia di tragedia. «In quei giorni venivano tributati sacrifici. Ah, quelli erano giorni.»

Quindi gli aveva rivolto uno sguardo severo e lui aveva udito le catene di fantasmi di donne di un secolo prima. Quando era corso lungo la corsia per fuggire, l'aveva sentita ridere.

«L'unico uomo» stava canticchiando Jane R., riportando la mente di Henderson a Londra. Jane teneva una mano sotto la gonna. Non era chiaro se si stesse toccando nel piacere di un'isteria sanguinaria, o se si stesse solamente proteggendo i genitali. «L'unico uomo.»

Le ferite erano così pulite da sembrare incisioni. Dei denti potevano aver fatto una cosa del genere?

«Jenny potrebbe avere i denti, oppure no» disse l'Infermiera. «Tutto ciò che mangia è un po' di minestra. Voglio dire, non schiude mai veramente le labbra. Ha mascelle di ferro.»

«Non importa» replicò Henderson. «Da quanto ho potuto osservare in vent'anni di esperienza nel trattare la pazzia, nessun morso umano ha mai fatto più che lacerare la carne, creando ferite dai bordi frastagliati come fogli accartocciati. Solo qualcosa di appuntito e molto tagliente, come un coltello, avrebbe potuto separare in maniera così netta pelle e organi.»

«Qualcuno di voi ha visto chi ha fatto questo al signor Dawkin?» chiese l'infermiera alle donne disturbate che scrutavano attentamente la carneficina.

«È stata lei! Lo ha ucciso lei!» strillò Dora D., indicando Jenny.

«Non ha nemmeno sangue sotto le unghie» osservò il dottor Henderson sollevando le mani inerti della paziente.

«L'unico uomo» replicò Jane fissando Jenny e cullandosi l'inguine, con la gonna drappeggiata attorno al braccio come un flaccido fogliame di pelle scorticata.

Katy cantava, cantava, *Jack lo Squartatore è morto...*

Sally M. gridò: «Salvami, o Signore... Hanno affilato le loro lingue di serpente...!»

«Bene, questa è la prima volta che Sally ci offre una citazione biblica» mormorò l'infermiera.

«È stata Jenny! Lei ha la violenza nella pancia!» insistette Dora.

«No, Dora» rispose il dottore. «Jenny non sapeva neppure che cosa le stava accadendo. Abbiamo provato col ghiaccio, le docce e la frusta. Nessuno shock ha potuto turbarla.»

Si stava asciugando una ditata di sangue dagli occhiali quando l'infermiera disse: «Dobbiamo chiamare la polizia. Non hanno nessun altro sospettato, tranne questa ragazza di pietra.»

Mikey C. strisciò dall'angolo in cui le ombre e la luce del mattino si incontravano per tessere ragnatele. Si inginocchiò sul margine della pozza di sangue e lappò come un gattino, masticando laddove il liquido si era coagulato nelle propaggini più lontane. Ma aveva del sangue sulla bocca già prima di raggiungere la pozza. Toccò timidamente i piedi di Jenny, poi con voce infantile disse: «E mentre giaceva addormentato sotto un ginepro, ecco un angelo che lo toccò e gli disse: Alzati e mangia.»

L'infermiera rimase a bocca aperta. «Non è strano? In due a citare la Bibbia? Riconosco il passaggio dal primo Libro dei Re. Mio padre era un ministro.»

Il dottore gridò: «Come hai fatto a uscire?»

«Si libera sempre dai legacci» disse l'infermiera piantandosi le mani sui robusti fianchi inamidati. «Mikey, sei stato cattivo?»

Mikey tirò su col naso e si asciugò con la manica, che crepitò per il sangue essiccato che andava dal polso fino al gomito. Il dottore si portò le mani al viso, sospirando.

«Be', penso che ora sappiamo chi ha ucciso Dawkin. Facciamogli un clistere di canfora e chiamiamo i poliziotti.»

Dora strillò: «Non è stato lui!»

«Guardi!» L'infermiera indicò un muro umido sul quale erano state scarabocchiate col sangue queste parole: *E in quei giorni venivano tributati sacrifici.*

Henderson domandò: «Chi è stato?»

Jenny era ancora distesa sulla schiena, immobile ma con gli occhi aperti. Se non fosse stato per il respiro che le fluiva attraverso le narici, avrebbe potuto essere scambiata per un cadavere. Forse stava solo sognando... me. Quanto desideravo che mi sognasse.

\* \* \*

Io, angelo bambino, ma bambino... di che cosa? Jenny era angelo, notte, o angelo della notte?

'Isteria' in greco significa *grembo*. Anche 'catatonia' è interessante, poiché *kata* in greco sta per *giù*. Sprofondare giù, nella notte.

Per qualche tempo Jenny non mostrò la sua gravidanza. Solo le donne del mondo si ingrossano, e Jenny non apparteneva al mondo. Quando la esibì, all'improvviso, il personale ipotizzò che il bambino fosse dello Squartatore, non pensando nemmeno che potesse essere colpa del lurido Dawkin. La responsabilità sarebbe forse ricaduta sull'ospedale, dal momento che Dawkin stava lavorando alle sue dipendenze.

Io sapevo che non era mio padre perché udivo il tuono, in quel grembo. E non molto tempo dopo esser stato concepito, dopo la trasgressione di mia madre, vivevo questa caduta senza peso che sembrava continuare incessantemente. Era incinta da lungo tempo, da prima che la polizia la internasse. Dal 31 agosto 1888, per la precisione. Ci fu una tempesta in Paradiso, e il tocco del fulmine, che è l'incendiaria scopata degli angeli. Io venni creato. Poi mia madre peccò, e la luce scagliò sulla terra lei (noi) in quella fascia di disgustosa oscurità che questo mondo chiama 'vicolo'. Poi arrivò Polly Nichols, e nacque così una piuttosto approssimativa leggenda sanguinaria.

Fu una cosa improvvisa. Le creature celesti non si preoccupano per l'aumento di peso, il rigonfiamento e i segni della tensione. Anche se patiscono per il desiderio...

Il feto può scalciare. E io l'ho fatto, cercando disperatamente di raggiungerla, di convincerla a posare una mano su di me con amore. Ero un seme nell'utero, un'emanazione non più grande di una perla dello sperma di mio padre. Ero il sussurro che è creazione, anche se proviene da brancolanti passioni fra nubi di vapori erotici.

Ma Jenny non poteva riconoscermi. Anche quando il suo addome si gonfiò di colpo, mentre sedeva nel reparto. Dora urlò e staccò una crosta di feci dal muro, usandola per colpire Sally. Jane ne raschiò via un po' e se l'infilò sotto la gonna per rivestire il suo abisso indifeso, dicendo con saggezza: «Nulla sorge dal fango.» Sally cercò di scalare un cumulo di merda per raggiungere un finestra posta troppo in alto.

«Se non la conoscessi bene, direi che è incinta e pronta a sfornare!» esclamò l'infermiera, chiamando il medico.

Dora ridacchiò in tono cospiratorio. «Non è un bambino! È un pasticcio di avanzi e rognoni!»

Premetti le mani contro le pareti interne di Jenny, facendo galleggiare il suo mare oscuro. (Mi stava *pensando*?)

Jenny non poteva pensare.

(*Poteva amarmi?*)

Jenny non poteva.

(È così buio, qui, madre, non possiamo tornare alla tua radiosa dimora?)

Udivo i pazzi, udivo Katy cantare una sorta di ninna nanna, mentre cercavo, senza riuscirvi, di sfiorare qualcuno dei lontani sensi di Jenny.

Katy cantava, a bassa voce, sinistramente, e senza alcun tono:

*«Jack lo Squartatore è morto*
*e nuota nel rosso.*
*C'è troppo sangue,*
*e affilato è il tocco oscuro.*

*Jack lo Squartatore è morto.»*

\* \* \*

Il dottor Henderson inserì le mani fra le gambe divaricate di Jenny, il monte del suo ventre era tracciato da vene sottili. Il suo ombelico si era allungato a sufficienza da avvolgere la gemma conosciuta come Stella dell'India.

Jenny fissava qualcosa dietro di lui, attraverso lui, forse le stelle oltre la finestra sbarrata, e la notte, che era il suo solo obiettivo. La notte era feconda.

«Pensa che se il padre è Jack lo Squartatore il bambino avrà le corna?» rifletté l'infermiera ad alta voce.

«Non credo che lo Squartatore c'entri affatto. La polizia non ha mai trovato una vittima di omicidio il cui sangue corrispondesse a quello che circondava Jenny, nel vicolo. Avrebbe potuto arrivare da qualsiasi parte» rispose il medico, senza alzare lo sguardo. Osservò con diligenza comparire la cupola della mia testa, simile alla torretta di una moschea turca o al cranio calvo di una gargoille gotica.

L'infermiera scoppiò a ridere. «Cosa? È piovuto dal cielo, allora?»

«Perché no? Dal cielo sono caduti pesci e rane.»

Qualcosa picchiò contro la finestra, dall'esterno. Il medico e l'infermiera sobbalzarono. Lei lasciò cadere una pentola piena d'acqua. Henderson udì catene, bassi mormorii, grida di donne. Di qualunque cosa si trattasse, colpì nuovamente la finestra, sbattendo contro la spessa superficie di vetro. L'infermiera puntò il raggio di una lanterna, e urlò al bagliore della luce.

Lo videro solo per pochi secondi, più grande di un essere umano, luminoso come il lampo, lucente, pressato sul vetro, intento a fissare con un'espressione di... dolore? ... amore? Svanì troppo in fretta.

Un tuono scosse il vetro fino a incrinarlo attorno alle sbarre. L'immagine era svanita, a eccezione di una debole impronta dorata. E anche quella sbiadì.

«Ha visto?» domandò l'infermiera, tremando.

Henderson scosse la testa. «Non abbiamo visto nulla. È solo la nostra immaginazione. Torni qui, infermiera. Abbiamo una paziente che sta per partorire.»

Ma l'infermiera non poté resistere, e andò alla finestra. I suoi occhi si spalancarono quando vide le piume strappate e sfrigolanti sul davanzale. Vi fu un arco di luce e uno squarcio tra le nubi torbide che si andavano rapidamente chiudendo.

A Jenny si ruppero le acque, che odoravano di sale e semi di finocchio. Tossì, ebbe un conato, e qualcosa di smosse nelle sue viscere. Emerse attraverso le sue labbra imbrattate di sangue. Il dottore lo afferrò, poi lo mise via, borbottando: «È l'osso di un alluce umano.»

Si voltò a guardare verso la finestra, dov'era apparsa la visione che aveva appena negato. Pensò alla donna nel manicomio di Parigi, con le cicatrici sulla schiena, e poi a quelle di Jenny. Un messaggio arrivò da una voce simile a un coro, e fu scritto col sangue sul muro. *E in quei giorni venivano tributati sacrifici.*

Ma i fedeli non ne tributavano più, ormai, non è vero? Pochi agnelli e primogeniti venivano mandati al macello, in quest'epoca. Forse era stato questo a rendere affamati coloro che un tempo beneficiavano di tali sacrifici.

Jenny non si contorceva più, ma giaceva nel suo sogno crepuscolare. Proprio come doveva essere apparsa nel vicolo lurido quando l'agente l'aveva trovata, dopo il più sostanzioso pasto che avesse mai consumato. Aveva mangiato tutto, quella volta, senza lasciare macabri resti che avrebbero fatto impazzire i giornali. Doveva aver ingoiato i prelibati genitali, il ventre molle, il pasticcio di reni.

Ma non aveva ancora imparato che la gola è un peccato. E non bisogna prendere più di quanto ci spetti, quando la carne non viene servita come dovrebbe.

Lingue di serpente, aveva detto Sally. I serpenti possono rigurgitare quello che non hanno digerito. Era questo tutto ciò che rimaneva della vittima numero sei? (Dawkin era l'unico uomo che lei avesse mai ucciso. Per nessuna ragione speciale, se non una preferenza per le sostanze più tenere.)

*Alzati e mangia.*

Le contrazioni di Jenny mi avevano spinto fuori. Dopo, non ha mai domandato: «È tutto a posto?» perché non aveva sentito il mio rantolo mentre uscivo, invischiato nel sacco amniotico insanguinato, crepitante per le piccole saette che poi svanivano come lucciole. Tutti quelli della nostra razza sono nati con la luce, anche se potremmo essere maledetti con l'oscurità.

Sono nato senza occhi né orecchie, una fronte piatta e un cranio liscio. Con l'ossessione di Jenny impressa nella mia carne.

«Prenda una cuffietta per coprire questa testa deforme» ordinò Henderson. Si acciglò nel vedere le creste sulla mia schiena, ma non volle toccarle. «Gobbo, persino» disse, rifiutando di pensare *ali, un giorno.*

L'infermiera mi pose sul seno insensibile di Jenny. (È così buio qui, mi ami?) Mi inerpicai lungo la polvere cieca e silenziosa per sentire il viso di Mamma. Un ultimo sforzo per raggiungerla.

«Guardi, dottor Henderson!» gridò l'infermiera. «Jenny sta sorridendo!»

«È impossibile. È solo uno spasmo muscolare» disse, agitando la mano con impazienza.

La mia piccola lingua sgusciò fuori, la punta rosea tagliente come la spada di un arcangelo. Con quella recisi il capezzolo gonfio. Latte più scuro del miele, insanguinato come il Mar Rosso, mi schizzò sulla faccia in una copiosa parvenza d'amore.

Lei sorrise quando succhiai, schiudendo le sue labbra per emettere una pioggia di luce rovente. Anche la sua lingua di pugnale scattò, troppo affilata per essere quella di un serpente. Sorrise, e non certo per uno spasmo.

Era il Tocco Oscuro.

# Il Giorno Della Bestia

*«Non si può trovare paura nella bestia,*
*e la specifica ragione è che la bestia, per natura,*
*non è nobilitata dallo spirito.»*
S.Kierkegaard

Gli occhi di una donna – ancor più del gorgo della sua bocca o del vortice della sua vagina – potrebbero risucchiarvi. In senso figurato, e letteralmente. Cosa vi è, in essi, se non il passato, il futuro, e ogni maledetta cosa che sta nel mezzo?

\* \* \*

Rabbrividì, anche se la giornata era calda e si era appena mostrato il mezzogiorno. L'inquinamento, in queste città moderne, rende appiccicoso anche il minimo calore. Indossava occhiali da sole blu. La luce che filtrava attraverso le lenti, appositamente colorate, le faceva sentire gli occhi come due arcobaleni. Era l'effetto prismatico del cristallo, della luminosità e dell'umidità.

«Io sono la porta» mormorò. La sua voce era così lieve e musicale che i passanti non udirono nulla di più di un leggero canticchiare. «La soglia per Aralu.»

Si manteneva vigile, a causa di quelle rare creature che potevano essere alla ricerca di un simile portale. Passò accanto a una donna – appena una bambina, in realtà, per l'aspetto del seno e dei fianchi ancora poco sviluppati – che era in piedi, appena dentro il soffocante abisso di un vicolo pieno di spazzatura. Aveva una coperta logora sopra la testa, e con le mani ne teneva abbassato il bordo, distanziandolo però dal volto di un paio di centimetri, come se stesse inalando strani vapori medicinali. Il suo viso era completamente nascosto, a eccezione di un indizio: un gocciolio di muco rosa e macchie di ricotta grigia in dozzine di punti. E puzzava di obitorio.

Un'adolescente che indossava una T-shirt con la scritta «Ho letto THE BIGHEAD e riesco ancora a mangiare cibo solido» le stava porgendo dei soldi. Gli occhi della bambina erano grandi e rotondi, estaticamente spaventati. Le sue dita fremevano di un fervore malato.

(Ma i suoi occhi non sono così grandi e rotondi come i miei, pensò lei, sollevando gli occhiali. Neppure selvaggi quanto i miei.)

«Io sono la porta» canticchiò in un sussurro, in attesa che qualcuno penetrasse attraverso quel vaneggiamento a mezza voce, e udisse il suo invito.

\* \* \*

Monte Koshtan, Zagros Mountains, 1965

Il dottor Godard sollevò il mento, massaggiandosi i muscoli del collo, guardando il cielo blu della Persia dove il sole gli aveva picchiato costantemente sulla testa fin dall'alba. Era troppo eccitato per proteggersi ragionevolmente con un copricapo, e anche per prendere in considerazione l'eventualità di un colpo di sole, mentre con cura spazzolava via la terra dalle crepitanti ossa che aveva rinvenuto. Sorrise quando Hassan arrivò di corsa sul limitare dello scavo per annunciare che era stato trovato qualcosa di insolito.

«Dottor Singer dice fretta» dichiarò il giovane, sputacchiando quelle parole nel buco in cui Godard era seduto. Il respiro del ragazzo odorava di formaggio di capra e di caffè amaro, quello preferito dalla gente del posto.

Se non fosse stato per ciò che avevano dissotterrato appena una decina di ore prima, si sarebbe aspettato un cocchio, o comunque parte di esso. Forse anche un ringhiante leone in bronzo, come quelli utilizzati come pesi standard presso la tesoreria reale, a Susa. Poteva essere stato ritrovato anche un deposito di darici d'oro, le monete del regno di Re Dario nel quinto secolo a.C. La spedizione non aveva fatto molti progressi, in quella postazione, nel tentativo scientificamente impopolare di stabilire un legame tra il monte Koshtan e l'antica Via Reale che correva per 2500 chilometri, all'epoca dell'antica civiltà persiana. Tutti quanti, nella comunità archeologica, avevano deriso Godard e Singer quando essi avevano proposto quella montagna come il luogo remoto in cui Dario aveva assoldato gli Sciiti; gli scettici eccepivano che quello era un lungo percorso dal Mar Nero e dalla Tracia, che aveva rappresentato la punta di diamante nell'offensiva di Dario contro i nomadi a cavallo. Ma il francese e il suo socio americano non si erano lasciati dissuadere; in effetti erano stati rincuorati, la sera prima, dal rinvenimento di un centinaio di teschi ai quali erano state rimosse le calotte e smussati i bordi. Gli Sciiti erano famosi per l'utilizzo dei teschi dei nemici come recipienti per bere.

Ma un esame più attento aveva dimostrato che quelle ossa erano di gran lunga troppo vecchie. Probabilmente di venti o trentamila anni più antiche. La spedizione aveva trovato un sito importante, certo, ma si trattava di un sito preistorico. Non era necessariamente una cattiva notizia. Milioni di persone erano vissute e morte durante il Paleolitico, ma solo poche centinaia di loro erano state rinvenute. Trovare le prove di una comunità esistita in quel luogo era un ottimo sistema per fare carriera.

Molti grandi scoperte erano state fatte mentre si era impegnati a cercare qualcos'altro. Un sacco di reperti erano stati scovati rimuovendo la terra, per semplice casualità.

Basti pensare ai Rotoli del Mar Morto!

Godard era così intento nel proprio lavoro da non essersi neppure accorto che il dottor Singer si era allontanato in cerca di una roccia dietro la quale pisciare... diverse ore prima. Godard seguì il ragazzo, domandando: «Cosa c'è, Hassan? Altri teschi? Manufatti?»

«No, signore. Dottor Singer trovato grotta» rispose il ragazzo, lanciandosi con i suoi lesti piedi scalzi su per una ripida salita nella roccia.

«Veramente! Qui?» esclamò Godard, proiettando nella sua mente delle visioni di una Grotta di Lascaux del Medio Oriente. «Si è addentrato abbastanza per vedere se ci sono delle pitture?»

«No pitture, solo morti» rispose il ragazzo, sibilando le parole tra i denti, come per soggezione. Come se quel genere di cose non fosse ciò per cui aveva accettato quel lavoro agli scavi.

L'apertura si rivelò essere un sottile crepaccio, appena distinguibile dietro uno sperone di roccia calcarea dalla forma di un bastione di asce in pietra. I due vi si infilarono, e una volta all'interno il ragazzo accese una torcia elettrica. Quando l'ebbe illuminata, la grotta rapidamente si ampliò, rivelandosi alta a sufficienza per poterci stare in piedi, facendosi più larga di una trentina di metri, più avanti.

Il dottor Singer era accovacciato, con la sua torcia, sopra tre figure: tre scheletri, disposti l'uno di fianco all'altro accanto a un albero naturale cresciuto nella roccia.

«Ricordi cosa significa Koshtan, in persiano?» domandò, non appena Godard e il ragazzo si furono avvicinati.

«Sì, vuol dire 'uccidere'» rispose Godard, aggrottando la fronte mentre guardava in basso, verso quei resti ritualmente schierati.

«Curioso» commentò Singer abbassandosi, ma non abbastanza da toccare il primo scheletro. «Cosa ne pensi di questo?»

Godard si inginocchiò, con i pantaloncini arrotolati e le ginocchia nude nel fango. Lo scheletro apparteneva a una donna, una giovane nella sua tarda adolescenza, stesa sulla schiena, col suo teschio dalla mandibola spalancata, straordinariamente conservato per avere venti o trenta millenni (posto che potesse essere equiparato ai teschi che avevano scoperto all'esterno) – come del resto anche ciascuno dei tre scheletri era in perfette condizioni. Un fallo d'argilla, a forma di salsiccia sferica, era stato inserito nella cavità orale della donna, in maniera apparentemente così violenta da aver frantumato la maggior parte dei denti anteriori, ed era stato incuneato in quella che era la sua gola, un tempo. Vi erano inoltre falli in pietra più piccoli infilati nelle orbite e uno particolarmente grande – quasi mezzo metro, un buon piede e mezzo secondo la misurazione standard americana – inserito **nella pelvi**. Le ossa delle gambe indicavano una posizione divaricata di circa un metro.

«E poi questo.» Singer indicò lo scheletro nel mezzo.

Era quello di un'altra femmina, molto più giovane della prima. Una bambina, forse di sette o otto anni. Anche la sua mandibola era spalancata, la cavità orale era piena di semi che in quell'ambiente asciutto si erano fossilizzati. Almeno un centinaio di simili ciliegie primitive rinsecchite erano sparse accanto alle ossa, alcune cadute attraverso la gabbia toracica.

«E, per ultimo ma non meno importante, questo tizio» disse Singer.

Il terzo scheletro era di sesso maschile, con almeno venti punte di lancia in selce mescolate tra le ossa. Ma la cosa più curiosa – e agghiacciante – era il secondo cranio inserito nel suo addome.

«Sacrificio rituale» borbottò Godard, grattandosi i peli brizzolati sul mento. «Sesso, raccolto, e guerra. Immagino che a quest'uomo sia stata infilata all'interno la testa di un nemico, prima o dopo essere stato trafitto. Interessante come gli uccisori abbiano ritenuto sacrificabili così tante punte di lancia, non è vero?»

Singer sorrise, anche se il ragazzo in piedi dietro di loro rabbrividì.

«E con i semi, suppongo abbiano soffocato a morte la bambina, così come hanno soffocato l'altra col fallo. Anche se immagino che quella abbia patito un'emorragia interna per via del fallo più grande, quello nella vagina. A meno che non fosse ancora viva quando le hanno piantato quelli negli occhi, e di conseguenza nel cervello. In ogni caso, un modo davvero orribile di morire, bisogna ammettere.»

Godard si sporse, avvicinandosi allo scheletro della bambina ed esaminando i minuti fossili di ciliegia.

«A giudicare dalla loro collocazione, direi che alla nostra ragazzina abbiano cucito questi frutti dentro le carni. Non ho mai visto nulla di simile, Jim. È molto eccitante. Avere le prove di questo tipo di omicidio rituale, così ancestrale. Supera di gran lunga qualunque brutta cosa facessero gli Sciiti, per quanto ne sappiamo.»

«E il modo in cui sono allineati. Ovviamente un'offerta, intesa come sacrificio su più fronti» convenne Singer.

Hassan era inorridito, non solo alla vista di quella scena raccapricciante, ma anche per l'entusiasmo dimostrato dai professori. Qualcuno non avrebbe dovuto recitare una preghiera? Oppure fare qualcosa per allontanare qualunque spirito maligno potesse dimorare in quel luogo? Perché mai si dovrebbero fare cose del genere a qualcuno, se non per scacciare dei demoni? Si defilò lentamente, un passo alla volta, allontanandosi dai due uomini, pensando di poter lasciare facilmente la grotta senza che se ne accorgessero, concentrati com'erano sugli scheletri. Ma non guardava dove stava mettendo i piedi, indietreggiando, e con un gemito cadde in una cavità.

«Hassan!» gridò Godard. Entrambi gli studiosi balzarono in piedi.

Accorsero e puntarono la luce della torcia nella fossa.

Il ragazzo aveva raggiunto il fondo dopo poco più di un metro, e non sembrava essersi ferito. Però stava urlando per la cosa accanto alla quale era caduto. Era visibile la parte posteriore di un teschio che emergeva dalla roccia. Uno scheletro parzialmente sepolto era riverso in avanti, con braccia e gambe che evidentemente un tempo erano state legate assieme dietro la schiena con una sola cinghia: ulne, femori, tibie e **fibule** unite come una manciata di grissini. Inoltre, quella roccia aveva un colore molto diverso dal calcare.

Godard scese con attenzione nel piccolo pozzo e aiutò Hassan a risalire.

Lui però rimase dentro, per esaminare quei resti.

«Come pensi che sia rimasto intrappolato nella roccia?» gli domandò Singer.

«Oh, questa non è roccia» borbottò il professore più anziano, sentendosi un po' nauseato, a dispetto del suo punto di vista solitamente distaccato.

«E allora cos'è?»

Se gli altri erano stati sacrificati alle divinità primitive del sesso, della raccolta e della guerra, quale possibile personificazione del potere richiederebbe che una donna venga incaprettata con la faccia pressata all'ingiù a soffocare nella... Per quale motivazione, anche solo vagamente logica?

Forse fu per via del bagliore della torcia, ma il francese avrebbe giurato d'aver visto un'ombra femminile scivolare lungo la pietra.

«È merda fossilizzata» rispose Godard, all'improvviso decisamente desideroso di uscire da lì.

*  *  *

Sheol's Ditch, 1972

Il signor e la signora Cave erano entrambi così presi da se stessi da non accorgersi che il loro figlioletto di tre anni, Jason, era nella stanza, nascosto nell'armadio, intento a guardarli mentre lo facevano sul loro letto dalle lenzuola colorate. Si erano vicendevolmente dipinti i corpi, con vernici lavabili, immagini oscene di scimmiette e clowns sodomiti. Le tonalità più scure erano ottenute con acquerelli diluiti e spalmati con saliva, sudore e sperma. La camera puzzava di whisky inacidito e muschio, e di una pila compatta di indumenti non lavati in un angolo, a mezza via verso il soffitto dall'intonaco screpolato. Si avvinghiavano l'uno all'altra, feroci e languidi, con le dita divaricate come artigli di Draghi, a tracciare invisibili gorgoni nell'aria. Balbettavano sdolcinate tenerezze da Era dell'Acquario, blasfemie sumere, idiozie hippy, mentre l'LSD li squassava.

Lo stereo a tutto volume sparava Arthur Brown (da THE CRAZY WORLD OF ARTHUR BROWN). Il disco era graffiato e saltava, l'esausta puntina di diamante ripeteva la traccia ancora e ancora, come un mantra ringhiante:

«Sono il dio del fuoco infernale...»

«Sono il dio del fuoco infernale...»

Di tanto in tanto Jason ridacchiava, soffocando il rumore dietro la sua mano. Dio non volesse che lo beccassero là dentro, a guardare ogni sorta di scorpioni in stile 'paisley' e vigorosi cobra a pois che si allungavano attraverso i culi capovolti dei suoi genitori in calore. Aveva sgraffignato un prezioso quadratino del loro miglior acido, e adesso stava danzando il fandango del morso del ragno. In realtà, qualche volta i suoi gli avevano fatto provare della roba buona, ma solo per divertirsi a osservare il suo strano comportamento, come cercare di mangiarsi il gatto. Ma dopo che aveva sbroccato di brutto, dopo l'ultimo trip, mamma e papà avevano decretato: basta acido lisergico, per il bimbo.

«Verranno quelli dei servizi sociali e porteranno via il tuo culetto rosa» aveva spiegato mamma con aria solenne, gli occhi corrugati fino a mutare in fessure circondate da ciglia fosforescenti.

«Troppi bravi ficcanaso hanno segnalato le tue urla alla polizia» aveva aggiunto velenosamente papà, ricordandosi con frustrazione di quando non era riuscito a far tacere suo figlio.

«Ti metteranno in una casa per adozioni piena di stronzi che ti inculano con cazzi grossi come bottiglie di coca. E appena avrai diciotto anni, impacchetteranno quello che resta di te e ti spediranno in Vietnam, per farti spazzar via braccia e gambe e ridurti la faccia in polpa di pomodoro» aveva aggiunto mamma come ulteriore incentivo, sapendo che lui aveva visto, al notiziario delle sei, in quale tipo di poltiglia si riducevano i soldati.

Lo avevano trovato nel bagno, durante quel trip, a tirare incessantemente l'acqua dello sciacquone e cacciare ogni volta strilli da scroto stritolato. Avevano cercato di farlo smettere, trascinandolo fuori dal bagno. Be', non era stata una bella scena vederlo là, in quel modo, a spinger giù la leva del gabinetto.

WHOOSH! Urlo. WHOOSHSH! Urlo. Gli occhi grandi e scuri, come il cuore di un merdoso tornado. Lo avevano pizzicato provocandogli sulle braccia dei lividi neri e blu, lo avevano preso a schiaffi, gli avevano tirato il pisellino, gli avevano strappato un po' dei suoi morbidi capelli di bambino, senza ottenere da lui alcuna reazione, se non WHWHOOOOSHSH! Urlo. Neppure li guardava, con gli occhi fissi sul vortice d'acqua che compariva.

Poi, finalmente, alle loro menti farmaceuticamente espanse si affacciò l'idea che gli strilli del bambino avrebbero potuto svegliare i vicini, spingendoli a telefonare ai piedipiatti. Perché Jason era un bambino tranquillo, di solito.

Già, perché gli davano spesso dei calmanti in modo che dormisse mentre loro si divertivano, o lo imbottivano di cibo così che poi se ne andasse a giocare scatenato nel suo piccolo sotterraneo, senza voler mangiare altro, e quindi senza disturbare i loro giochini.

«Che vedevi là dentro?» gli avevano domandato alla fine mamma e papà, dopo che i poliziotti li ebbero rilasciati e l'ospedale dimesso il bambino. Un'assistente sociale li aveva anche minacciati di presentarsi senza preavviso ogni cazzo di volta le fosse girato di farlo.

Jason si succhiava semplicemente il pollice. Non era stato esattamente semplice trascinarlo via dal bagno. Dopo quell'incidente, si era risolutamente rifiutato di sedersi sulla ciambella del water, e quando non poteva più trattenersi liberava i suoi bisogni nella lettiera del gatto, cosa che infastidì totalmente il felino al punto da farlo scappare.

Avevano continuato a tenere d'occhio Jason, osservandolo vigili per due intere, noiose settimane, con la tivù sintonizzata su 'Sesame Street'. Il bambino sembrava stare bene, ora. Avevano un disperato bisogno di un po' di sfrenato rock'n'roll, così chiusero Jason nella sua stanza in fondo al corridoio, dotandolo di un panino al burro di arachidi e di fogli di giornale sparsi sul pavimento al posto della lettiera, per poi calarsi un po' di fulmini bianchi e spogliarsi. Ma non sapevano che il bambino aveva imparato ad aprire le serrature con una graffetta. Si mosse furtivo lungo il corridoio rivestito con poster di personaggi dei cartoni animati che si inculavano l'un l'altro, raggiungendo la loro stanza, e per mutua distrazione i suoi genitori mantennero altrove la loro attenzione, mentre papà affondava il suo sottomarino giallo nel sorriso alla Lucy-in-the-Sky di mamma. Non si accorsero mai di Jason, che leccò un pezzettino di carta iridescente per poi scivolare dentro un armadio, dove i pochi abiti puliti tintinnarono sulle grucce. Non riuscì neppure a chiudere l'anta.

«Sono il dio del fuoco infernale...»

«Sono il dio del fuoco infernale...»

Questo durante ore di scopate megacosmiche.

Poi la porta della stanza si spalancò, presa a calci da un troll con frange corvine che oscillavano come pendoli; pareva possedere tre file di zanne d'argento e imbracciava un'arma automatica d'assalto che sputava razzi. Quel boato scagliò Jason sul fondo dell'armadio, e il tuono della commozione cerebrale ridusse quello che dovette ascoltare in una serie di ruggiti sibilanti. E ciò potrebbe essere avvenuto per diverse ragioni.

Poteva essere successo perché i suoi genitori avevano un conto aperto con qualcuno da cui avevano ricevuto troppi favori.

Poteva essere successo perché avevano venduto un po' di roba cattiva a un cliente privo del senso dell'umorismo.

Poteva essere successo perché qualcuno, spinto dalla propria coscienza psicopatica, credeva di essere l'arcangelo della giustizia, e aveva sentito che quei due abusavano di un bambino.

Poteva essere successo perché la dannata puntina dello stereo si era bloccata nel solco di «Sono il dio del fuoco infernale...» e lo aveva ripetuto così tante volte, in una sequenza arcana ma numerologicamente potente, da aver inavvertitamente evocato un'entità violenta.

Poteva essere successo perché la mamma di Jason era stata un tempo sposata con un altro ragazzo. Un commerciante di nome Rosh che regalava acido alle ragazze appena arrivate a Ditch, finché quelle non andavano maledettamente vicine al coma. E allora lui se le faceva, mentre mamma scattava delle foto per lui. Poi le portava fuori dall'appartamento, dicendo: «Vado a scaricarle in un vicolo, così smaltiscono e si riprendono.» E lei presumeva fosse ciò che lui realmente andava a fare. Finché non aveva trovato la scatola da scarpe che Rosh aveva nascosto sotto un'asse del pavimento, con dentro una pipa per hashish, alcuni bastoncini thai e una collana. Quest'ultima sembrava una sfilza di nocciole di carne secca, con sfumature di colore dal rosa al marrone, infilate in un laccio da scarpe. Aveva fatto una telefonata anonima alla polizia quando aveva capito che quelli erano capezzoli, sparendo di scena finché lui non venne impacchettato e spedito in prigione. Rosh era poi stato messo in libertà vigilata, o era fuggito, e aveva sparato una raffica di proteste di piombo per la scomparsa della fedeltà nel maledetto ventesimo secolo.

Sì, alla mamma mancava un capezzolo. Jason poté vederlo, quando finalmente strisciò fuori dall'armadio per dare una sbirciata, tremante. Ma avrebbe anche potuto esser stato fatto saltare via da un colpo d'arma da fuoco. Non c'era modo di sapere se le fosse stato portato via o se già le era stato tolto da tempo. La stanza era in condizioni troppo caotiche. Le esplosioni avevano sorpreso la coppia in piena fusion lombo-coitale, lacerando i loro ventri e riducendo grovigli di intestine a una pappetta, praticamente recidendo i corpi dei due all'altezza dei fianchi. Il letto si era trasformato in un sudicio cul-de-sac, con un guazzabuglio di carne ed escrementi che si andava raffreddando in increspati grumi di cera ombrosa. Un paio di gambe penzolavano oltre il bordo del materasso, mentre il buco del culo ancora intatto (con nient'altro al di sopra, tranne una smorfia di prosciutto osseo) aveva spremuto fuori un ultimo schizzo, dispiegando un flaccido paracadute marrone.

Il ragazzino si avvicinò lentamente, udendo Whoosh! Whwhoooooshsh! dentro la sua testa ronzante. Il gabinetto in acido l'aveva terrorizzato per davvero, e la sua mistica risacca pareva volerlo trascinarlo giù con lei, verso qualche terribile luogo sotterraneo dove i bambini andavano quando scomparivano.

Ma tutto ciò... lo affascinava. Era come se i suoi avessero cominciato a fare la lotta nel fango e si fossero strappati le membra l'un l'altra. Le loro metà superiori, con le braccia distese, si contraevano nelle drogate ondulazioni della sua visione acquitrinosa, oscillando, strusciando i seni gelatinosi nel sangue e nel pasticcio di letame, attirandolo più vicino. L'odore di mandorle bruciate e di maiali al macello lo sollevò dal pavimento per le narici, sospingendolo in avanti, intrappolato in qualche incubo alla Krafft-Ebing. Allucinazioni da psicopatia sessuale, in un linguaggio che il cervello di Jason non comprendeva, ma al quale il suo pene in miniatura all'apparenza rispondeva, drizzandosi come se volesse seppellirsi nella fradicia terra di Babilonia, in un vorticoso, oscuro fiume di rovina.

Jason non riusciva a smettere di guardare, sapendo in qualche modo, a prescindere dalla sua età, che quello era il ciclo della rigenerazione. Gli stessi atomi che in un'altra disposizione lo avevano creato. Guardò, aspettando che qualcosa si muovesse, che assumesse una forma alchemica, che gli dicesse che cosa fare o che semplicemente lo attirasse ancora più vicino.

«Li ho persi, persi» blaterò.

Ma che cosa significava? Nessuno aveva mai imparato un accidente di niente da ciò che possedeva e conservava. Era quando si perdeva qualcosa, che si veniva educati davvero. L'innocenza andava di pari passo con l'ignoranza. L'innocenza perduta equivaleva a conoscenza, e quella portava ai mezzi di sopravvivenza.

E loro non se n'erano davvero andati, perché erano ancora là, sparsi davanti a lui, radicalmente trasformati, ma non lo sgridavano, non lo pizzicavano, né lo drogavano per trarne divertimento. E c'era qualcosa di così interessante, in quella trasformazione, come se struggersi per la sua forma originale restituisse passione a ciò che era diventato un apatico inferno.

Era così bizzarro che Jason si fosse sentito vuoto, prima di tutto quello, e che adesso riuscisse a malapena a contenere in sé l'eccitazione.

*Laguna. Pozzo di La Brea Tar.*

*La Carne del Mistero.*

*Abisso.*

Jason vi posò sopra la mano, e la trovò bagnata. Che cos'era, toccare quella sostanza, se non sfiorare un surrogato dell'oblio, che tornava in vita col suo puzzo nelle narici e i suoi folli segreti da ostentare?

La schiacciò fra le dita, sperimentando un vortice di fredda nausea allo stomaco insieme a un caldo ritmo nei lombi. Aveva visto loro far sesso in posizioni diverse, ma ancora non sapeva davvero che cosa fosse, quali meccanismi avesse tracciato quel solco primordiale. Non aveva l'istinto per quell'affascinante epifania. Si sentiva solo inesorabilmente lacerato, come per l'intuizione di un'evoluzione postdiluviana. Per cui salì sul letto, dentro quella sozzura. Non certo come un bambino che entra nella stanza dei suoi genitori, chiedendo di dormire con loro perché ha avuto un incubo.

Si era aspettato che in qualche modo quella roba fosse senza fondo, e pensava che vi sarebbe sprofondato, giungendo in un'altra esistenza lontana da Sheol's Ditch, dalla povertà e da quell'esasperante impotenza. Ma la palude era ben poco profonda.

* * *

Mohenjo-Daro, 2300 a.C.

Il bagliore lunare sul viale lastricato di fango cotto illuminava le sue orme, creando un percorso tra i condotti in mattoni che correvano su entrambi i lati. Una nuvola caduta davanti alla luna, come una ciocca di capelli, oscurò il viale e le sue impronte, nere come la merda che galleggiava nell'acqua del fosso. Solo la roba più leggera rimaneva a galla, il resto finiva nei bacini di raccolta realizzati più sotto per catturare i detriti, che avrebbero altrimenti potuto interrompere il corretto flusso.

Quella città era molto più avanti, rispetto al proprio tempo. Nella maggior parte degli altri luoghi, i nativi se ne stavano semplicemente accovacciati sul ciglio della strada. Ma Mohenjo-Daro era già stimata per l'eccellente sistema di gestione dei rifiuti.

Lei poteva sentire le grondaie gorgogliare fra le ombre, l'aria della notte fragrante per le spezie dei rifiuti umani. Di tanto in tanto, ognuna delle tubature d'argilla tintinnava fra gli edifici, con un suono simile alla peristalsi all'interno di un essere vivente, un rumore di consumazione e digestione.

Si portò al ventre una piccola mano a forma di ala. Non percepì nulla, se non una desiderosa cavità. Per lei, era vuota. Alzando gli occhi vide la Grande

Vasca, una delle strutture più imponenti della città. Era il tempo della notte, quando la luna aveva superato il suo apogeo. Il tempo della notte, quando la danza d'accoppiamento delle stelle produceva i più strani bambini. Il tempo della notte, quando i celebranti, uomini e donne, emergevano dalla piscina nel cortile del complesso balneare.

«Aralu!» inneggiavano. Molti di loro erano ancora intenti a carezzare i propri corpi, o a toccarsi gli uni gli altri. Alcuni abusavano dei loro genitali con utensili in terracotta, zigrinati perché risultassero più abrasivi, o li pigiavano nell'ano... nel proprio, o di altri che si piegavano in avanti a invitare l'intrusione... allo scopo di occludere gli orifizi, allo stesso modo in cui un pezzettino d'oro in bocca preservava dalla fuoriuscita dell'anima durante il sonno. «Aralu!»

Salirono le gradinate poste a nord e a sud della piscina, tutti presi dal dolore al retto e alla vescica, mentre lottavano per trattenere le proprie sostanze e i propri liquidi. Storcevano le labbra in contrazioni di auto-contenimento, sbattendo i denti, stringendo i pugni. Peni e labbra vaginali erano roridi di rugiada; i glutei tremavano.

«Aralu!» gridavano, mentre lei rimaneva immobile ad attenderli, un velo davanti al viso, promettendo ancora una volta di condurli nella terra dove avrebbero potuto riversare le loro gioie e i loro dolori. Si erano rimpinzati del sangue e della carne dei loro cari: mogli, mariti, genitori, figli. Avevano fornicato con ogni oggetto trovato subito dopo il crepuscolo. Vitelli e cani con la museruola ingombravano le strade, e alcuni ancora si contraevano debolmente. Altri guaivano, le viscere penzolanti fuori dall'ano lacerato in mezzo a frammenti di statue in terracotta. I celebranti si imbrattarono con qualunque untuoso liquame nascosto in ogni anfratto interno noto alla biologia. Avevano fatto irruzione nelle tombe dei Re e avevano copulato con i cadaveri, cantando mentre le spoglie si sfaldavano, esplodevano, si riducevano in polvere. Poi erano andati alla Grande Vasca a lavare i propri corpi, per lei.

La donna liberò la luna dalla nube, permettendo loro di vederla. La sua bocca dalle labbra carnose e la sua vulva avevano il colore dei grumi bluastri dell'intestino.

Immediatamente, rilasciarono tutto ciò che avevano accumulato in loro durante il festino.

Nacchere, tamburelli, tamburi di escrementi rombarono all'esterno. Flauti e zufoli di cascate d'urina vennero spruzzati. Alcuni di loro sollevarono lo sguardo, nel tormento, dopo essersi trattenuti per tante ore, piegandosi per i crampi finché la bile – mischiata a carne umana parzialmente digerita – eruttò, e il vomito tracciò con chiarezza i loro peccati.

Riversati fuori. Simbolici, com'era prescritto fossero molti rituali.

La donna ne inalò l'acidità di noce moscata. Li osservò ridere, rotolarsi tra i soffocanti detriti come porci nella loro sozzura. La liquida musica della lira e dell'arpa fatta di pioggia – proveniente dalle fogne adiacenti e da quelle persone luride – non la faceva tremare. La pioggerella bronzea di quel fervido marasma, che si increspava in forma di piccoli baci tignosi, non le arrecava fastidio. Perché lei era una regina umida.

«Io sono la porta» sibilò e trillò.

«Aralu!» urlarono quelli, senza preoccuparsi che le loro grida potessero svegliare il resto della città, che avrebbe provato disgustato di fronte a quella malvagità. Si rotolavano al suolo, nella brodaglia, sguazzandovi in mezzo distesi sul ventre, verso di lei.

Lei spalancò le braccia. «Sì, ad Aralu.»

\* \* \*

Egitto, al termine dell'operazione Desert Storm.

Il caporale Jason Cave era al Cairo, ancora stimolato dalla battaglia, teneva il sorriso come un cavo in tensione fra gli elettrodi delle fossette. Si stava facendo una camminata al tramonto, stupito che ovunque vi fosse un odore così buono e così cattivo allo stesso tempo. Cumino e ghiandole sudoripare non lavate, menta e gabinetti surriscaldati, atti sessuali dal vivo sul palcoscenico con macchie di sperma e piscio dappertutto, ragazzi impegnati nella danza del ventre in larghi pantaloni di seta privi di cavallo, con lucidi buchi del culo al profumo di rosa. Al tramonto, le cime arrotondate delle moschee brillavano come seni dorati nel cielo, con torrette di erezioni merlate che riportavano tutto il resto in una prospettiva equilibrata, cantori che intonavano devozione ad Allah mentre Jason passeggiava nel suo tempo libero.

Vide una donna in un bar. Stava a quattro zampe, ma con l'addome spinto verso l'alto, la schiena inarcata. La lunga coda dei suoi capelli color caffè, intrecciata con un cordone di seta, giaceva sul pavimento come il cobra di un fachiro in procinto di impennarsi per colpire. Un grasso eunuco si inserì un sottile cavetto nel membro flaccido, poi le infilò quell'affare burlesco nella vagina. Scosse una bottiglia di latte di cammello fermentato, e glielo rovesciò addosso come fosse il suo seme.

Poi, la donna venne scopata da un asino, da un nano etiope con un cazzo più lungo di quanto fosse alto, dalla testa di un aspide, da un cliente che brandiva un pesce pescato in mare, e al quale lei praticò una fellatio prima che lo sfilettasse. In tutto ciò, il suo volto non tradì alcun senso di partecipazione.

Jason fu colpito da quella padronanza di emozioni. Non che lui pensasse che tutte le emozioni potessero o dovessero essere imbrigliate, o che tutti dovessero controllare le proprie passioni. Paura e dolore dovrebbero essere regolati da chi ritiene che tale sopportazione possa compiacere i propri padroni. E, naturalmente, superuomini come Jason erano quei padroni, e la sola disciplina che quei superuomini avevano bisogno di conoscere era quella da loro stessi imposta.

(Era una vergogna che l'esercito non la vedesse allo stesso modo.

Difficilmente erano illuminati, sul piano esistenziale, i militari.)

Attese la chiusura del locale, alle prime ore del mattino. Si nascose dall'altra parte della strada finché non uscì la donna. Poi la seguì oltre le bancarelle chiuse dei venditori di felafel e dei fornitori ambulanti di sostanze afrodisiache, in vicoli stretti e squallidi come le latrine esterne, tra templi eretti a divinità infere e sepolcri di melma, verso una zona della città dove le baracche terminavano e le costruzione moderne brillavano, luride e monolitiche, sotto i lampioni. La donna passò lenta davanti a un nuovo impianto di depurazione idrica. L'acqua luccicava nel buio. La luna e le luci delle lampade galleggiavano in scarabocchi a zig-zag simili a senzienti batteri luminosi. Le pompe ronzavano, macinando una tritante canzone, mentre gli scarti della parte moderna della città venivano micronizzati e sterilizzati. I riflessi dalle vasche si producevano in embrionali fulmini in miniatura attraverso la voluttuosa silhouette della donna, come se quei microbi fossero in procinto di balzar fuori dalla fetida impetigine per accarezzarla.

Potrebbe esistere una dea dei gabinetti?

Più precisamente, dei rifiuti?

Della defecazione e della minzione?

Feci e urina?

Jason si divertì a pensarlo.

Ma non quella creatura, che veniva pagata per essere umiliata. Che non era minimamente vicina al concetto di superdonna.

Pertanto, Jason – in quanto superuomo – poté prenderla.

Farla a pezzi.

E quand'ebbe finito, i resti della donna galleggiavano nelle vasche, la moschea del suo viso rivolta verso l'alto, gli occhi sbarrati, come Jason li aveva visti l'ultima volta. Il modo in cui lei lo aveva guardato quando l'aveva afferrata. Stancamente. Forse sollevata dal fatto che fosse finita. Non aveva cercato di urlare. I suoi indumenti intimi erano già zuppi di sangue e di altre secrezioni risalenti a diversi atti innaturali compiuti sul palcoscenico.

Jason le aveva citato Kafka, anche se lei non parlava inglese. (Cosa che andava bene, dal momento che Kafka non aveva scritto in inglese.)

«Un primo segno di nascente consapevolezza è il desiderio di morte.»

La notte successiva pedinò un'altra donna lungo il Nilo.

Del fumo nero aveva preso a fluttuare in quella zona, proveniente dai lontani incendi di petrolio del Kuwait, appiccati dagli iracheni come ultimo, violento atto prima della ritirata. La luna e le stelle ne erano oscurate. Rendeva il cielo denso, imbrattato, un'immensa fogna, una colostomia di un tumore allo sfintere del mondo. Il Nilo spumeggiava, un buco nero che si allungava in uno sfuocato nastro gorgogliante. La donna, materia oscura. Nella penombra i suoi piedi nudi lasciavano tracce di gatto.

E i gatti erano animali che mangiavano i propri escrementi, avendo cura di se stessi.

Jason aveva visto quella donna al mercato, impegnata ad aiutare i familiari a vendere tappeti ai turisti... o in quel caso ai soldati delle Nazioni Unite. I mandala centrali erano grovigli vorticosi, o labirinti con decorati percorsi che celavano qualche cloaca massima il cui lezzo si levava come un elisir di incensi peccaminosi.

Questa volta Jason si dimostrò fantasioso, facendo di lei una piramide sulla riva sabbiosa, il torso come base, le gambe e poi le braccia e la testa in cima. Una tomba adatta per una Cleopatra dei bassifondi.

La terza notte scorse una donna in abito tradizionale musulmano. Il velo yashmak con la fessura per gli occhi gli fluttuò accanto. Le permise timidamente di incrociare il suo sguardo, cosa inaudita per una musulmana ortodossa. Gli egiziani più moderni (compresi i numerosi cristiani) avevano adottato abiti occidentali. Colse un soffio di patchouli e udì il morbido tintinnio, simile a pioggia, di gioielli a buon mercato sotto il chador.

La donna si portò in mezzo alla folla, che brusiva in diversi dialetti a proposito degli omicidi avvenuti nelle due precedenti serate. Le autorità erano certe che l'assassino non fosse del Cairo. Credevano fosse un soldato, ed erano ansiose di arrestarlo prima che i vari Paesi rispedissero a casa i propri contingenti militari.

La gente cresciuta negli Stati Uniti non aveva idea di cosa fosse il puzzo emanato dai quartieri più poveri delle città straniere. Neppure quei cittadini provenienti dai ghetti degli Stati Uniti e dai barrios riuscivano volentieri a identificarsi con le dilaganti esalazioni di sentina. In un paese di appena due secoli, era difficile percepire il soffocante bavaglio di luoghi in cui millenni di latrine esterne avevano intriso l'ambiente di pungenti liquami umani. Anche nell'arido deserto, reliquie di escrementi mummificati risalenti al tempo dei faraoni, di Mosè, si mescolavano alle più recenti resine di materia fecale. O forse era solo lui, capace di rimarcare certe cose, col naso sensibile e sempre ansioso di scoprirle.

Jason seguì la donna nelle zone più malfamate del Cairo... facendo il contrario della prima notte, quando quella donna lo aveva condotto fuori dai bassifondi. Guardava i guizzanti muscoli del suo culo da gazzella, i corposi meloni dei seni sotto il lino nero degli indumenti. Di tanto in tanto... furtivamente... lei lanciava un'occhiata verso di lui.

Come per vedere se la stesse ancora seguendo.

E fu spaventata, o sollevata, nello scoprire che lui era là.

Forse lo stava conducendo fuori dalla città. Nel deserto lunare. Quella che gli antichi chiamavano la Terra dei Morti. E forse sotto tutte quelle vesti fruscianti vi era il corpo di una splendida, ultraterrena Iside.

Forse sotto lo yashmak vi era la testa di Iside. Una mucca.

Jason cercò di avvicinarsi a sufficienza per afferrare di nuovo il profumo di patchouli. Come una misteriosa folata di paradiso in un campo di concentramento di orrori fecali. La donna scivolò attraverso moltitudini di mendicanti dagli occhi neri e dalla pelle scura che si voltavano appena per osservarla, come se la sua bellezza avesse poco appeal su di loro. Si districò in un percorso a ostacoli di storpi che imploravano un'elemosina. Veleggiò fra striature che parevano giungere dal tramonto, dimenando scarlatti bendaggi di nubi in una sanguinante dissenteria.

All'improvviso, guizzò dentro un edificio fatiscente. Slogan anti-americani, anti-europei e anti-israeliani erano scritti con dita e merda, e sembravano essere tutto ciò che impediva ai muri di crollare. I cardini della porta risuonarono come una maledizione saracena.

Jason la seguì all'interno.

Lei stava là, come se sapesse che lui sarebbe arrivato. Come se quello fosse stato il piano, per tutto il tempo.

Lui non ebbe alcun problema a mostrarle immediatamente la baionetta.

«Sei un uomo cattivo» gli disse lei in un inglese cantilenante, biascicato.

«Hai mai sentito parlare dell'esistenzialismo, bimba?» le domandò Jason, con un ghigno. «Una delle grandi menti esistenziali era un tipo chiamato Berdjaev. Che disse: 'Senza la libertà del male, il bene non sarebbe libero; verrebbe determinato e imposto con la forza.' Non è possibile avere l'uno senza l'altro, capisci?»

Lei lasciò cadere qualcosa sul pavimento. Jason impiegò una frazione di secondo per intuire che cos'era. Un distintivo. Era una poliziotta. Lo aveva attirato là per arrestarlo. Era così?

Jason rise, e la risata gli sferragliò dal petto come un missile a lunga gittata, anticipando l'esplosione.

Imbracciò la baionetta. «Oh, mi piace la violenza» disse. «Permettimi di cominciare per te. Forse sarai più divertente delle altre due. Nutro pieno rispetto per il conflitto leale.»

Ma lei non si mosse per estrarre un'arma nascosta o per chiamare chiunque potesse essersi acquattato in quel tugurio puzzolente. Sollevò da terra l'orlo del chador, portandoselo all'altezza della vita. Non per afferrare una pistola infilata nella giarrettiera o nello stivaletto. Solo per rivelare lentamente se stessa, quegli occhi nella fessura dello yashmak vacui e privi di luce.

La mandibola di Jason si abbassò. Tutto ciò a cui riuscì a pensare fu uno di quei giganteschi conigli pasquali di cioccolato, che all'interno sono cavi. Il pesante corpo di color marrone scuro rimase appeso per un istante, come se fosse intagliato nel cacao, scolpito in un cumulo di fondi di caffè arabico. Poi quella cosa cominciò a scivolare verso il pavimento, in forma di pura, pazzesca volontà.

* * *

Francia, XIV Secolo

A faccia in giù in una fogna aperta, un corpo si rigirava pigramente, un movimento quasi identico a quello delle mosche che ronzavano in cerchio nella luce sopra una testa in decomposizione. C'erano altri morti in vista, abbandonati nei portoni parigini e sull'acciottolato. A quanto pareva il carrettiere non aveva ancora percorso quella via per la sua raccolta giornaliera. Forse era morto, perché i liquidi filtrati attraverso i bubboni di altre persone lo avevano inzuppato fino ad appestarne le ossa. Qualcuno avrebbe preso il suo posto, presto, o forse non lo avrebbe fatto nessuno. I morti si sarebbero accumulati fino a quando gli edifici stessi avrebbero dato l'impressione di essere stati eretti con cadaveri. Una vera necropoli.

Il vorticare del corpo le ricordò un corvo, veleggiante sopra il capo, che senza sbattere le ali si lasciava dirigere dal vento. I corvi – che calavano a conficcare i becchi in volti di mela marcia e a cogliere le liquefatte olive degli occhi – erano morti anche loro, pietre piumate che cadevano dal cielo con una grazia molto meno fluida.

Alla fine dell'isolato e attraverso un parco (anch'esso disseminato di decomposizione francese), poté vedere una sontuosa residenza al cui interno gli abitanti si erano sigillati, in attesa di quella che si sperava potesse essere, alla fine, la cessazione del contagio. Broccati appesi a funicelle rosa e dorate barricavano contro l'infetto mondo esterno. Di quando in quando un volto dagli occhi stanchi appariva qua e là, scostando lievemente i pesanti tendaggi, cercando il dolente sguardo infernale di qualche santo, l'occhiata furtiva di un voyeur in quello sconfinato lazzaretto. Cercando lei. Lei riusciva anche a udire i dolci suoni delle voci di trovatori e mandolini, mentre i facoltosi occupanti del palazzo venivano intrattenuti.

«Dove va il fuoco quando si spegne?
Nell'anima
dove il calore è siccità,
dove i lamenti d'amore
sono i suoi gelidi dubbi.
Dove va l'anima
quando striscia la morte nera?
A rubar baci
quando le dame dormono,
e a rivendicarne
tutti i fantasmi.
Dove va la morte
nei corsi d'acqua scura?
In sanguinante essenza
e umide trame tombali,
al fiume dei sogni di fogna
di Caronte.
Dove va il sangue
quando è fuggito?
Nel fuoco
per renderlo rosso,
nelle nostre lacrime
quando saremo morti.»

Nella grande casa, lei riuscì a vedere un buco in un muro di pietra, dietro il quale sicuramente si trovava una latrina. Di là stavano cadendo rifiuti dentro un torrente che scorreva sotto, che trasportava con indolenza il fango del fiume inquinato, intasato da cadaveri come fossero tronchi d'albero.

Una giovane donna si precipitò in strada da un negozio di panetteria che era sprovvisto di pane da settimane.

«Mio figlio è sparito!» gridò, torcendosi le mani screpolate. «Il mio piccolo Guillaume!»

Nessuno lasciò la propria casa per darle ascolto. Le loro voci trapelavano attraverso le fessure nel legno.

«Il tuo ragazzo è morto. Lasciaci in pace. Abbiamo i nostri problemi.»

«I cani lo hanno trascinato fuori, sciocca pazza donna. Se non era già morto allora, lo sarà presto.»

«E anche i cani.»

Una macabra risata seguì quell'ultima battuta. La donna rientrò. Si udì un clangore quando il chiavistello della porta scivolò nel suo alloggiamento.

Ma lei, in abito da suora, una sciarpa legata sugli occhi come se in convento ci si fosse abbandonati a qualche proibito gioco amoroso, sapeva che il bambino era stato rapito. Era stato portato in quella grande casa.

Avevano cercato di proteggersi dalla malattia, ma non avevano saputo resistere ai visi più giovani e belli, impalliditi dalla fame, a bocche disposte a fare qualsiasi cosa pur di mordere uno spicchio d'arancia. Anche altri erano scomparsi, in città. Ma erano già morte così tante persone che la maggior parte delle famiglie non andava più a cercarle, e neppure le piangeva più.

La casa nel parco, dove i vaganti pavoni decorativi e le tortore tra gli alberi di ciliegio avevano da tempo servito da cibo, era un palazzo di venereo letame. Ogni eccesso che una mente rinascimentale potesse escogitare, lì era un carnevale. I paesani superstiti facevano le corna per allontanare il malocchio, quando vedevano il grande palazzo, credendo che al di là delle oscenità finemente intagliate nel legno sulla sua porta in filigrana d'argento vi fosse l'ingresso per un altro mondo. Un mondo in cui la crudeltà era deliziosa come tartufo, e dove i cuori dei suoi abitanti erano così neri che nemmeno la peste avrebbe potuto renderli più scuri. Un luogo dove i morti si alzavano per deridere Dio con concupiscenza ulcerosa fintanto che le loro dita e i loro arti non fossero cascati come autunnali foglie di carne di lebbrosi in accoppiamento.

Ma lei sapeva che quelli nella casa in realtà pregavano per trovare una simile porta, un simile mondo. Si erano spinti così lontano dalla normale routine che mai avrebbero potuto tornare a vivere nel modo in cui avevano vissuto prima che giungesse la peste. Non avrebbero più potuto strofinare le loro sete contro le rozze viti di uomini comuni, né inchinarsi davanti alla chiesa, in reale o simulata deferenza. Neppure avrebbero potuto reggere la presenza di altri aristocratici senza sollevarsi le vesti fino ai fianchi o calarle alle caviglie al primo fiorire del desiderio.

Vide nuovamente il volto alla finestra. Volpino, logoro. Alla ricerca di redenzione o di degradazione. O alla ricerca di lei.

«Io sono la porta» disse, col soggolo a incorniciarle il viso.

Si incamminò lungo la strada intasata di carcasse, entrando nel parco dove i giardini di fiordalisi, camelie e amarillidi, un tempo curatissimi, erano ridotti a erbacce. Scorse un mezzo ratto nero sotto un oleandro appassito, pulci e larve brulicanti in competizione sopra quanto restava della pelliccia arruffata. Un gatto giaceva stecchito a breve distanza, una sola zampetta del roditore appesa al suo ghigno di morte. Lì accanto c'era una cucciolata di gattini divenuti solo palle di polvere, piccole quanto brandelli di muschio grigio.

Andò alla porta d'argento, e non fu sorpresa quando quella si spalancò.

Esotici mendicanti e bambini un tempo belli erano accomodati, nudi, in ogni possibile posa in mezzo alla dorata, imbottita mobilia. C'era un arazzo mezzo finito sopra un telaio, una scena raffigurante una donna dall'ampia fronte accovacciata sopra un bambino, mentre un uomo con un nero elmo piumato da cavaliere la penetrava da dietro. Non era chiaro se la donna avesse appena dato alla luce il bambino in quella posizione, o se fosse in atto di soffocarlo con le cosce allargate, o entrambe le cose. All'altro lato della stanza vi erano tavoli sui quali rimanevano tracce di una festa. Piatti d'oro pieni di sgombro affumicato e anguille, vassoi di pancetta e pernici farcite, scodelle di stufato allo zenzero e formaggio pepato, dolci alle mandorle e pasticci di montone conquistati dai ratti.

Udì inalare.

Sospirare.

Inalare.

Sospirare.

Un ansimare orgasmico.

Una porta era aperta, quella che conduceva a una latrina riservata alla servitù e al clero lì residente. Sotto la casa, i rifiuti attraversavano un fosso in pietra che si incanalava infine in una segreta sotterranea.

E fu là che li trovò, pur con la benda sugli occhi. I festaioli stavano allineati lungo le pareti del gabinetto aperto, respirandone a pieni polmoni l'odore.

Era diffusa la convinzione che il lezzo di merda e piscio agisse come un'inoculazione contro la morte nera.

Ma ciò non la fece sorridere.

«Qui è la porta per Aralu» disse loro in francese, in latino, nell'antico idioma del subcontinente indiano e in ogni altra lingua.

Un uomo con le popolari babbucce a punta, le estremità legate al ginocchio con catene di metallo prezioso (e null'altro indosso), le si avvicinò. Con una mano lavorava con fervore il venoso tronco del suo pene colpito dal carbonchio. Con l'altra mano le fece scivolar via la benda.

\* \* \*

Sheol's Ditch, oggi

Il party non mostrava segni di cedimento.

Non per dire che alcuni dei suoi partecipanti non fossero troppo esausti per saltare al gioco successivo. Per loro era possibile riposare, recuperare, e indulgere nel voyeurismo, mentre altri lavoravano.

In un angolo della stanza c'era il genio del tatuaggio, Boreolo, che aveva pagato uomini e donne per scoparli e intagliarli, attività applicate entrambe rigorosamente al volto. (Li aveva esaminati accuratamente in anticipo, per accertarsi che fossero puliti, lisci e privi di segni fin sotto il mento, innanzitutto. Cosa ne facessero poi, quelli, col resto dei loro corpi, era affar loro.) Per la maggior parte erano senzatetto, disoccupati, morti di fame. Quando aveva finito, tutti loro avrebbero potuto condurre una vita tranquilla facendosi pagare cinque verdoni dai curiosi che volessero dare una sbirciata. Li si poteva vedere nel parco, sui moli, con bende di garza avvolte attorno al capo ma un po' scostate nella parte anteriore, perché per alcuni di loro la respirazione era difficoltosa, una volta che Boreolo aveva lavorato a modo suo. Le persone in fila avanzavano in punta di piedi con i loro sudati bigliettoni, guadagnandosi un'occhiatina nauseante, per poi barcollare via con occhi spiritati, tenendosi ventre e inguine.

Quella sera, naturalmente, a Boreolo non era stato chiesto di pagare per il materiale da lavoro. Gli era stato fornito dagli stessi benefattori che si occupavano di ogni possibile divertimento al party che finanziavano. Il suo scarno didietro dondolava e si irrigidiva, dondolava e si irrigidiva. Il reietto giaceva sotto di lui, il volto oscurato e rivelato un po' alla volta mentre l'uomo si spingeva ritmicamente dentro la sua bocca fremente. Il resto, visibile dal collo in giù, era esile e inerme. L'anestetico e qualsiasi dolore fosse riuscito a sgusciare come una sanguisuga attraverso la sua nebbia soporifera assicuravano che il ragazzo non avrebbe avuto un'erezione. C'erano l'odore di carne bruciata causata da aghi caldi, il piccolo strillo di lame ronzanti, il rumore di un bisturi molto affilato che insisteva sull'osso. Le mani di Boreolo lavoravano più veloce del suo cazzo. Di tanto in tanto un gemito soffocato sfuggiva dalle labbra a stantuffo del ragazzo.

Jason si meravigliò di come Boreolo riuscisse a fare tutto ciò, eccitato com'era. Non perse mai un colpo, non commise errori in quel progetto di maschera del ragazzo. Lì accanto era poggiato un vassoio con antisettici e antibiotici, in modo che il prodotto finale guarisse correttamente. Boreolo voleva esibire gallerie viventi, non certo incidenti.

In un cubicolo dietro una tenda in garza traslucida di colore rosa shocking, le ragazze di Big Garth erano a disposizione del festino. Il pappone era un altro maestro della ristrutturazione umna, e i suoi strumenti necessariamente più numerosi. Aveva fatto più soldi vendendo coglioni deturpati di quanti ne avesse rastrellati la maggior parte degli spacciatori di crack della zona. Incontrava un sacco di ragazzi fuggiti di casa, alle fermate degli autobus e agli angoli delle strade, e se li portava a casa per i suoi 'macinali-e-trasformali' fai-da-te. Ma era in grado di produrre monconi con estremità a forma di rose, un origami di schegge d'osso e lembi di pelle ripiegati. Non era un mero fornitore di cicatrici a casaccio. Il fascino della sua scuderia era per intenditori, era ben più di una **devianza erotica**. I suoi clienti pagavano profumatamente per garbati bonsai umani, ridotti artificialmente a un concetto di microcosmica sessualità. Non erano semplici amanti dell'effetto bizzarro, ma apprezzavano la bellezza delle estremità dei tronconi stessi, che giravano come sulla ruota di un vasaio, scolpiti, sbocciati.

Spesso Big Garth si riferiva a se stesso non come a un professionista della motosega, ma a un giardiniere giapponese. E le femmine dallo sguardo vacuo che lui offriva erano le sue geishe amputate.

Jason stava tra la folla che era rimasta a osservare Boreolo. Si era allontanato, opportunamente impressionato come sempre, ma solo dopo aver visto. Attraversò la tenda dove le ragazze sbattevano tozze pinne di carne e ondulati grumi di calendule reclinate.

«Ti riposi, mister Cave?» gli domandò una donna alta dalla testa rasata. Stivali rossi in tessuto fetale le salivano fino ai fianchi larghi, avvinghiandosi ai duri muscoli delle gambe come plastilina umida.

«Non ho mai bisogno di riposo, Simone» rispose lui. «Sto lavorando a una nuova invenzione, molto stimolante.»

La esaminò, nuda a eccezione degli stivali e una cinta in pelle attorno al massiccio girovita. Lui vestiva più casual: jeans, maglietta attillata, Doc Martins, tirapugni in ottone elegantemente in mostra al di sopra del taschino, come un fazzoletto col monogramma. Si guardò attorno in cerca di uno specchio per guardarsi, ma di fronte a quello collocato dall'altra parte della stanza si stavano rimirando diverse persone.

«Sembra tu abbia acquisito qualcosa di nuovo, nel tuo repertorio.» Indicò il pene nero innestato alla pelle del pallido pube della donna.

«Me lo ha fatto un medico in Jaspers Street, che si occupa sottobanco di commercio illegale di organi. Non c'è stato alcun rigetto di tessuti, finora» spiegò, tenendolo in mano per esaminarlo. «È così grande e grosso che, anche se non riesco a darci dentro, è un formidabile manganello e pistone. Non è mai esattamente morbido. Qualcosa per completare il guardaroba, non sei d'accordo?»

La testa di Jason si muoveva su e giù, saggiamente. Sollevarono gli sguardi quando due uomini con grossi guanti iniziarono a srotolare una voluminosa bobina di filo spinato. Al capo opposto una coppia – le mani della donna legate ai piedi dell'uomo – stava per essere costretta a strisciarci attraverso.

«Mi ricorda qualcosa che ha scritto Camus in un libretto intitolato *La Peste*» disse Jason, e poi citò: «Rieux credette di essere sulla strada giusta... quando l'ebbe trovata...»

«Ragazzi, Cave, avresti dovuto fare il professore» disse Simone. Senza guardare, sollevò un tacco a spillo e lo schiacciò su un dito della schiava sul pavimento, incappucciata e opportunamente al guinzaglio.

Vi premette sopra il tallone finché non udì un sonoro crepitio e un *pop*.

La schiava non gridò, nemmeno un flebile lamento filtrò attraverso l'aggeggio in gomma che aveva davanti alla bocca.

Jason notò che la schiava della lesbica non era proprio sul pavimento, ma sopra un carrellino munito di ruote. Appena Simone tirò un poco il guinzaglio, il carrellino rotolò di alcuni centimetri, senza che le ruote emettessero il minimo rumore. Teneva la sua attrezzatura ben oliata, a quanto pareva. Si chiese se la donna imprigionata fosse morta. In un'altra stanza, un ragazzo trascinava in giro un cane morto legato a una catena. Era evidentemente deceduto da diversi giorni, l'animale, e lasciava verdastri brandelli di sé mentre veniva strattonato da un posto all'altro.

«Io sono un professore» rispose Jason. «I miei studenti si lamentano perché non giudico mai assegnando voti in base a metodi statistici.»

«Si spera tu sappia metterli a tacere» disse la dominatrice dando un colpetto con la punta di uno stivale alle tette della schiava supina. Al capezzolo destro era appeso un anello con un chiodo. Il capezzolo sinistro mancava, sostituito da un rubino a goccia.

«A me piace il rumore» replicò Jason, allargando le grandi mani segnate da cicatrici. «Ogni urlo è una rivoluzione metafisica.»

Big Garth emerse dalla tenda color vulva. Schiaffeggiò le robuste spalle di Jason e di Simone; il tatuaggio sul dorso della mano (non era opera di Boreolo) era una venere di Willendorf. Uno di quei simboli di fertilità con grosse tette, pancione e fianchi larghi. Solo il necessario. Niente testa, né braccia o gambe che intralcino. Annuì, contorcendo le dita dalle unghie così perennemente macchiate di sangue da sembrare smaltate.

«Parlando di Camus» aggiunse Garth «ha anche detto: 'la ribellione metafisica è una pretesa... contro la sofferenza della vita e della morte, e una protesta contro la condizione umana sia per la sua completezza, grazie alla morte, che per la sua inefficienza, grazie al male'.»

Simone si grattò distrattamente poco sotto il pene nero, come se avesse le palle. «A me suona come ipocondria psicosessuale. Del tipo: mi fa male il cazzo, dunque sono.»

«È più di una satiriasi estrospettiva» sostenne Jason, «ingropparsi tutto ciò che scoreggia o bela».

«Per te ogni cosa è una pecora» commentò Big Garth.

Jason sorrise. «Siamo tutti alla ricerca di un animale con cui fonderci, e di un rifugio per quell'ibrido.»

«Se un tale luogo dovesse esistere, sarei la prima a consegnare al diavolo ogni uomo, ogni donna e bambino di questo puzzolente mondo, pur di poter entrare» affermò Simone. I suoi occhi guizzarono da una parete all'altra, quasi si aspettasse che quella sua offerta inducesse il varco ad aprirsi, tra pennacchi di nebbia color carne e olezzo di tanta fica, gratis e passiva.

«E ogni volta che ricevo un invito a un party come questo, non posso fare a meno di sperare che quando arriverò alla porta, quella si aprirà sulla sanguinaria Kyoto dei miei sogni» assentì Garth.

Jason non ne parlò, e non perché anche lui non desiderasse una simile claustrale macelleria, ma sentiva che era inutile. Era il parto di una mente libertina, il chimerico inguine alla fine di un arcobaleno in decomposizione. Doveva saperlo.

«Come va con quella chicca ti ho portato?» chiese a Garth.

«Devo ammettere, Cave, che quella tipa ha verve» rispose il pappone. Poi si rivolse a Simone: «È la prima volta che ho collocato nel giardino l'architettura di qualcun altro. Riesci a crederci, baby? Mi lascia un'opera sulla soglia, vene e arterie recise senza neppure una goccia di sangue, come se l'avesse fatto per tutta la vita. E quella cosa con gli occhi, un colpo di puro genio. La tua puttana, lì, col capezzolo ingioiellato? Dovresti vedere come i miei clienti vanno matti per le pupille di zaffiro nero, con dentro delle stelle. Quelle pietre devono essere costate una fortuna. E biforcare la lingua? Un'ispirazione. Dovresti darle un'occhiata, Simone. È nell'ultimo lettino sulla sinistra. Stasera è gratis. La miglior pubblicità è il passaparola, lo dico sempre.»

Simone legò il guinzaglio della sua schiava alla gamba di un tavolo e scostò la tenda.

«Generoso, da parte tua» disse Garth a Jason.

«Ciò che non sprechi, non ti mancherà» rispose lui.

Jason ricordava la notte in cui aveva trovato la donna, ferita dentro la sua auto, accartocciata intorno a un palo, le gambe schiacciate in quel piccolo barattolo italiano convertibile. Lei aveva pensato che fosse un pompiere coraggioso, l'uomo che la stava tirando fuori dalle lamiere proprio mentre divampavano le fiamme. Sentendo il sibilo dal serbatoio del gas coprire il suono della sua sincera risata, aveva pensato che fosse un paramedico ad avvolgerle con cura i lacci emostatici per impedirle di morire dissanguata. Singhiozzava tra le sue braccia, in agonia e vergogna, sapendo di aver perso il controllo delle viscere e della vescica quando l'auto aveva sbandato, fuori controllo, per poi schiantarsi contro il palo. Era peggio che impotente. Aveva pensato che fosse un angelo, a intercedere là dove solo il cielo poteva, tagliandole con delicatezza i vestiti rovinati, lavandola con acqua fresca che portava nelle sue mani a coppa. Il suo brusco risveglio era stato delizioso. Non aveva usato antidolorifici, come facevano sia Boreolo che Garth, affidandosi invece allo stato di shock in cui lei versava perché le ottenebrasse la mente. Come dato di fatto, fu un miracolo che lei non fosse morta per lo shock, soprattutto dopo che l'ebbe scopata, segato le gambe ferite e le braccia solamente contuse, e poi dopo che se l'ebbe scopata di nuovo. La donna decise che quello era un vero demone, e che doveva esser morta nell'incidente. Urlò, implorando perdono per qualunque peccato l'avesse condotta all'inferno. Lui l'aveva poi semplicemente scaricata sulla veranda di Big Garth, dopo aver finito con lei, visto che ai suoi occhi la novità alla Hieronymus Bosch si era già appannata, come la lucentezza di quel tipo di gioielli che si possono acquistare dal tizio all'angolo. L'aveva fatto per divertire il vecchio Garth, quando avesse visto il modo in cui aveva lasciato che si scorgesse l'osso attraverso la carne di ogni moncherino, rivestendone le estremità con elaborate corone di carta merlettata simili a quelle infilate sui tacchini nel Giorno del Ringraziamento.

«Desideri incontrare le signore?» gli offrì Garth, indicando il suo giardino bonsai al di là della tenda rosa. «È un serraglio tutto nuovo, rispetto all'ultima volta che l'hai visto. A parte il piccolo cespuglio di gardenie che mi hai regalato.»

Jason scosse la testa, vedendo Simone in una diafana crinolina color primula penetrare una ragazza distesa sul dorso come una tartaruga senza più scampo. Cominciò ad allontanarsi, sentendo di nuovo Big Garth citare Camus: «Convinti della propria condanna e senza speranza di immortalità, decidono di uccidere Dio.»

Jason ci rifletté su. E che dire del genio nella bestia? Sapeva che non era vero, che Dio fosse morto, ma che praticava degli abusi, avendo intenzionalmente creato la bestia? Avendole donato una scaltrezza coprofila, facendola brillare con stimmate emorroidali, e quindi creando il mondo perché lei vi potesse andare a caccia?

Ecco il vero superuomo, separato dal consesso sociale delle maschere con cerniere alla bocca e delle manette, non più umiliato dal peccato originale, non circonciso per le profanazioni dei suoi padri. Era lui davvero si era davvero ricreato, come un'icona di preistorica purificazione, fottendosene della Crocifissione. Estraneo a tutto ciò che non procuri piacere, o gratificazione immediata. Un Godzilla da gangbang, un enorme T-Rex che scopa schiacciando giungle e i diorama di Tokyo (o meglio ancora, di Bangkok). Un mostro di Frankenstein che si scrolla il pianeta dai corti peli pubici, senza paura del mondo, dal momento che non sarà più nei paraggi il giorno del giudizio, perché le sue valigie sono pronte e una speciale porta l'attende.

Non era ossessionato, non faceva l'eremita in un appartamento per topi circondandosi di ritagli di giornale e una dozzina di televisori rubati, tutti quanti sintonizzati sui notiziari. L'arrivo del millennio non significava nulla, per lui. Lui imperversava attraverso l'apocalisse tutti i giorni, si lavava nel sangue lungo notti da Rivelazione, accettando implicitamente quanto l'olocausto sia un rischio che si presenta ora dopo ora, e che richiede una profonda, animalesca animosità.

Alcune sinapsi non riposavano mai, né si bruciavano. Insistevano nel richiamare l'attenzione sul loro costante deflagrare, come uno stupratore che stuzzica ripetutamente con un coltello la pelle già imporporata, così che la sua vittima non perda i sensi per colpa delle lesioni.

Alcuni incubi non sbiadivano all'alba, ma si ingraziavano come un amante clandestino e fascinoso che non è possibile chiudere fuori.

Jason pensò alla frase di Camus citata da Simone: «Rieux credette di essere sulla strada giusta... nella idealizzazione della lotta, quando l'ebbe trovata...»

Se qualcuno non poteva scoparlo e ucciderlo, sodomizzarlo e mangiarlo, vomitarlo e cagarlo fuori per farne la terra e la malta del suo stesso pianeta, non lo voleva intorno.

Jason notò una donna messa all'asta nella biblioteca in cui ogni tomo era un libro sacro o una raccolta di filastrocche per bambini sul quale qualcuno si era masturbato, ci aveva sputato sopra o defecato. La donna era un po' più vecchia di quelle innocenti dagli occhi spalancati che di solito bazzicavano da quelle parti. Era un'orientale, se si doveva credere ai suoi occhi a mandorla. Ma era completamente albina: pelle nivea, capelli di platino, occhi color ciliegia pallida. Le sue membra erano simili a giada bianca, i suoi piccoli seni pietre lunari sormontate da capezzoli di perla. I riccioli alla giuntura delle cosce somigliavano alla schiuma sul latte appena munto. Non c'era una sola lentiggine, non una solitaria macchia di sporcizia, sul suo corpo.

Era troppo pulita, troppo perfetta. Jason si ritrovò ad assaporare sale grosso e rame, masticandosi l'interno delle guance. Sbavando come i cani di Pavlov addestrati nella cantina di un sadico ogni volta che sentivano slogarsi un osso o distorcersi un legamento.

Tirò fuori dal portafogli una spessa mazzetta di banconote ricevute per aver dato una ripassata alla moglie infedele di un gangster. Aggiunse anche il Rolex che aveva preso all'amante di lei, dopo averlo tagliato a dadini, e l'anello di smeraldi da dieci carati che aveva conservato su per il culo.

Condusse la donna al piano di sopra e la costrinse a ingerire una massiccia dose di lassativo. Là, in un soffice letto di senna e ipecacuana, sentendosi vigoroso per via dell'adrenalina, non era interessato a sottoporla a un semplice stupro. Inventò nuove, invasive posizioni, mettendo in atto una convulsa serie di purganti manovre sessuali, seguendo l'immaginario percorso di un epilettico Kamasutra. Si focalizzò laboriosamente sulla censura della catessi, una concentrazione del desiderio, praticamente nuotando nel supremo saccheggio della donna, senza lasciarle un briciolo di purezza, in un flusso che sciacquò quei suoi diamantini occhi rosa per ripulirli.

Pensò a ciò che sarebbe servito per evocare la chiave di quel fumoso Eden, laddove avrebbe potuto offrire ogni barbara offesa a un dio geloso, e di quella risorta Atlantide di dissolutezza in cui la sfrenata crapula era così scandalosa da infliggere a Dio il colpo di grazia, se non era già morto. È da sempre risaputo che la magia estrema richiede sacrifici e atti saturnali.

Quanti cuori pulsanti avevano strappato, Simone, Big Garth e Boreolo (e tutti gli altri misantropi sociopatici di quello spietato consesso) da petti viventi, offrendoli in sacrificio nella più misera speranza di aprire un portale verso quell'infernale utopia? Quante gole avevano tagliato o quante collane di duodeno avevano estratto da ventri fumanti, invitando le Bestie del Crepuscolo o gli incubi priapici o gli antichi mentori tentacolari ad aprire la via per un idealizzato, necro-libidinoso paese delle meraviglie?

Jason non lo sapeva, aveva perso il conto anche dei propri tentativi stregoneschi di evocare quell'acida finestra celeste. Però seppe, solcando l'indecente mare dell'albina, sfogandosi nella catarsi mentre quella moriva per crampi, disidratazione e annegamento, che in qualche modo con quell'atto si era avvicinato a una vera evocazione, più di chiunque altro. Aveva quasi avuto la lurida epifania di una donna che si sollevava le gonne per rivelare ciò che costituiva la parte inferiore del suo corpo, dissolvendosi poi al di là della sua portata. Prima, ciò che era rimasto della donna del Cairo aveva mulinato attorno ai suoi piedi come un presagio, un invito, un avvertimento. E a differenza di qualsiasi altro esemplare umano, a eccezione del superuomo, Jason non era indietreggiato per disgusto e per paura. Era caduto in ginocchio e l'aveva raccolto, a piene mani. Come fece ora con l'albina, anche se quella era carne, non merda. Anche se quella era solo una donna morta, incapace di aprire un varco.

*  *  *

Il Favo Infetto, tempo imprecisato

Le luci lampeggiavano, il rilevatore di movimento si scatenò, come un segugio di fulmini. Poi si spensero, in un idilliaco sollievo, poiché nessuno voleva vedere cosa vi fosse sulle passerelle di quei tunnel fungini. Nemmeno lei, forse. Ma a lei erano dedicati, più che a chiunque altro. I miliardi di esseri umani vissuti fin dal principio avevano generato quel luogo fatto di canali sotterranei in cemento lungo i quali lei ora stava camminando. Il risultato dimensionale della fatica psichica dell'homo sapiens. Simile allo sforzo del metallo che di solito provocava la caduta degli aerei dal cielo – un tempo, nei giorni prima che ci si rendesse conto che l'acciaio si consuma. Che cosa accadde a un'intera razza, quando ciò si verificò? Come rovinò per lo sfinimento?

Si trovava sottoterra, in un infinito labirinto di fogne contenente l'accumulo di ogni istante in cui la gente si trovava nella condizione della più pura genuinità. Dove finiva ogni oncia e pollice dei ridondanti sottoprodotti della civiltà, indesiderati dal resto dello spazio e del tempo. Il minimo comune denominatore, controparte dei più alti regni spirituali di acqua di rose e **aure** di stelle brillanti. Era sottoterra, eppure c'era vento, che ruggiva – o si infrangeva – precipitandosi sul paludoso contenuto dei canali, facendolo ondeggiare lievemente.

Le linee temporanee non erano davvero nulla di più di tutti i condotti e le fogne della natura e della storia, collegate a formare una considerevole rete di energia.

Ovunque lei guardasse vi erano corpi che ingombravano i passaggi o si riversavano lentamente nell'acqua ribollente di torbidi canali, i quali scorrevano senza controllo all'infinito, avanti e indietro, a destra e a sinistra. Corpi di bambini. Così tante facce sui cartoni del latte, sui sacchetti, sui volantini attaccati ai pali del telefono e incollati alle vetrine dei negozi di alimentari. Centinaia, migliaia, nessuna traccia. Dovevano andare da qualche parte; dovevano finire in qualche luogo. Nulla di organico era scomparso. E lei seppe, vedendoli nel labirinto, in tute della Oshkosh B'Gosh, in completi da gioco, in jeans rattoppati. In vestiti troppo adulti per loro, in corpetti, pizzi trasparenti aderenti alla pelle. In vestiti troppo infantili per loro, con arti in crescita che erompevano attraverso cuciture sfilacciate. In uniformi scolastiche, nei migliori abiti della domenica e nei peggiori indumenti di seconda mano. Nudi. Sapeva che erano stati schiacciati attraverso il condotto di scolo, rimanendo intrappolati nella patologia temporale dei rifiuti di un'intera specie. Per quale ragione, non sapeva rispondere.

Continuò a camminare, con le luci che si accendevano prima che raggiungesse la sezione successiva, e si spegnevano appena i suoi piedi scalzi abbandonavano quel tratto scivoloso.

I piccoli corpi erano rovinati, visibilmente deturpati attraverso gli orifizi. Sangue e pus e parassiti. Noduli gommosi di organi interni estrusi e scarafaggi. Gambe divaricate e braccia distese, come bambole Raggedy Ann. Bocche aperte, labbra contratte di lato, orecchie perforate, narici dilatate come se imbalsamatori egizi avessero rimosso i cervelli dei cadaveri con un gancio, con fori sulle sommità delle teste come le fontanelle sui crani dei neonati.

Sentì l'idraulico fare il suo giro, indossando la mascherina contro il puzzo e la mantella impermeabile che lo facevano somigliare a un moderno fantasma-topo di fogna sotto Parigi. La sua trivella di scarico borbottava, un'eco meccanica rimbalzava su graffiti di merda in una vacua sintassi fra muri ricoperti di salnitro.

Era una macchina chiamata in gergo 'il serpente', che macinava con un lungo, sottile membro metallico a spirale, per rimuovere le ostruzioni.

L'uomo brontolava, trovando intasamenti ovunque, coaguli che minacciavano di attaccare il cervello o il cuore, fatti di merda e grasso, capelli e carta igienica. Si fermava davanti a questa e a quella forma di bambino, pungolandola con la punta della trivella, poi faceva in modo che l'estremità del cavo di ferro scavasse e si infiltrasse. Cercando di liberare qualcosa: un passaggio verso la luce, un passaggio per uscire dalla psicosi. Lavorava maniacalmente, ma anche con tristezza, come se cercasse di instillare in loro qualche illuminazione. Ogni tanto si fermava, spegneva il serpente, correva verso una scala comparsa all'improvviso su una delle pareti, a tentoni si arrampicava, poi gridava, scoprendo che quella terminava senza incontrare un tombino che conducesse all'esterno. Quindi tornava giù, riprendeva la trivella, e tornava a perforare.

Lei non indossava il velo, là sotto, né una benda, né occhiali da sole. Unicamente in quel luogo non era tenuta a farlo. Avvertì lacrime sulle guance. Un tale spreco, un tale vuoto. Erano proprio lacrime? Che cos'erano, in fondo, se non umidità empatica?

Pensò agli elitari evacuatori che filosofeggiavano di uccidere Dio, ma giurando che la loro merda non puzzava. Guardò l'idraulico impazzito che cercava di traslare la propria rabbia sui corpi dei bambini. Non aveva assassinato Dio, ma solo la nozione di un essere di Luce che poteva permettere alle Tenebre di esistere. Era una folle presunzione, l'idea che i fabbricanti di merda potessero mettere in discussione le motivazioni delle divinità.

Sventrò un adolescente e ne estrasse gli intestini, sollevandoli come festoni. Cantava morbosamente, stupidamente: «10 metri di viscere sul muro, 10 metri di viscere. Ne prendi un po' e le molli giù con uno sputo. 9 metri di viscere sul muro...»

Se ne lasciò cadere un pezzetto in bocca, e deglutì. Poi urlò, quando un crampo lo piegò in due. Si slacciò i pantaloni in tutta fretta e si accovacciò; il sudore gli colava sul volto in sporchi rivoli mentre si sforzava di espellere un duro nodulo.

Quello ricadde dietro di lui, rotolando giù dal bordo della passerella per tuffarsi nella trincea della fogna. L'uomo tentò di afferrarlo, lo mancò, saltò giù per recuperarlo. Lei lo guardò andare a fondo, per poi tornare a galla scuotendo cordami di muco dalla testa, soffiando bolle grumose dalle narici. Si lasciò affondare di nuovo.

Voci agghiaccianti provenivano da ogni bambino immobile, morto ma parlante, perforato ma sognante. Lo chiamavano in tono lamentoso: «Non ci lasciare!»

Lei lo osservò emergere e immergersi una volta ancora, il nichilismo insito nell'atto fecale, il desiderio di ristabilire ciò che si era perduto. Era, dopo tutto, il corpo che vi rinunciava. Per cui, quei mattoni duri come diamanti e quelle vasche, insopportabilmente dorate, dovevano essere le chiavi per l'immortalità.

Sapeva che l'uomo non avrebbe trovato quel pezzo. In una simile distesa – oceani, galassie – come avrebbe potuto? Sarebbe risalito, come faceva sempre. Riprendendo il suo macabro lavoro. E sempre, comunque, consapevole del fatto di trivellare ciò che era già stato sciupato e scaricato, in un insondabile passato.

\* \* \*

*«La paura è una nobilitazione dello spirito sognante...»*
S.Kierkegaard

Sheol's Ditch, oggi

Jason non aveva alcuna paura mentre si pavoneggiava lungo la strada. Fece lampeggiare un sorriso nella vetrina dell'appariscente negozio davanti al quale stava passando, i muscoli delle braccia scoperte che vibravano ancor di più nel vetro distorto dal sole, mentre il suo torace massiccio e il rigonfiamento nel cavallo dei jeans generavano una silhouette deformata in modo quasi spaventoso. Nessuno sano di mente l'avrebbe fottuto. Nessuno sano di mente l'aveva mai fatto.

Quella banda di esaltati perdenti che si erano presi gioco di lui la settimana prima, cercando poi di sfidarlo, difficilmente avrebbero potuto essere definiti sani di mente. La sua incredibile forza e l'agilità nelle arti marziali li avevano trasformati in chiazze scarlatte e marroni che decoravano il cemento grigio e i fuligginosi muri di Sheol's Ditch. Aveva trascinato ognuno di loro, le ossa in frantumi e ormai quasi morti, in un differente isolato del quartiere vecchio. Poi li aveva ripuliti disseminando schiuma, sangue e merda attraverso i luoghi storici locali. Non era erudito, no, ma qualsiasi altra cosa sarebbe stata un mero sofisma. I suoi pensieri potevano essere grezzamente esistenziali, ma le sue azioni risultavano più incisive, pragmatiche.

In ogni caso, li aveva trucidati in modo tale che tutti sapessero, e quindi nessuno potesse nutrire alcun dubbio. Fottere Jason Cave significava patire un grave castigo, e restare con poche prospettive di speranza in una vita decente. Per un po' lo avevano dimenticato, mentre lui si trovava all'estero. Avevano affrontato altre creature, in sua assenza. Poi, quei mesi erano divenuti anni, mentre lui viaggiava attraverso il sud-est asiatico, il Sud America, il Sud Africa, nutrendo la testa con le diverse opinioni culturali sulla vita e la morte, nutrendo i lombi con i giocattoli esotici che causavano reazioni extracorporee e autosuggestioni. Quand'era tornato, aveva dovuto insegnare al pubblico di casa tutto da capo. Fu una lezione che inflisse a intervalli regolari, per assicurarsi che nessuno la dimenticasse di nuovo.

Un mese prima c'era stato quel poliziotto sotto copertura, anche lui una cintura nera. Il narco era muscoloso come Schwarzenegger, più di Seagal e Van Damme. Ma Jason lo aveva appeso per i testicoli a un lampione, legato come un tacchino, all'angolo tra la Rilke e Buber Street. Naturalmente, il flaccido scroto non è in effetti progettato per sostenere una novantina di chili. Niente più sperma per il narco. Le sue urla si erano udite fino al recinto delle corse dei cani, mentre quello si era lentamente liberato strappandosi dal doloroso appoggio, fra pezzi di scroto maculato ricaduti giù come i brandelli di un dirigibile esploso.

«Oh, santo cielo!» aveva gracchiato un sarcastico ragazzino, osservando la scena dalla veranda di sua madre. Finché la donna non l'aveva preso a schiaffi e tirato dentro, per poi sputargli addosso: «Quella è opera di Jason Cave, stupido piccolo bastardo! Per l'amor del cielo, vuoi che qualcuno sappia che hai visto tutto, e che lo racconti in giro? Vuoi farci massacrare entrambi, idiota ritardato?»

Sei mesi prima c'era stata quella ragazza; aveva tredici o quattordici anni e due grossi seni, capezzoli di cannella e una fica dal penetrante sapore di sidro, la carne del ventre morbida come un pasticcio al burro. Alcuni avvocati dei quartieri alti avevano deciso di citare in giudizio Jason per lo stato di coma causato alla ragazzina, quando il procuratore distrettuale aveva dichiarato che non sussistevano prove sufficienti per perseguirlo. Il retto del signor Ackerman era rimasto ben stretto davanti al suo uccello, ma non dopo che Jason gli ebbe infilato dentro entrambi i nunchaku. Le sue labbra pallide evidentemente non avevano mai conosciuto il sapore del sangue, degli escrementi e degli aspri succhi delle ghiandole sebacee.

Ma tutto ciò era irrilevante. Jason non aveva bisogno di rivivere quel genere di vittorie, brutali ma sordide, per sentirsi invincibile. (Si era solo un po' divertito.) Non doveva pensare ai suoi pugni e al suo cazzo per sentirsi al sicuro su quelle strade, dalle quali ormai le persone stavano lentamente scomparendo.

Lanciò un sorriso carnivoro alla propria immagine e si disse ad alta voce: «Non si può trovare paura nella bestia.»

La gente, sentendo nel suo alito l'odore ferroso di interiora bovine, si ritraeva.

Ma quelle sparizioni non lo riguardavano, e questo era chiaro vista l'identità di alcuni dei personaggi scomparsi, tra i quali il grande Garth, Boreolo, Simone.

Una contorta combriccola: nessuno che avesse mai sfidato Jason, così come lui non aveva mai sfidato loro. I membri del più degradato, regredito circolo di demoni si riconoscevano a vicenda. Mentre erano spesso in competizione per la stessa carne, raramente si erano ritrovati a combattere su fronti opposti. Erano vicini tra loro, come possono esserlo degli amici.

Jason ricordò una conversazione a una festa, si parlava di un luogo in cui avrebbero potuto realizzare il desiderio del loro cuore. Non che lui ne avesse mai discusso, in quello o in qualunque altro frangente, ma ne aveva sentito parlare molte volte. Quella storia emergeva ogni volta che si ritrovavano insieme in un certo numero; ubriachi, drogati, eccitati. Si struggevano per un luogo mitico in cui avrebbero potuto mordere le bellezze di ogni sapore fino a quando i loro corpi non fossero **divenuti sacchi pieni di vetri rotti, le loro anime e i loro atomi riplasmati. Potevano essere uccisi e poi riciclati in secchi di riso verminoso e zuppa decomposta per buongustai, finché di loro non fosse rimasto altro che liquido. E poi avrebbero fermentato.** Chiunque, contorto come loro, era a caccia di un luogo simile. Ma quel posto non si era mai rivelato, in alcun vicolo o nel retro di una qualunque bettola, anche la più segreta, o nella tana di un verme o in un buco nero o nell'infernale materia oscura nascosta in questa logora parte dello spazio.

Ma Jason immaginava che dovessero averlo trovato, perché erano scomparsi senza lasciarsi alle spalle alcuna traccia di giochi sporchi. Chiunque di loro si sarebbe tuffato dentro un simile favoleggiato, circense ematoma in un fottuto nano-secondo, senza esitazione sarebbe stato disposto a rimanervi per sempre, senza esitazione. Jason lo sapeva, l'avrebbe fatto lui stesso, se avesse scorto il passaggio per una tale Shangri-La torpida e squamosa. Non che avesse mai creduto davvero a tutta quella spazzatura, non proprio. Dopo il Cairo, era stato a Bangkok, Buenos Aires, Città del Capo, Calcutta, Rangoon, Bujumbura, cercando di incontrare qualcosa che potesse avvicinarsi a quanto aveva trovato in Egitto.

La maggior parte delle persone normali non riusciva a comprendere la violenza delle ossessioni. Non poteva mettere in relazione una semplice scarica di adrenalina e una complessa necessità emotiva. Tutto ciò proveniva davvero da un mondo diverso, da quell'impulso a emergere a ogni livello biologico, specialmente nella sua fase di declino. Artificiale o no, personale o no, rappresentava uno sfogo per l'ennesima emozione extra di cui ardevano tali entità... anche se potevano apparire fredde o prive di sentimenti, o pensare esse stesse di essere vuote di tutto.

No, quello non era il vuoto. Era eccesso.

Non c'era niente di vacuo, in una persona con così tanta malinconia e con troppi sogni vividi, viscerali, da mantenere vivi. Quello era l'ultra-sopravvissuto, non necessariamente del sé corporeo, ma dell'ego. Il super poeta delle ossa, giocoliere degli inesauribili concetti di filosofia mortale che la maggior parte dei cittadini 'normali' è troppo codarda per prendere in considerazione.

Sì, Jason era un Nietzsche in piena regola.

In un improvviso attacco di esibizionismo, citò da 'Così parlò Zarathustra' gridando: «Vorrei che venissero predicatori della morte veloce!»

Si inchinò, dapprima agli zotici rannicchiati sul marciapiede, poi alla propria immagine increspata nella vetrina di un negozio di articoli usati, con il capo riflesso su un solenne manichino senza testa che sfoggiava un abito nero a buon mercato. Lo fece apparire un predicatore. Oppure un becchino.

Se era possibile essere un delinquente esistenziale, Jason ne era la prova. Spesso contemplava la natura perversa di sé e degli altri, anche quand'era in procinto di commettere un'indecenza. Metteva in discussione le proprie effimere motivazioni, mentre sentiva la gabbia toracica di qualcuno schiacciarsi sotto le sue suole. Analizzava i propri sentimenti mentre conficcava una parte della propria anatomia (o un suo simbolo: vale a dire una bottiglia, un manico di scopa, un tubo in PVC) in un ricettacolo carnoso per la propria tormentata euforia.

Il suo semplice mantra. Sei troppo pieno?

Condividi l'eccesso.

Riempine altri.

Il pensiero dei 'normali': «Vattene, mutante. Questo mondo non è per te.»

Eppure lo era! In ogni violento sviluppo della selvaggia storia dell'uomo, lo era. Ogni briciolo di brutale carnalità della specie umana apparteneva proprio a individui come lui. L'uomo era effettivamente una mutazione della specie che l'aveva preceduto: astuzia e destrezza accresciute fornivano l'impulso per forgiarlo in una superbestia, una specie che domini il pianeta.

Il problema delle persone normali era che si erano scordate di essere stati degli animali, animali superiori, ma ugualmente mammiferi predatori. Jason non l'aveva dimenticato, nemmeno per un secondo. Mai.

Sbirciò di sottecchi la gente normale che procedeva nella direzione opposta, lungo la via. Osservò parecchi individui che lo colmavano di impulsi traboccanti. Un'anziana signora: l'avrebbe voluta appendere a un gancio sul soffitto, nel proprio appartamento. Per calcolare quanto tempo avrebbero impiegato gravità e dolore a far precipitare tutte quelle rughe sul pavimento. Una giovane madre con mammelle gonfie di latte: se la sarebbe scopata in mezzo ai seni finché la crema non fosse sgorgata da entrambi, finché non avesse potuto portare alle proprie labbra quella della donna mentre lei, con la testa rivolta verso l'alto, annegava nella sua. Un uomo troppo bello dai capelli blu-neri e una barba così curata e oliata da sembrare un pube femminile. Jason si sarebbe tuffato tra le pagine di un libro di ritratti di Mapplethorpe, per farne un'abbuffata e per poi accovacciarsi sul corpo dell'uomo e defecargli nella bocca spalancata, ascoltando il lamento di quel dandy dell'arte culinaria.

Pieno! Così pieno! Jason si godeva la propria passione sbavando dagli angoli della bocca, sudando sotto le ascelle, tendendo il cavallo dei jeans come un cane alla catena.

Dannazione, quello non era il vuoto. Quel ferino sorriso carnivoro che occhieggiava verso di lui dal riflesso nella vetrina non possedeva nulla del vuoto. Non vi era tabula rasa, là, a supplicare di esser incisa con la redenzione.

La Natura deplorava il vuoto, e quello era il motivo per cui aveva creato esseri come lui. Come Big Garth, Boreolo, Simone. Ora, se solo la Natura avesse creato un luogo in cui la loro specie potesse abitare ed esplorare i confini delle sensazioni (per le quali non esistevano veri limiti), senza il pericolo di incorrere in un sistema giuridico messo insieme da quelle pecore che decidevano che cosa fosse 'normale'...

Quelle persone erano il vero vuoto. Nessuna sincera erezione o uccelli succosamente lubrificati, fra loro. Lombi vuoti, martelli cavi. Impotenti nullità senza sogni.

Alcuni corpi erano stati trovati, naturalmente. In condizioni talmente abominevoli da essere irriconoscibili come tali, in un primo momento. Perché le carni, i lineamenti, la corretta disposizione degli arti... la realtà che fossero stati braccia e gambe... erano così distorti che avrebbero potuto essere grumi di tessuto, organici ma alieni, caduti dal cielo nello stesso modo in cui erano documentate piogge di rane, pietre e gangli contorti.

La manna di un uomo...

Quei morti non erano caduti dal cielo. E qualunque cosa fosse stata fatta loro per ridurli in uno stato simile non derivava da un qualunque programma/pogrom celeste: una punizione dei peccati o roba del genere.

Jason invidiava la grezza ferocia nelle lesioni che aveva visto, mentre ricorreva all'uso dei suoi aguzzi gomiti per aprirsi un varco attraverso la folla riunita attorno a uno di quei pezzi di uomini. Neppure i denti – dislocati e confusi nella polpa, molti dei quali sbriciolati in polvere di smalto – fornivano indizi, perché non c'erano le condizioni adatte per prelevare un'impronta dentale che consentisse l'identificazione. Solo un occasionale anello con sigillo inciso, graffiato da frammenti di ossa, o l'articolazione in acciaio che qualche chirurgo riconobbe come opera propria, o una parte di portafoglio setacciato attraverso una melma di stufato in decomposizione, permisero di intuire a chi appartenessero quei corpi devastati:

Thomas, il pedante pervertito, pederasta con la pistola per la colla a caldo;

Mae, la sedicente vampira armata di cloroformio, gourmet del cocktail mestruale;

Rondi, dai forcipi su misura... tonsille, lingue e clitoridi simili a bucce di pesca dentro le tasche, mietuti da ubriachi e tossici incoscienti sopra cumuli di letame.

Se non fossero stati identificati come vittime di omicidio (o vittime di qualche tipo), Jason avrebbe supposto che fossero andati dov'erano andati gli altri. Nel fottuto paradiso pandemico. O forse avevano anche trovato quel luogo, ma non erano sopravvissuti perché non ne erano risultati degni. Un posto del genere non avrebbe dimostrato pazienza, nei confronti dei deboli. Avrebbe fatto esattamente ciò che i cadaveri sembravano aver subito; ne avrebbe masticato ogni centimetro, e poi li avrebbe sputati fuori.

Per cui Jason non aveva paura. Che cosa aveva da temere? Non era un semplice rapitore di bambini, o un maniaco alcolizzato. Capace solo di depredare gli indifesi. Anche se non avrebbe ignorato le occasioni concrete, se si fossero presentate.

Cos'aveva detto, Sartre?

«L'uomo che confessa di essere il male ha scambiato la sua inquietante 'libertà dal male' per un'inanimata personificazione del male; egli è il male... egli è ciò che è.»

Jason di sentiva dispiaciuto per quegli incolti balordi analfabeti. Non aver letto i filosofi significava non conoscere mai il conforto di paroloni su cui meditare.

«Io sono il male» confessò ad alta voce, col suo erompente tono baritonale, alla vecchia signora che avrebbe voluto impalare sul gancio da macellaio, alla giovane madre che spingeva la carrozzina e all'uomo con la barba di fica, in questo caso aggiungendo un caldo sputo screziato di pasticcio di rene mangiato a pranzo.

«Ho anche scelto di essere terrificante» aggiunse, con un sonaglio d'acciaio tra le fauci e una vena che gli pulsava sulla fronte. Era una parafrasi di Sartre, sostituendo alla terza una più emotiva prima persona.

«È fottuta demenza, amico» sghignazzò l'uomo con la barba. Ovviamente non era uno del luogo.

Jason lo colpì duro in pieno volto con un sinistro. Sentì l'osso del naso spaccarsi come una serie di gusci di noce, mentre le nocche affondavano producendo un soddisfacente rumore di poltiglia.

«Grazie mille» rispose Jason quando il tizio si accasciò sul marciapiede; sia la mammina dalle tette portentose che la nonna raggrinzita come un cane shar pei si pisciarono addosso.

Attraverso la vetrina della lavanderia a secco lì accanto Jason poté vedere un impiegato afferrare un telefono per chiamare il 911. Il proprietario glielo strappò via frettolosamente di mano dicendo: «Mio Dio, no! Lavoro qui da quattordici anni. Vuoi rovinarmi?»

Poi Jason vide lei, proprio all'angolo dove la strada ripiegava attraverso un breve vicolo che correva dietro un coffee club per poeti beat con annesso ristorante soul food. Versi sciolti, nervosismo caffeinico, gestalt untuosa, niente più sperma per anime in gelatina.

Jason ansimò, grattandosi per quel prurito che si andava diffondendo fino al suo cane in catene.

Quant'era prosaico. Da massa ambulante di muscoli meccanizzati qual era, Jason possedeva ancora un'educazione, e avrebbe dovuto essere in grado di inventarsi qualcosa di meglio.

«Baby, varrebbe la pena svegliarsi e scoprire che ti ho trasformata in uno scarafaggio gigante!»

La donna stava dicendo qualcosa, con una voce molto sensuale, parole che penzolarono dal viola opaco e umido della sua bocca prima di cadere, praticamente inascoltate.

Non gustate.

Jason si avvicinò come un venale Icaro, con le sue ali di cera che si scioglievano perché era volato troppo vicino all'orifizio perfetto. Tali vortici fumanti erano roventi come bracieri. Allungò un orecchio.

«Io sono la porta» disse lei.

La sua voce era il metallico vibrare di un gong d'oro, il musicale gorgoglio di una grondaia che gocciava lentamente. Poi aggiunse: «La soglia per Aralu.»

La sua pelle brillava **come se fosse stata colpita da un improvviso** acquazzone, che Jason non aveva notato.

**Era vagamente nebulosa, con quel volto di topazio pallido, un'esotica fusione negli alti zigomi angolari che si affusolavano verso il** mento simile a una tazzina da tè cinese in osso. Aveva lunghi capelli neri, che aderivano al suo corpo come umide foglie e rampicanti della foresta pluviale.

Jason avrebbe voluto vedere i suoi occhi, ma lei indossava occhiali da sole. Una donna come quella... i suoi occhi potrebbero risucchiarti. Ancor più del gorgo della sua bocca color prugna o del torrido vortice della sua vagina.

In verità, una volta aveva strappato un occhio a una ragazza, e poi aveva cercato di scoparle l'orbita. Non era riuscito a infilarci che la punta dell'uccello. Un esercizio di calda frustrazione ed estasi limitata all'osso.

«Io sono la porta» sussurrò, appena Jason le si avvicinò ad ampi passi. Indietreggiò un poco nel vicolo, poi si fermò. Lui non poté dire se lo avesse visto o meno, o se stesse semplicemente reagendo, muovendo un passo all'indietro, a un senso di pericolo incombente, di febbre psichica.

Era possibile che quella donna fosse cieca, e per questo indossasse occhiali scuri?

I suoi occhi erano danneggiati? La cataratta bianca? Incrinati come marmo crettato?

Perduti?

Sarebbe stato interessante osservarli, quando Jason si fosse immerso dentro di lei. Indagare la tenebra da entrambe le estremità.

Jason l'afferrò rudemente per le piccole spalle da uccellino e premette lo spesso bacino contro il suo. Lei rimase solida come un tronco d'albero, senza vacillare, né flettersi, né piegare le ginocchia. Lui colse un soffio di strano profumo. Un odore verde, come di muffa, e di terra, quando essa è nera e zuppa di pioggia, e... cloro?

Jason cinguettò: «Se così parlasse Zarathustra, come sarebbe il parlare zarathustrano?»

Lei ignorò quel suo chiacchiericcio preliminare, sussurrando in una voce di tardo autunno: «Io sono il portale.»

Lui ringhiò. «Be', ti dirò quindi qualcosa in zarathustrano, **così come l'hanno detto a me.**»

A quel punto portò i polpastrelli sopra quelle scure lenti protettive, preparandosi ad abbassarle, come presto avrebbe fatto con le scure mutandine che lei probabilmente indossava sotto. Ma da una 'porta' ci si sarebbe potuti aspettare della biancheria intima? Continuò, proponendo il Nietzsche appropriato: «Eccolo qua. 'Molti muoiono troppo tardi e pochi muoiono troppo presto. La dottrina suona ancora strana: muori al momento giusto!'»

Abbassò gli occhiali da sole.

Non c'erano sclera o pupille o piccoli condotti lacrimali negli angoli interni. I suoi occhi erano liquidi, vorticanti in senso orario, come acqua che scorre giù per gli scarichi. Solo che era acqua scura, nera, densa, polposa.

E da filosofo qual era, Jason non poté evitare di pensare all'abisso di Nietzsche, a come quello fosse davvero un pozzo nero, e a quanto la scoperta della sua natura senziente – la sentinella dell'osservatore – fosse terrificante, in quel contesto. Allo scarto di qualcuno, sia passivo che attivo, come un bambino abbandonato e risentito. Un aborto proveniente da un festino, che avvisa d'essere cosciente di chi lo ha guardato troppo a lungo, capace di riconoscere ogni singolo gravame d'incubo che quello vi ha lasciato cadere dentro. Era l'abisso che ricambiava lo sguardo.

Le immagini capovolte di Jason dentro gli occhi della donna sembravano scorrere giù, lungo quei canali di scolo. Per un attimo il vicolo si inclinò, finché la parte superiore e quella inferiore si scambiarono di posto, il suolo mutato in un merdoso cielo marrone. Jason si tirò indietro, facendole voltare il capo con un pugno, furioso per la sensazione di aver perso il controllo. Lei non lottò quando lui la spinse a terra, forzandola nuovamente a distogliere lo sguardo da lui. Le sollevò la gonna, aspettandosi di vedere... ma non scoprendo infine una metà inferiore composta da escrementi. No, certo che no. Quell'altra non si era coperta gli occhi. In realtà, gli occhi erano tutto ciò che si poteva vedere di lei, quando aveva attirato Jason attraverso quelle strade egiziane, anni prima. Quella donna invece nascondeva i suoi occhi, aveva lunghe gambe di pallido topazio, fianchi di ambrosia. Niente biancheria intima.

Le divaricò le gambe, preparandosi ad abbassare la lampo. Quel fenomeno non era la donna del Cairo, ma aveva una porta perfetta per lui.

Ciò che vide, ancora infilato fra le sue gambe della donna, era un enorme pene nero, con vene e brandelli che penzolavano dalla base.

«Ti ha scopata Simone?»

Il pene doveva essersi strappato, il trapianto di pelle non aveva attecchito. Immaginò la lesbica urlare a sangue e barcollare, bestemmiando a destra e a manca. Doveva essere tornata da quel chirurgo e trafficante d'organi in fondo alla strada per infilargli il rene di qualcuno su per il culo. Il cazzo si era rotto all'interno di quella ragazza, e lei ora lo stava portando in giro dentro di sé come un contorto ricordo o un tampone assorbente di carne. Jason l'afferrò e lo tirò fuori. Immediatamente eruppe un fiotto di sangue scuro.

E poi, anche altre cose cominciarono a uscire. Un torrido fiume di materia che costrinse Jason a ritrarsi, schiacciandosi contro un muro sporco dietro un'erboristeria cinese, accanto a un cassonetto che puzzava di radici di zenzero mature e testicoli di toro.

Fluivano fuori da lei. Grumi di tessuto. Cose con arterie pulsanti e rigaglie esterne di schiumosi organi rosa. Animali così intrecciati tra loro che avrebbero potuto appartenere a una dozzina di specie diverse. Persone malformate, cieche, in parte rivoltate, membrane di carne pastosa come appiccicose pinne di pesci rossi che li faceva apparire in procinto di liquefarsi mentre nuotavano fuori da lei. Indefinibili orrori di teste viventi mozzate che facevano gargarismi col piscio e mostruosi stronzi con occhi di opale. Statue di terracotta e bracciali in bronzo, un arazzo rinascimentale dispiegato in un'indicibile sporcizia, una bambola Raggedy Ann con talmente tanti tagli di coltello sul corpo che l'acqua nera vi sibilava attraverso, la trivella di un idraulico con il cavo ritorto in un vortice simile a un intreccio celtico, gli specializzati aghi da tatuaggio di Boreolo. Una mano recisa col tatuaggio di una Venere di Willendorf, senza testa, senza arti.

Quella di Big Garth.

Parte di uno stivale in pelle curiosamente rugosa, come derma scrotale o tessuto fetale. Ma non era più rossa. Le acque fecali l'avevano macchiata d'ebano.

Ogni canale di scarico doveva avere una fine, e potersi svuotare.

Lo sguardo di Jason si spostò, allontanandosi dal viso della donna, dai suoi occhi. Un Icaro venale. Ma quella roba non era rovente; era gelida. Forse simili vortici erano sempre freddi.

E all'improvviso conobbe il terrore, vedendo le spumose creste della propria identità roteare tutt'intorno e poi giù, dentro quegli occhi. Non c'era una speciale El Dorado per dannati come lui. Solo il luogo in cui rifluiva la merda.

La donna si tirò a sedere, come una sirena che gioca in un fiume di scolo, e spalancò le braccia. Anche se non era fra le sue braccia che l'uomo stava andando.

Jason percepì la risacca.

# MISERICORDIA

L'ospedale era un luogo di linda deturpazione, ripulito da ogni macchia, sterilizzato con i talismani del disinfettante fino a pungere le narici, sottoposto a sacre abluzioni per lavar via ogni traccia di infezione senza rimuovere le cicatrici. E non importava quanti grumosi, grigi tumori ancora scossi da spasmi, quanti neonati dalle teste bluastre completi dei cordoni ombelicali che li avevano strangolati, quanti esofagi corrosi, quanti fegati ridotti a colabrodo dalla cirrosi, quanti nodi cerebrali atrofizzati dalla sifilide al terzo stadio, quanti pezzi di corpi dispersi e non catalogati, scaricati durante l'ultimo incidente aereo avvenuto nelle vicinanze, e quante altre assortite deformità entravano nel tritarifiuti chirurgico e poi nel cassonetto prima di scomparire: Clemencia sapeva che quel luogo non sarebbe mai potuto essere immacolato. Era solo un lazzaretto.

Ma era anche la sua chiesa. Dove lei, più d'ogni altro, dimorava come santa patrona.

Camminava lenta lungo il corridoio troppo illuminato, col camice che le sventolava liberamente intorno, come una pelle presa in prestito da qualche vittima sacrificale, ma troppo grande perché l'azteco usurpatore potesse apparire elegante. Si fermava davanti alla porta di ogni stanza e lì rimaneva in ascolto, cercando di percepire quanto grande fosse il dolore al loro interno. Il dolore era una cosa chiaramente percepibile, per lei, ovunque, dal sospiro di un cuore in procinto di arrendersi al collasso delle arterie intasate, fino allo spezzarsi delle connessioni che governavano gambe e muscoli della schiena, come quando qualcuno durante un attacco epilettico si piega violentemente all'indietro. Accanto a una porta udì un brusio. Entrò, per nulla preoccupata che qualcuno la vedesse. Nessuno l'aveva mai fatto. Nessuno che non facesse parte del processo, in ogni caso.

Un uomo raggrinzito giaceva nel letto, la pelle chiazzata e sgretolata. La coperta era cosparsa di quelle dermiche desquamazioni, così come il pavimento intorno al letto, al punto che la camera pareva ricoperta da una coltre di polvere rosa. Il suo petto si alzava e si abbassava in modo non uniforme; il rumore del suo respiro era un crepitare di nacchere polmonari. Deboli gemiti sfuggivano attraverso le sue labbra mentre la malattia dentro di lui stava picchiando duro; poi, prese a macinare avanti e indietro i molari appiattiti e gli incisivi acuminati.

Clemencia scivolò accanto a lui e gli distese i palmi sopra il torace, premendo adagio. Onde d'aria color giallo-bile risalirono e fluttuarono dal vecchio fino a scomparire nelle sue dita. Il fatto che fossero nocive – quanto bastava, perlomeno, per spingere le infermiere a tirarsi indietro, senza fiato – non disturbava Clemencia. Vi era poca differenza fra il loro puzzo e il profumo del bouquet di crisantemi sul tavolo lì accanto. Il primo proveniva da un uomo morente, l'altro da fiori che stavano morendo fin dal momento in cui erano stati recisi, in realtà da quando erano fioriti. Lo trascinò fuori deliberatamente, con delicatezza, cercando perfino di non svegliarlo.

Gli occhi del vecchio si aprirono di scatto, e la fissarono. La sua bocca si stirò in una smorfia distorta, come per imitare l'aspetto che avrebbe assunto una volta spirato, quando per una manciata d'ore il corpo umano sembra sorridere alle battute della vita. Parve sforzarsi di dire qualcosa, di tradurre in parole il proprio terrore, un incantesimo pensato apposta per cacciarla via da sé. Ma nulla uscì, a parte un rantolo corrotto, un'eco perduta nel ronzio e nei *clic* degli apatici macchinari per il supporto vitale.

Clemencia sollevò teneramente le mani e gli accarezzò il volto febbrile. La paura abbandonò l'uomo. In pochi istanti, anche la sua vita se ne andò.

Clemencia si voltò per lasciare la stanza, senza guardarsi alle spalle per osservare la pace sui suoi lineamenti. Sapeva che era morto. Quella era la sua funzione: consegnarli, nel modo in cui era specializzata, alla Legione delle Morti.

Senza che vi fosse mai stato un incontro fra i membri, senza che mai le fosse stata notificata la sua condizione, Clemencia aveva quasi sempre saputo la verità circa la propria natura. Ma com'era diventata così?

*Occorre essere nati nella Morte*, pensò.

Ma a malapena si ricordava di un'altra esistenza, qualche tempo prima di questa. Di ciò che *era stata*, prima di diventare ciò che *era*.

* * *

Da bambina viveva in una casa nella quale non aveva mai udito una sola parola dei suoi genitori. Non che fossero fisicamente muti, o che avessero alla gola alcun difetto che impedisse loro di parlare. Non avevano mai ingerito veleni che potessero aver corroso le loro corde vocali, non si erano mai tagliati la gola con rasoi arrugginiti, non avevano mai usato le unghie per maniacali tracheotomie artigianali. Non erano ebeti, o privi di lingua. Semplicemente, evitavano di parlare: non lo facevano al tele**fono (non ne possedevano uno), non lo facevano l'un l'altra (non si possedevano l'un l'altra**). Non vi era né una radio né un televisore che potesse creare un falso senso di comunicazione. Anche la cameriera – sempre in bilico ai margini delle stanze, nella sua divisa bianca e nera frusciante come le foglie dell'amaranto – non mormorava mai, non cantava mai, non increspava mai la quiete con più di un sospiro. Muoveva con leggerezza il suo piumino sopra la mobilia, sollevando silenziosamente dei vorticosi tornado.

Clemencia riusciva giusto a ricordare quando lei trotterellava per casa, forse all'età di due anni, più o meno, quando un bambino richiede una grande quantità di attenzioni. Ma non c'erano letture da libri di fiabe, lezioni su come comportarsi, e neppure ninne nanne. Sua madre e suo padre si consideravano vicendevolmente dai lati opposti del salotto, coi loro bei lineamenti guastati dalle fratture di un triste amore misteriosamente non corrisposto, anche se la coppia *stava* insieme, come se in fondo desiderassero avidamente protendersi per raggiungersi. Il silenzio era semplicemente imbarazzante, come se non fossero sicuri del modo in cui riempire in maniera adeguata quell'assenza di suono. Se non fosse stato per la cameriera, che senza dire una parola dava da mangiare alla bambina e la cambiava, con le sue mani bianche così fredde al tatto, che cosa ne sarebbe stato della piccola Clemencia?

All'età di tre anni, era accidentalmente incappata in loro mentre sembravano dediti a uno strano processo sessuale. I loro volti erano distolti l'uno dall'altra, i torsi nudi si strofinavano ferocemente, i fianchi impegnati in manovre disperate, l'erezione paterna che speronava con forza, dentro e fuori, il sanguinante grembo materno. Ma le loro braccia erano tese all'esterno, come se mulinassero per mantenere l'equilibrio, annaspando nell'aria in modo tale da suggerire che nessuno dei due potesse percepire l'altro, ma che stesse scandagliando: *dove sei? dove è il mio vascello? perché le mie cosce sono fredde?* Lacrime scorrevano sui loro volti, anche se dalle loro bocche non sfuggivano singhiozzi. Neppure vennero, e alla fine si scostarono semplicemente, portandosi ai lati opposti della camera. Fu l'unica volta in cui Clemencia li vide toccarsi davvero.

Qualche tempo dopo, quand'era forse sui quattro anni, Clemencia se ne stava seduta sul tappeto con un grembiulino incolore, intenta a impilare dei cubi sui quali era inciso un alfabeto stranamente irrilevante, all'apparenza composto solo dalle lettere H e S. I blocchi di legno cozzavano l'uno contro l'altro, generando l'unico rumore di tutta la casa. Ma anche quello veniva inghiottito dal morbido movimento del piumino della cameriera, che scivolava attraverso file di libri non letti e statue cieche, con gli occhi di marmo scolpiti via. La bambina vide i genitori fissarsi a vicenda, con occhi luminosi come quelli di un animale intrappolato davanti ai fari di un mostro incombente, le dita avvinghiate ai braccioli delle rispettive sedie fino a che le unghie si spezzarono alla base, strappando la carne. Stavano appollaiati sui bordi, come se fossero sul punto di fuggire. A quanto pareva riuscivano a vedersi l'un l'altra, ma riconoscersi era inutile, dato che nessuno di loro avrebbe mai attraversato la stanza.

E poi Clemencia ricordava quel terribile inverno, quando aveva cinque o sei anni. Era rimasta alla finestra, coi solenni occhi di bambina estasiati dall'incessante cadere della neve, che scendeva e scendeva al punto da far pensare che volesse cancellare il mondo col suo biancore. Ora, i suoi genitori non si guardavano mai, neppure si scambiavano sguardi perplessi come avevano fatto solo l'estate prima, quasi cercassero di decidere chi fosse l'altra persona, se si conoscevano, se mai si fossero conosciuti. A dicembre avevano entrambi rinunciato a percepire del tutto l'altro, risolvendosi a meditare solo sulle proprie mani, su uno spazio vuoto. La neve scese fino a far scricchiolare lievemente il tetto sotto il suo peso. Il ghiaccio che soffocava il condotto del camino crepitava. Le tavole del pavimento cedettero come cemento in agosto, provocando uno spostamento sotto i cubi che lei aveva impilato con cautela in un angolo, facendoli crollare in modo da comporre SHSHSHSHHHHHH. La madre di Clemencia era stata in camera da letto e ne era appena uscita, barcollando per raggiungere la propria sedia, e lì si accasciò, con un leggero rossore ad attraversarle i lineamenti. La bimba si voltò verso di lei e vide che le sue labbra e i suoi occhi erano stati cuciti, con un filo che una volta forse era stato bianco, ma che ora era di un violento rosso. Tra le dita stringeva ancora l'ago che aveva usato su se stessa.

Clemencia sbatté le palpebre, con le mani strette alle tende. Guardò i piccoli piedi di sua madre svanire, una strisciante cancellatura che le scorreva su, lungo le calze, annullando i fianchi e il grembo in cui Clemencia si era dibattuta prima di nascere. Una soffice polvere rossa roteò per poi depositarsi sulla tappezzeria. Come una combustione spontanea, ma senza fuoco né monconi anneriti, solo la trasmutazione in uno stato di fumo; più o meno la condizione del nulla. La madre non si mosse, gli occhi forzatamente chiusi nella contemplazione di qualche rimpianto, lasciando che quella cosa le accadesse. Clemencia avrebbe voluto gridare, avvertirla in qualche modo. Ma non osava parlare. Nessuno aveva *mai* parlato in quella casa.

Corse invece là dove si trovava suo padre, appoggiato al caminetto, lo sguardo fisso sul pavimento che si andava corrugando, fra chiodi congelati che spuntavano dalle tavole come termometri da oche ripiene a Natale. Clemencia lo raggiunse e lo afferrò per un lembo della giacca, tirandolo. Indicò la madre. Vedi? Vedi? Fai qualcosa... è quasi scomparsa!

Ma il papà non vedeva, non sembrava nemmeno accorgersi che la figlioletta lo stava disperatamente tirando per la giacca. Il suo viso, un tempo bello, era invecchiato nel grigio e i capelli si erano imbiancati. Eppure non c'erano grinze intorno agli occhi o alla bocca, non una sola ruga. Si allontanò dal caminetto, senza evitare di osservare il volto auto-mutilato della moglie che brillava come una lampada smerigliata, galleggiando disincarnato sopra la sedia; lei, una maschera con occhi e labbra maldestramente cuciti, priva di sogni, e il resto di lei... il resto di lei...

L'uomo aprì la porta, scuotendola per rompere il ghiaccio che la sigillava intorno al telaio. Mosse un passo all'esterno, senza badare al vento artico, richiudendosi accuratamente l'uscio alle spalle. Clemencia corse alla finestra, guardandolo mentre si incamminava dal portico verso quel muro bianco. Osservandolo scomparire, non con uno strisciante brandello alla volta, come era accaduto alla mamma, ma tutto a un tratto, improvvisamente, cancellato via dalla neve.

La bambina corse fuori, chinandosi per toccare le impronte che fumavano sul terreno gelato. Fu per caso che vide una forma caracollare ingobbita lungo la strada? Ma quelle orme appartenevano a un piede più piccolo, non a quelle di un uomo.

E qua e là, sul terreno innevato, giacevano piume.

Non aveva visto la domestica andarsene, né riuscì a trovarla in casa. Clemencia era la sola persona rimasta in tutta l'abitazione. Non lo sapeva, all'epoca, ma avrebbe compreso più tardi che la cameriera faceva parte della

Legione delle Morti. Era la Morte per Apatia.

In quanto a lei, finì in qualche modo in un ospedale, forse accompagnata dalla polizia che la trovò mezza assiderata mentre vagava per la città, con diverse dita dei piedi annerite per il congelamento. Una notte si alzò dal letto e cominciò a vagare per le sale, e le infermiere non erano in grado di vederla. (Anche lei era stata cancellata?) No, *alcuni* pazienti potevano vederla. Alla fine scoprì che poteva andarsene, inosservata, recarsi nelle case di cura e nei centri per veterani, cercando cavità nei canali sotterranei, freddi androni e parchi dove si raggomitolavano i senzatetto.

Tutto questo, però, ancora non rispondeva alla domanda circa il modo in cui Clemencia era diventata ciò che era. Forse era un requisito, che le Morti venissero allevate nel silenzio prima di avventurarsi fuori, nell'Urlo. Forse la Morte che aveva preso i genitori di Clemencia era andata là per iniziare in qualche modo la bambina al suo destino. O magari la Morte non aveva avuto nulla a che fare con lei. Morti di tante specie se ne fregavano, a volte. La sofferenza era ovunque, sempre vicina.

Forse non ci sarebbe mai stata una risposta alla domanda su come Clemencia avesse assunto il proprio ruolo. Lei era semplicemente ciò che era. Nel modo in cui un lupo è un lupo e l'inverno è l'inverno, e il dolore patito da ciascuno non ha nulla a che spartire con quello di chiunque altro.

E quanti anni aveva, adesso? Forse venti. Forse venticinque. Non faceva caso al trascorrere degli anni, ma solo al trascorrere delle vite fra tormenti tali da non poter essere più sopportati. Lei percepiva la loro agonia, e le loro grida interiori affinché tutto cessasse, e lei lo faceva cessare. Perché nella Legione delle Morti, Clemencia aveva capito che il suo speciale ruolo era quello della Morte Misericordiosa.

Si portò al piano superiore, nel reparto ustionati. Un posto terribile. Aveva sempre trovato impossibile passare attraverso quelle porte – con gli odori di ghiaccio e di cremazione – senza sentirsi depressa. I ricoverati erano sospesi dentro delle vasche, scuri ammassi crostosi e spasmodici, stendardi di carne croccante che trasudavano grasso devastato in forma di vermi ciechi. Nelle vicinanze galleggiava una donna che doveva avere all'incirca l'età di Clemencia, con oltre il novanta per cento del corpo deturpato nell'esplosione di gas che aveva distrutto una palazzina di uffici, quella mattina. C'erano altre nove persone, dentro altrettante vasche lungo la parete, rimaste gravemente ferite nello stesso incidente. Di solito in quell'ospedale non disponevano di così tante apparecchiature, contemporaneamente, ma il personale aveva avuto necessità di approntare quelle strutture extra per accogliere tutte quelle vittime. Cosa potevano fare? Non certo sistemarle in letti normali. Le vittime erano per metà fuse, ancora umide, pezzi di loro si sarebbero appiccicati come colla su fogli di carta fintanto che non si fossero staccati. E un nervo esposto, urlante, non poteva essere toccato da nulla di solido; un contatto con qualsiasi cosa che non fosse aria o liquido era impossibile.

Così tanto dolore. Come se anche le loro menti si fossero bruciate, e non potessero mai più guarire. Ci sarebbe voluto un dio crudele, per consentire loro di essere 'salvati', costringendoli a sopportare quell'inutile sofferenza. Ci sarebbe voluto anche un altro dio, più premuroso, per creare la Morte Misericordiosa e salvarli da quella tortura.

Clemencia si avvicinò alla donna a lei più prossima. Non si era sentita respinta dal tessuto annerito, dal dolciastro puzzo di fritto, dall'orrore di quel rottame mutilato dal fuoco. Solo il loro dolore la stremava. La vita della donna venne fuori con facilità, e la sofferenza si ridusse a nulla, appena morì. Poi Clemencia passò alle altre vasche, a turno, esitando nel decidere chi fosse in grado di sopportare e chi no. Diede la Morte Misericordiosa ad altri cinque di loro. Quattro sarebbero sopravvissuti: erano più forti, stavano lottando per la loro vita, non avrebbero mai rinunciato. Lei aveva liberato solo coloro i cui cuori parevano invocarla.

Fuori, nella sala d'aspetto, c'era una donna seduta, con una rivista piegata in grembo, con le mani che tremolavano e gli angoli della bocca che fremevano. Aveva ovviamente visto il marito, in cosa era stato ridotto. Doveva essere lì da ore, mentre lui subiva un intervento chirurgico d'emergenza per le gravi ustioni. Clemencia non sapeva se era uno di quelli che aveva liberato o meno. La donna dormiva a tratti nella sua poltroncina. Accanto a lei, un bimbo si era assopito in una carrozzina, un vecchio modello con la copertura superiore integrale per proteggere il neonato dalla luce e dalle intemperie.

Clemencia vide una ragazza, più giovane di lei, venire dalla stanza delle infermiere, tenendosi stretta nel proprio maglione. Quando abbassò il capo, i capelli le ricaddero sul viso. Si avvicinò alla carrozzina e vi si chinò sopra.

Allargò le braccia come se quelle stessero per tramutarsi in ali, come a mimare la crocifissione. Aria d'oro pallido roteò in fragili viticci. Si alzò, sospirò mestamente, scosse la testa e si allontanò. Mentre passava, Clemencia la sentì canticchiare una ninna nanna. (Quella ragazza *conosceva* ninne nanne, quindi forse non era stata allevata nel silenzio.)

La donna si svegliò, si voltò per sistemare la coperta sopra il suo bambino, e iniziò a urlare.

Clemencia osservò la ragazza dirigersi verso la nursery. Sapeva di aver appena visto una della Legione. La Morte in Culla.

Un uomo, vittima di un infarto, le rivolse un mormorio quando lo tirò fuori, chiamandola 'Madonna, Mater Dolorosa'. Le sue mani erano ghiacciate, ma le protese verso Clemencia con un sorriso di benvenuto. Lei gli toccò le labbra gonfie, e poi il pene. Ci fu un gemito di piacere e un gocciolio lattiginoso. Molti uomini morivano in erezione.

Un ragazzo glabro, bianco come gesso, la guardò solenne; il tavolino accanto al suo letto era decorato con capolavori dipinti con le dita e biglietti d'auguri di pronta guarigione firmati con scarabocchi infantili. Le estremità delle sue dita stavano sanguinando. Era deperito al punto di somigliare a una delle figure stilizzate nei disegni. Clemencia si sedette sul bordo del letto e gli pose le mani sulla testa calva.

«Raccontami una storia» sussurrò lui.

Ma lei non poteva, perché non ne conosceva. E poi non parlava, no? Aveva mai imparato a farlo? Aveva visto, occasionalmente, delle persone far divertire i bambini nei reparti oncologici. Mimi, li chiamavano, simili a bianche ombre di morte, ultraterreni nella loro lentezza. Sembravano dire, coi loro corpi, *vedete? nel posto in cui vi stiamo portando il tempo non è come lo conoscete voi.*

Così si passò una mano davanti al viso finché quello non divenne bianco come l'inverno, e muovendo il suo corpo raccontò la storia di una ragazzina alla finestra, intenta a guardare il padre scomparire nella neve. Mimò, a gesti, una parte di quella storia, poi lasciò che il ragazzo andasse a cercare il suo finale dall'altra parte.

Al pronto soccorso, l'ambulanza giunse con quattro adolescenti reduci da una collisione frontale sull'interstatale. Uno era già morto prima che aprissero le portiere. Un altro era stato catapultato attraverso il parabrezza e non aveva nemmeno più una faccia, dietro quella polpa di pomodoro. Gli altri due erano stati spremuti e deformati dall'acciaio schiacciato. Entrambi erano abbastanza coscienti da strillare.

Nessuno la vide muoversi delicatamente lì attorno, tirandoli fuori, raccogliendo dentro di sé il loro dolore finché non furono dei semplici involucri. I brandelli della loro giovinezza passarono attraverso di lei come lacrime attraverso la garza. Tremò, mentre lasciava il pronto soccorso.

Fu una brutta notte, anche più del solito. Ricordò che gli unici momenti peggiori – tanto concentrati in un così breve tempo – erano stati quelli successivi al bombardamento di una scuola da parte di alcuni terroristi. Aveva dovuto strisciare attraverso l'intricato alveare delle rovine, ascoltando le grida dei bambini, o solo i deboli battiti dei loro cuori. Aveva desiderato il silenzio della sua infanzia, opprimente come una benda, che scacciava l'Urlo come un incantesimo: SHSHSHSHHHHHH.

Clemencia rabbrividì, la testa ricolma di tante miserie. Non poteva contenerne di più, almeno per un po'. Doveva digerire ciò che aveva inghiottito, o avrebbe cominciato lei stessa a urlare. Ed era terribile restarsene lì, in piedi, a gridare, senza nessuno che potesse sentirla, nessuno che potesse offrirle conforto. Corse lungo il corridoio verso l'uscita più vicina, oltrepassando uomini feriti da armi da fuoco con le viscere srotolate sulle barelle. Donne picchiate e violentate, cosce e seni marchiati con lo sperma che avrebbe per sempre bruciato come acido. Bambini singhiozzanti provenienti da una festa di compleanno in cui uno di loro aveva trovato la pistola del padre, e quelli erano i pochi fortunati che ancora potevano piangere.

Fuggì all'esterno. Stava nevicando finemente e il cielo notturno era un turbinio di bianco. Si diresse verso un parco lì vicino. Il tramonto era trascorso da un pezzo, per cui il parco sarebbe stato quasi deserto. Poteva passeggiare, e calmarsi. Poteva lasciare che la disperazione e il dolore fluissero fuori da lei per colare nel terreno, dove sarebbero stati neutralizzati. La terra era il ricettacolo in cui ogni cosa, alla fine, disperdeva il proprio tormento. Anche una come lei, appartenente alla solitaria Legione delle

Morti, avrebbe potuto svuotarsi e sentirsi – se non del tutto – perlomeno intorpidita, per un po'.

Udì qualcuno piangere. Il suono la raggiunse nel buio come un tocco fluido, insistente, palpabile.

Una donna era seduta su una panchina ghiacciata e piangeva a dirotto, con lacrime quasi congelate a scorrerle lungo le guance. Indossava un cappotto trasandato con una rosa bianca accuratamente infilata sotto il bavero. Sul suo volto erano incisi in profondità i solchi della **tragedia. Non dovuti a un episodio recente, ma quel tipo di segni che rivelavano quanto dura fosse stata tutta la sua vita. Le sue spalle erano abbassate per la sconfitta, mentre le dita riducevano a** brandelli un pezzo di tessuto.

Clemencia percepì la malinconia che debilitava lo spirito della donna. Vi era così tanto dolore, in quella persona, da indurla a credere che mai avrebbe saputo alleviarla. Clemencia lo percepì come per contatto, e mosse un passo verso di lei. Le si sedette accanto, sulla panchina, e le prese una mano.

Vi fu un'improvvisa fusione che sorprese Clemencia con un brivido inconsulto, come se già avesse conosciuto quella donna, da qualche parte. Incominciò a esercitare il suo soporifero influsso, per placare la donna prima di iniziare a tirarle fuori la vita. La Morte Misericordiosa doveva limitarsi solo a coloro il cui dolore fisico era insopportabile? Forse che gli afflitti da troppi ricordi terribili e da troppa tristezza non meritavano le sue cure?

Ma un diluvio fluì dalla donna in lei, trasmessole con consapevolezza. Giunse ricolmo di calore e amara dolcezza. Prima che riuscisse a capire cosa stava accadendo, la donna la baciò, un respiro di brina turbinante in nubi si formò attorno a loro. Le dita di Clemencia armeggiarono con i bottoni della camicia della donna, sotto il cappotto aperto. Le sue mani accarezzarono i seni, stringendo delicatamente i capezzoli di pan di zenzero. Le mani della donna scivolarono su per la gonna di Clemencia, deliziosamente calde lungo le sue cosce, trovandovi in mezzo la strada per divaricare i boccioli delle labbra vaginali. Clemencia gemette, provando un dolore così squisito da indurla a sperare che nessuno, per misericordia, venisse mai a guarirla. Si protese, contorcendosi contro quelle dita in movimento, avvertendo il dolore bruciante attraverso il resto del corpo. La lingua della donna aveva il sapore del latte, poi del vino, infine del sangue che scorreva tra loro come in un sacramento.

Clemencia non aveva mai provato nulla di simile, prima d'allora. Fu un'esperienza euforica. Non distolse il viso brancolando al di fuori dei confini di quell'unione, alla deriva, come aveva visto fare i suoi genitori. Strinse a sé la donna, la accarezzò, riluttante a distogliere le mani, riempiendosele di quella persona, così come la bocca e la vagina. Per lei, la donna fu immediatamente madre, sorella e amante. Sentì che un solitario desiderio veniva esaudito, mentre diventava come tutti gli altri al mondo, capace di scoprire il compagno della propria anima e raggiungere l'unità. Seguì un'ondata d'amore che la spazzò via; non solo erotica, ma ricolma di pace. Pacifica, ma non tranquilla. Campane sembravano risuonare da ogni cattedrale nei dintorni, armoniose canzoni d'amore giungevano dagli spogli alberi gelati, la poesia veniva gridata dai tetti ricoperti di neve. Poteva anche udire cori intonare 'Silent Night' in un modo meraviglioso che non stava a significare che il silenzio è orribile, o che la notte in cui nasce un bambino segna l'inizio della sua morte. Abbandonò se stessa a quella pacifica corrente, e ne gioì.

Tutto finì rapidamente com'era cominciato. La donna si allontanò da lei e si fece in disparte. Rimase seduta sulla panchina, lì accanto, ma Clemencia poté vederla ritirarsi a un'irraggiungibile distanza, mentre tutti quei suoni fastosi raggiunsero un'improvvisa, silenziosa conclusione. Il volto della donna si fece di pietra, impietoso, simile a granito. Aveva dato a Clemencia quell'adorabile dono solo per portarglielo subito via?

Un dolore tangibile fiorì nel petto di Clemencia. Tutto il suo corpo divenne pesante. Per la prima volta scoprì quanto solitaria e disperata fosse davvero la sua esistenza. Chiunque avesse mai provato interesse per lei aveva permesso a se stesso di lasciarsi cancellare, l'aveva abbandonata senza neppure un sussurro affettuoso. Quella donna era stata la sua salvezza per pochi, melodiosi minuti. L'emozione l'aveva colpita con un impeto travolgente, come una droga euforica, rendendola incapace di fare qualsiasi cosa, se non di desiderarne sempre di più.

Ma poi, cos'era successo? Perché si era allontanata da lei, ed era parsa così crudele? Il mondo era scivolato via e Clemencia penzolava nello spazio, senza briglie. Anche i cantori erano svaniti, caduti nel pozzo di quella notte silente le cui virtù erano state erroneamente esaltate, dove il vuoto era privo di pietà e i salvatori erano destinati alla tortura. Da qualche parte, nel parco, un uomo stava per essere ucciso, e le sue grida risuonavano fragili attraverso soffi nevosi.

Così sarebbe stato, da quel momento in poi. Non che non fosse sempre stato così, ma prima Clemencia non conosceva la differenza. Adesso però la conosceva, e vide che non c'era via di scampo. Quando si dice non aver alcuna scelta, alcuna dimora, l'unica possibile consolazione stava nell'unirsi a qualcun altro.

Loro si erano congiunte, ma la donna ora l'aveva abbandonata con una stanca arroganza che aveva scosso Clemencia. Non poteva essere tutto lì: una sola scintilla ricevuta da quell'amabile creatura, e poi la desolazione.

Clemencia gridò, il primo suono che avesse mai emesso, rozzo e inarticolato. Era indifesa in quella nuova, orribile oscurità. Chiuse gli occhi, sperando che la tenebra la lasciasse. E morì.

L'altra donna chinò la testa e singhiozzò, toccando ogni ruga del proprio volto come se lì potesse trovare una spiegazione per quella vergogna. Prese la rosa bianca dal bavero e la pose nella mano senza vita della donna più giovane. Quella rovina e quell'abbandono, non sarebbero mai bastati?

Alzandosi stancamente dalla panchina, la Morte per Crepacuore si allontanò.

# GUARDA

Lina Hidalgo sentiva su di sé ogni sguardo. Non poteva fare a meno di pavoneggiarsi. Sbatté le folte ciglia e assunse la languida espressione 'new aqua'. La gente la fissava sempre perché era bella, ma mai quanto adesso, da quando aveva optato per le lenti oculari. Ora le teste si voltavano davvero per lei. Gli uomini palpitavano per istantanee erezioni, e alle donne si inaridiva il clitoride per pura invidia. Tutto perché Lina faceva balenare le sue nuove 'baby blues'.

Chi aveva mai sentito parlare delle 'baby browns'?

Taluni, passandole accanto sul marciapiede, si sporgevano verso di lei cercando di vedere da più vicino possibile i suoi occhi. Ma Lina non aveva scelto il 3-D per le sue lenti. Le gang erano nel trip dei badge oculari, in quel periodo, con totem olografici sulle lenti. Se tu avessi emulato, involontariamente, uno degli stili che loro rivendicavano come propri, avresti dovuto dimostrare quale diritto avevi per esibire quei badge. Peggio ancora, se fossi incappato nei rivali di quella stessa gang, non avresti proprio più avuto bisogno di lenti oculari. Più di una macabra collana di perle oculari era stata trovata appesa intorno ad alcuni lampioni del parco, di recente. E non sempre i proprietari venivano poi ritrovati.

Passeggiando lungo l'ammezzato, Lina si sentiva circondata, come nebbiolina dalle tinte di pavone, dal profumo che si era lasciata spruzzare addosso dalla commessa di Neiman. Vide un gruppo di giovani asiatici muoversi felini attraverso un cortile, con abiti che emanavano odori di fuochi d'artificio e anice stellato. Le erano passati abbastanza vicini per consentirle di vedere il bagliore dei dragoni di giada incisi sulle lenti di un ragazzo dalla pelle dorata. Lui l'aveva guardata e aveva sorriso selvaggiamente, ogni dente macchiato dello stesso verde brillante.

«Zen Smeraldo» si era soffermato un istante per sussurrarle in un orecchio. «Un uomo sogna di essere una farfalla, o la farfalla sogna che all'uomo hanno tagliato le sue ali da imbroglione?»

*Non l'ho sentito*, si disse Lina. *Comunque non era una cosa destinata a me. Perché poi un punk cinese dovrebbe parlarmi?*

Batté le palpebre, percependo i corpi estranei sulle sue pupille. Era così che dovevano sentirsi i petali di glicine, era così che si sentiva chi aveva le orbite piene di cielo. Non era esattamente ciò che aveva promesso a se stessa? Parliamo della verità venduta negli spot pubblicitari.

Poi, una donna in fondo al corridoio cominciò a gridare; era stato appena rinvenuto un corpo appeso nel bagno degli uomini. La porta era aperta, ma Lina si voltò di scatto, cercando di non vedere quella scena. Intravide comunque una massa informe simile a un gigantesco calzino rosso, malamente cucito all'uncinetto. La pozza di sangue si era allargata sul pavimento, fluendo in due direzioni e aprendosi a ventaglio fino ad assomigliare a un paio d'ali di farfalla liquefatte.

Resistette alla meccanica reazione di repulsione. Nulla doveva corrompere la meravigliosa sensazione di essere cambiata, di essersi trasformata in qualcosa di nuovo. Non era sufficiente indossare abiti diversi e truccarsi, per trasformarsi da una bellezza qualsiasi in un archetipo del desiderio. (O almeno in ciò che la corrente aberrazione sociale definiva tale.) Ci voleva ben di più, per competere. Aveva visto l'annuncio proprio quella mattina su un mondo-visore nella vetrina di Paparazzi's Pet, scenari tipicamente da Madison Avenue. Proprio il tipo di spot del quale un giorno lei sperava di diventare protagonista.

*Guarda. Una splendida Venere dagli occhi scuri, dai capelli neri, sta correndo attraverso un velame di nebbia, i capezzoli eretti sotto un abito da sera dall'ampia scollatura. Fuori campo, una voce di uomo declama descrive, declama il modo in cui lei avanza, bella come la notte. Quelle labbra, quella padronanza di sé, quegli occhi...*

*ASPETTA! dice poi l'uomo, frenando le proprie fantasticherie.*

*QUALCOSA QUI NON FUNZIONA.*

*Il nastro si riavvolge e Venere corre all'indietro attraverso la nebbia.*

*COSA C'È CHE NON VA? OH, SONO I SUOI OCCHI MARRONI. DOV'È LA FORZA, IN QUEST'IMMAGINE? FATEGLIELI BLU. VIOLA COME LIZ. ZAFFIRO. TURCHESE. AMETISTA. DEVE RISPECCHIARE TUTTE LE FANTASIE, QUANDO LA GUARDIAMO NEGLI OCCHI DOBBIAMO VEDERCI DEI MONDI.*

*Con uno sfarfallio, gli occhi della Venere mutano colore colpiti da una brillante gamma di lucido laser, da nebbie cromate, idealizzate. Ora l'uomo, l'autore dello spot, sembra compiaciuto. L'ha cambiata; adesso l'immagine di lei è quella giusta, pronta per essere adorata... rappresenta l'oggetto stesso della venerazione che lui ha creato. I suoi occhi, magici e scintillanti, risplendono sopra le ultime parole: EYE DESIRE VISION OUTLET, VEDERE COSA C'È OLTRE.*

«Sembra una persona fottutamente vuota» aveva commentato qualcuno in mezzo alla folla che stava guardando lo stesso televisore al centro commerciale.

«Che fine ha fatto il politicamente corretto? Che arrogante stronzata ariana. Che ottusa mentalità nazista.»

I membri di una banda di skinhead in stivaloni neri si erano voltati per fissare con freddezza chi aveva parlato; delle svastiche si riflettevano nelle loro lenti oculari. Lina pensava che portassero delle lenti blu, ma no, le loro erano nere come scarafaggi morti, completamente prive di qualsiasi tipo di luce. Forse avevano gli occhi azzurri, e quel nero rifletteva il loro stato d'animo. Erano un simbolo, come tutta l'opera wagneriana imperniata sull'eroico Valhalla, dove una volta arrivato incontravi un branco di maniaci omicidi metallari.

L'uomo che aveva commentato la scena, schierandosi contro la supremazia dell'uomo bianco, aveva cominciato ad allontanarsi a passo svelto, e quelli lo avevano seguito con un detestabile passo dell'oca. Tutti quanti si erano tirati da parte, facendoli passare, più pallidi del diafano biancore da ventre di lumaca di quegli stessi militanti.

«Ecco di cosa ho bisogno» si era detta Lina a bassa voce, portandosi inconsapevolmente le mani alle orecchie in attesa di un possibile urlo, laggiù, oltre il Gun & Knife Shop, dove gli skinhead erano diretti, cercando di raggiungere quell'uomo «Allora la gente mi noterà davvero.»

C'era un Eye Desire Outlet in quello stesso centro commerciale. Vi si era recata subito, ed era rimasta a fissare il grande poster con una deliziosa modella stretta nella sua guaina di raso nero, i capelli rossi come viticci mossi dal vento che sembravano mutare in serpenti di Medusa, le labbra carnose in un broncio color malva. Ma i suoi occhi erano vuoti, e l'allettante messaggio stampato sotto diceva:

CHE COSA TI PIACEREBBE VEDERE, QUI?

Qualche stronzo aveva scarabocchiato il poster con un pennarello indelebile di un lurido color rosa-figa: *I muffburger di mamma*. Lina non si era lasciata scoraggiare da quella villania. Era entrata nello shop, e aveva trasformato per sempre i suoi occhi color polvere. Niente più occhi fangosi. Non importava che gli uomini le avessero sempre detto quanto amassero i suoi occhi castani: ricchi come la madre terra, scuri come il caffè, talismani d'ossidiana e topazio fumé. Era certa che quelli nuovi fossero più sorprendenti, che irradiassero fiamme stellate accanto ai capelli nero-blu, eredità del suo patrimonio castigliano. C'era proprio del blu, nella sua chioma. Quello che aveva fatto ai suoi occhi non aveva niente a che fare con la razza o la cultura. Era semplicemente per favorire la sua carriera, che adesso sarebbe davvero decollata. Aveva solo bisogno di qualcosa di più che l'aiutasse a distinguersi da tutte le altre femmine, durante quelle infinite audizioni.

«Posso aiutarla?» le aveva chiesto una signora dall'aspetto distinto, di mezza età, in camice bianco, dietro una scrivania nella sala di ricevimento. I suoi occhi sembravano specchi decorati, racchiusi in cornici dorate da quaranta carati, intarsiati con la vittoriana ossessione per la complicazione. Quegli specchi riflettevano Lina così come sperava di poter diventare, una Venere che non corre attraverso la nebbia, ma che cavalca un mare di schiuma verso una spiaggia dove i paparazzi l'attendono con impazienza.

«Voglio le nuove lenti» aveva detto, esibendo quello che aveva sempre saputo essere un sorriso irresistibile, che non aveva mai avuto bisogno di apparecchi dentali o sbiancanti. Dentro quegli specchi, negli occhi della donna, Lina aveva visto riflesso ciascuno dei propri denti, sembravano perle uscite fuori da un'ostrica di Afrodite.

«Ho qui un catalogo degli ologrammi disponibili, se la signora desidera…»

«No, voglio solo colore» aveva spiegato Lina, sollevando un palmo della mano.

La donna aveva indicato una stanza adiacente, poi si era voltata per chiamare, da sopra una spallina imbottita: «Sybil? Ho una paziente.»

Una segretaria uscì da una toilette, sfiorandosi appena coi polpastrelli il mascara applicato agli angoli degli occhi. Aveva un viso greco, occhi infossati con le immagini gemelle di bianche colonne del Partenone o di un altro simile tempio in rovina.

«Certamente, dottoressa Desire. Scusi se ci ho messo così tanto» aveva detto mentre riprendeva posto dietro la scrivania.

Lina si era rivolta alla donna più anziana. «Dottoressa Desire? Come Eye Desire?»

«Sono Irene Desire, sì» le aveva risposto, sorridendo. La sua voce era un mix di nobili accenti. Valutandoli, sarebbe stato impossibile stabilire esattamente da quale località provenisse. Pareva che fosse stata ovunque.

«Quindi, lei è la proprietaria?» Lina era impressionata. Di tutti i punti vendita nei centri commerciali dell'intero Paese, le era capitato di entrare in quello in cui si trovava il creatore-fondatore della società.

«Realizzerà lei stessa le mie lenti?» le aveva chiesto, deliziata.

L'anziana signora aveva sorriso di nuovo, annuendo, mentre la visione nei suoi occhi mutava mostrando mondi verde-blu che si facevano sempre più piccoli, come visti dallo spazio da qualcuno che stava lasciando il pianeta.

«Wow, è davvero eccitante incontrarla. Voglio dire, lei ha rivoluzionato quasi da sola l'industria della moda.»

«Non la chiamerei una rivoluzione» aveva detto la donna, con umiltà.

«Alcune di queste lenti sono davvero perverse» l'aveva accusata Lina in tono scherzoso. «Dipende da come le si percepisce» aveva dichiarato tranquilla la dottoressa, esaminando accuratamente gli occhi di Lina. «E da come una scena che esiste solo dentro gli occhi completa anche le sue stesse sensazioni. Grazie alle lenti che ha selezionato, potrà scoprire come ci si sente ad avere gli occhi pieni di cielo.»

Aavevano deciso per una certa sfumatura di blu. La dottoressa le aveva praticato un'anestesia locale, sussurrandole che la sua vita stava per cambiare. Lina aveva guardato verso di lei, vedendo le immagini nelle lenti a contatto della dottoressa passare dalla skyline punteggiata di luci al neon di una città, che poteva essere Parigi o Roma, con la luna piena sospesa a danzare nel cielo, alla pioggia in una foresta tropicale con un boa constrictor in calcedonio arrotolato su un albero massiccio, per poi passare a un giardino di rose con rubini che ruzzolavano giù dalla corolla dei fiori.

«Le sue lenti...» aveva detto Lina, un po' intontita, «continuano a mutare.»

«Un nuovo concetto a cui sto lavorando» aveva spiegato la dottoressa Desire, chinandosi sul volto di Lina. «Non è ancora disponibile per il pubblico, questo prototipo. Il costo sarebbe proibitivo, temo.»

«Quante scene possono gestire?» aveva chiesto Lina, colpita dalla vista di sequele di paesaggi mozzafiato, ma anche di rapidi squarci subliminali vagamente angoscianti. Doveva ringraziare l'anestetico se non aveva sobbalzato nello scorgere immagini inquietanti che neppure era certa di aver visto davvero.

«Teoricamente, sono infinite» aveva risposto la dottoressa. «Funziona per impulsi provenienti dalla corteccia cerebrale. Più o meno allo stesso modo in cui gli amputati, dotati di arti artificiali, possono utilizzare la mente per flettere le dita protesiche. Dipende solo da cosa ci si vuole vedere dentro. Si potrebbe cambiare il mondo sulla base di una semplice volontà della mente.»

Per un secondo Lina non era riuscita a vedere nulla negli occhi della dottoressa Desire, improvvisamente era scomparso tutto. Come se le lenti della donna si fossero svuotate. Lina si era sentita cadere, nuotare in un oceano rosso, per poi tornare a fissare la dottoressa Desire, i suoi lucidi e neri occhi da insetto, senza pupille o iridi. Per un momento ancor più breve aveva pensato che gli occhi della donna fossero del tutto svaniti, e aveva creduto di poter guardare dentro la testa stessa della dottoressa. Troppo lontano...

Lina non era mai stata incline al lesbismo, ma adesso stava vedendo, con la mente, una stanza piena di donne dalla pelle brillante, con tante braccia e collane di teschi al collo; avevano vulve di uno scarlatto incredibilmente intenso, dal sapore di un vino Bordeaux rosso sangue. Sì, lo stava bevendo, premendovi contro il viso, lappandolo in gocce di rugiada e roridi rivoletti. Alcune di loro avevano teste di gufo, i becchi a forma di V che si inserivano alla perfezione nella vulva di Lina. Alcune avevano teste di mucca, le affondavano il volto nella sabbia calda scuotendo i loro seni gonfi di latte materno aromatizzato con zafferano e miele. Altre ancora avevano serpenti al posto delle dita, che si divincolavano dentro di lei manipolandole il clitoride, trasformandosi in lingue dalla saliva di ambrosia azteca. C'erano anche altre donne, nella stanza, i loro corpi ammassati, i volti sereni, a eccezione degli sbilenchi sorrisi di piacere, gli occhi morti spalancati a esibire scenari di piramidi, monoliti, templi pavimentati di nero, altari rossi.

«Signorina Hidalgo?» stava mormorando la dottoressa. «Si alzi, e osservi i mondi che vanno oltre.»

Lina aveva sbattuto le palpebre, sentendo qualcosa di freddo negli occhi, come lacrime troppo dure, affilate.

Era completamente partita? Imbarazzante. Be', aveva fatto dei piacevoli, fottuti sogni da drogata, in fondo. Molte sue amiche erano andate sotto i ferri per farsi delle protesi mammarie, per rigonfiamenti dei glutei o liposuzioni, ma nessuna di loro aveva mai riferito nulla di simile a quanto lei aveva visto, provato. Forse tutta quella merda allucinatoria era dovuta a dei gas presenti nell'ambulatorio. Qualcosa doveva aver materializzato quell'erotico inferno.

Lina era tutta arrossata, come le era capitato dopo aver girato le scene dell'unico film porno cui avesse mai partecipato, per pagarsi l'affitto. Ma quello era stato un corpo a corpo con membri assortiti, come al solito. Non con altre ragazze... o con mutanti, o animali, qualunque cosa fossero quelle allucinazioni.

La dottoressa Desire le stava porgendo uno specchio.

Lina stava per alzarsi dalla poltroncina speciale.

«No, no. Rimanga seduta per qualche minuto. È terribilmente debole. Si assicuri di essere stabile» le aveva consigliato la dottoressa Desire, posandole una mano sulla spalla

«Ma lei mi ha detto di alzarmi» protestò.

La donna aveva scosso la testa, con i suoi capelli grigio cenere che si diramavano dalle tempie

«No, non l'ho detto.»

\* \* \*

Non poteva fare a meno di ridacchiare, anche mentre passava per il breve corridoio adiacente al negozio d'armi, scorgendo ai margini del campo visivo – un campo visivo *blu* – il luccichio metallico degli occhi neri dei Naziboy, la scia di pugni sferrati in guanti chiodati, stivali dalle punte d'acciaio che colpivano qualcosa, qualcuno. (Il tizio non aveva urlato, dopo tutto. Stava semplicemente soffocando tra i frammenti dei propri denti.) Lina non poté trattenersi dal ridere pensando a un vecchissima sit-com che aveva visto nell'agenzia, il giorno prima. C'era una donna graziosa, dai capelli neri, ma irrimediabilmente anni Sessanta, che si voltava verso la telecamera mentre il regista diceva: «No! Io voglio QUELLA RAGAZZA!»

Diavolo, aveva sentito che quell'attrice si era rifatta il naso in modo da nascondere i suoi tratti libanesi. Cos'era mai una piccola alterazione del colore degli occhi rispetto a ciò che facevano certi chirurghi, quando ti stravolgevano i lineamenti naturali? Non era niente, ecco che cos'era. Ed era facile tornare indietro, bastava togliersi le lenti. Ma Lina non l'avrebbe fatto, non se quelle le avessero garantito una maggiore attenzione da parte di tutti. Non si sentiva più come un'attrice secondaria o un personaggio poco conosciuto; ormai incarnava la vincitrice di un Oscar. «Voglio solo ringraziare il mio agente e la mia insegnante del quarto anno di dizione» ciarlava a mezza voce, fingendo di accettare la celebre statuetta. Sbatté gli occhi come una lampada fluorescente, immaginando esplosioni di lampadine blu oltremare, il cui accecante voltaggio non poteva certo competere col suo, e uomini con corte barbe blu attorno alle mandibole volitive che la applaudivano. «E soprattutto voglio ringraziare un mondo in cui la luce e le sue lunghezze d'onda mi hanno dato gli Eye Desire.»

(Avrebbe pagato milioni per quel prototipo. Immaginava Irene Desire in persona, in piedi accanto a lei con un mazzo di rose in mano – dalle quali ruzzolavano rubini? – che si inchinava per baciarle la mano. Gli occhi della donna avrebbero proiettato dei cammei di Lina, sotto l'assedio di tutti quegli sbavanti lupi di Hollywood.)

Guardare. La gente alla fermata dell'autobus. Lina camminava a testa alta, cercando di mantenere un sorriso gentile, un fascino distaccato. Sarebbe diventata una star, molto presto. Diamine, il suo percorso di gloria era cominciato quel giorno stesso. Spalancò un po' di più gli occhi e li lasciò guardare. Vedere come appariva il cielo attraverso gli occhi di un angelo. Se ne sentì colmare le orbite, come un giorno d'estate in paradiso.

67

Non si lasciò puntare dal lurido tizio con l'impermeabile aperto, che portava lenti a contatto oscene, tutte passere e tette ballonzolanti. Continuava a masturbarsi, l'uomo, finché non sveniva. I lividi e i tagli sul suo cranio suggerivano che non facesse altro: arrapato, stordito, col sangue che scorreva da un capo all'altro della testa fino a fargli perdere i sensi e picchiare la testa per terra. Fu relativamente facile evitarlo. Si vedevano a ogni angolo derelitti dotati di lenti pornografiche. Come il punk stretto nel suo giubbotto di pelle nera che proiettava nelle sue lenti scene di ragazze incatenate a un muro in un seminterrato, con figa e bocca spalancate in un urlo congelato. Era davvero solo da poche, frenetiche settimane che gli ologrammi avevano invaso il mercato? I notiziari annunciavano che – anche se era troppo presto per valutare una faccenda del genere – stando alle statistiche della polizia gli stupri erano drasticamente diminuiti. Forse perché quella tecnologia lasciava sfogare la fantasia violenta di chi è più pigro che folle?

Ma Lina non poté fare a meno di tremare quando il gruppo di teppisti transilvani le scivolò accanto, con lunghi e fruscianti mantelli neri. Si diceva che quei ragazzi non usassero armi da fuoco, perché a loro non piaceva veder sprecato del sangue bevibile. E si vociferava che indossassero lunghe calzamaglie a prova di proiettile, un nuovo tipo di dotazione militare, terribilmente costosa, di solito usata solo dai capi di stato e dalle forze speciali in determinate occasioni. Quell'armatura a maglie fini li rendeva virtualmente immortali. Non che Lina credesse al loro look macho-draculesco. Tuttavia, la loro carnagione pallida e gli zigomi slavi rozzamente modellati li faceva apparire scarni; mettevano in scena quell'aria cadaverica dei loro corpi ricorrendo a un farmaco utilizzato nelle cliniche per disintossicare gli atleti dopo seri abusi di steroidi. Si diceva anche che provocasse un leggero raffreddamento del sangue. Quella gang sfoggiava lenti a contatto d'argento con delle lune che i turisti ignoranti scambiavano per cataratte. Ehi, era giorno, e allora come mai se ne stavano fuori quei teppisti transilvani? Ah ah, come se fossero davvero una banda di vampiri o qualcosa del genere. Be', in realtà era ormai il tramonto.

Nessuno di quei tizi demoniaci si interessò a Lina, cosa che a lei andò benissimo. Già era stato abbastanza percepire il freddo che le avevano trasmesso solo passandole accanto. Da quanto aveva capito, lei era troppo voluttuosa, troppo viva per suscitare il loro interesse.

Tuttavia uno di loro si fermò, si voltò verso di lei, e col suo respiro che sapeva di carne cruda le chiese: «Hai mai visto le rose bianche diventare scure?»

Lina poté vedere l'interno della bocca dell'uomo, mentre lui le parlava. Si sarebbe aspettata che fosse di color rosso sangue, naturalmente. Ma era ricoperta di un bianco argenteo. Orribile, sembrava una vittima di radiazioni nucleari con una lesione alla lingua. Doveva essere il risultato dei farmaci che assumevano. Lei si tirò indietro solo un po', cercando di non apparire disgustata per non offenderlo. Quegli strani tipi erano noti per essere capaci di mordere degli innocenti passanti senza alcuna ragione. E non si trattava certo di un teatrale e tradizionale morso alla gola, ma andavano dritti al volto. *Solo pochi giorni prima Lina era stata chiamata per sostituire un'attrice in una scena, senza battute, per uno spot di cibo per gatti. L'altra donna era stato morsa, mentre si stava dirigendo agli studios, mentre si era chinata per allacciarsi una scarpa, e il crocifisso le era sgusciato fuori dalla camicia. Una delle ragazze della gang glielo aveva strappato di dosso, poi un vampiro le aveva affondato gli incisivi rinforzati nel setto nasale. Lina era andata a trovarla in ospedale, portandole un consolatorio mazzo di fiori. La ragazza non era cosciente, e Lina continuava a osservare l'orribile buco dove prima si trovava il suo bel naso all'insù. Aveva domandato al medico: «Cos'è quella roba che sembra le stia crescendo dentro?»*

*Il dottore aveva risposto con una debole alzata di spalle: «Per quanto ne sappiamo, si tratta di muffa.»*

*Anche lui portava lenti a contatto. Si poteva vedere proiettata una scena di chirurgia, un torace tenuto aperto da un divaricatore, e un cuore lucente che vi pulsava sotto. In verità, era PALPITANTE. Pompava in un sinuoso ka-thunk thunk, con vene e arterie in un guazzabuglio di circuiti elettrici rossi e blu. Dovevano essere delle lenti costose. La maggior parte della gente poteva permettersi solo scene base, dai quattro ai sei fotogrammi.*

Ora, con la coda dell'occhio, Lina notò cinque o sei uomini dalla pelle scura saltar fuori da un'auto che si era appena accostata al marciapiede.

L'autobus stava risalendo la strada, gli mancava ancora un secondo prima di svoltare l'angolo. Su una fiancata esibiva un grande annuncio pubblicitario: EYE DESIRE VISION OUTLET. L'immagine mostrava una bella donna, col florido seno che straripava da un abito di paillettes scintillanti, la brillanti e sensuali labbra color fucsia e i capelli che formavano una massa di temporalesche nubi di platino. Ma i suoi occhi erano completamente vuoti. Sotto si poteva leggere:
COSA TI PIACEREBBE VEDERE, QUI?
RIEMPILI CON BREVI, DOLCI SOGNI… O CON L'ETERNITÁ.

«Dai, *dai*» sussurrò Lina con impazienza.

I gangster africani stavano estraendo piccoli cannoni da sotto le ampie tuniche, con leoni che balzavano negli ologrammi delle loro lenti dorate.

L'autobus si fermò e la porta si aprì con uno sbuffo.

«Presto, signora!» la chiamò il conducente.

I Dracs si stavano girando, sibilando, pronti a estrarre qualcosa da sotto i mantelli. Con una dotazione che poteva renderli di fatto degli scudi umani, chissà cosa potevano avere, là sotto. Bazooka. Lanciagranate. Anche laser, forse.

Già.

Lina balzò sul gradino metallico e salì bordo dell'autobus. Si ritrasse non appena un rapido ma brillante raggio di luce balenò. Un braccio colpì il marciapiede, l'estremità era stata recisa all'altezza della spalla, cauterizzata; non sanguinava affatto. Il proprietario dell'arto stava ruggendo in strada in un accesso di rabbia e agonia. Il bus si allontanò in fretta mentre iniziava una piccola guerra, là fuori.

Tutti a bordo guardavano dai finestrini, sperando ansiosamente che nessuna bomba incendiaria vagante potesse colpire il mezzo. Le sardine chiuse in una latta hanno meno possibilità di sopravvivenza di quante ne abbiano le papere al tirassegno. Ma il veicolo svoltò rapidamente l'angolo, con i suoi passeggeri aggrappati agli appigli. Poi vi furono solo rumori di esplosioni, palle di fuoco che si innalzavano a malapena oltre le cime degli edifici, imitando la devastante combustione del sole che stava scivolando sotto la linea dell'orizzonte. Per un momento Lina pensò che quelle palle di fuoco si fossero tramutate in lune cremisi, e che la strada fosse più scura di quanto dovrebbe essere al tramonto, che fosse accaduto ben altro tra quegli edifici, non una delle prevedibili, periodiche battaglie fra bande.

Distolse lo sguardo. Ancora pativa gli effetti dell'anestesia locale praticatale dalla dottoressa Desire, probabilmente.

I passeggeri sospirarono e sollevarono lo sguardo quando Lina barcollò fino a raggiungere un posto vuoto. La fissarono. Impressionati.

Lina provò sollievo all'idea che il sole stava per tramontare. Si era rifiutata di indossare occhiali da sole, durante il giorno, anche se la luce le aveva causato un forte mal di testa mentre si spostava dal centro commerciale all'ufficio del suo agente, e poi allo studio. Voleva che la gente potesse vedere, ammirare i suoi occhi; aveva bisogno di valutare le reazioni. Ora, nel buio, la testa non le avrebbe fatto più tanto male.

C'erano tre giovani donne sedute assieme, nella parte anteriore del bus. Si erano voltate e la fissavano attraverso i sedili, contemplando la sua bellezza.

La loro pelle era completamente dipinta di blu. Appartenevano a una banda che aveva creato la propria tintura con pigmento di guado, in stile antica Irlanda, per usarla come decorazione di battaglia. Si erano dipinte ogni centimetro quadrato di pelle visibile di uno scintillante blu cobalto. I loro capelli erano tenuti rigidi da un puzzolente impasto di calce, e puntavano in ogni direzione. Erano seminude, e quel poco che le vestiva era fatto con pelli di animali.

Lina cercò di trattenere il respiro. Puzzavano come se avessero conciate da sole le pelli delle bestie... non troppo bene, però. Erano fetide come se avessero fatto il bagno nel tannino, tra frattaglie di vacche e urina di pecora.

«Bella figliola» disse una di loro, strizzando l'occhio con pirotecnica malevolenza, poi le soffiò un bacio.

Le loro lenti parevano brillare e animare piccole gabbie di vimini in fiamme al loro interno. Lina si domandò se, guardando più da vicino, avrebbe visto persone e animali immolati dentro quelle gabbie. Ma non aveva certo intenzione di avvicinarsi a quelle squilibrate per accertarsene. Tuttavia l'effetto era inquietante, con quelle fiamme che ondeggiavano lambendo le ciglia delle ragazze.

Si ritrasse, domandandosi perché mai una donna dovrebbe deliberatamente usare delle lenti del genere. Trattenne il respiro, pensando che da un momento all'altro i loro occhi si sarebbero sciolti al calore di quei fuochi rituali.

Un'altra ragazza agitò la lingua verso Lina, in maniera provocante. L'attrice impallidì, nel vedere che anche quella era blu, come un ombretto da becchino. Potevano essere delle semplici caramelle ad aver colorato in quel modo l'interno della bocca. Era solo un effetto. Eppure, Lina rabbrividì all'idea di farsi baciare da quella cosa, pensando al sapore turgido di muco glutinoso di quella bocca profonda dall'odore di mirtillo.

La terza le sussurrò qualcosa, con voce roca, come se le stesse confidando qualche prezioso segreto commerciale: «Sapevi che la ragione per cui ci sono tanti mali, sulla terra, è che la Morte è in costante competizione con Se Stessa?»

Lina emise un gemito. Un giorno avrebbe potuto comprarsi un'auto. Non avrebbe più dovuto prendere i mezzi pubblici. Andare in autobus stava diventando sempre più alienante, ogni notte. Le stesse fermate dell'autobus erano tossici esperimenti di morte. Si poteva davvero chiudere fuori gran parte del mondo, usando l'automobile. Non ciò che si vuole conservare, come le attenzioni degli ammiratori. Ma i brividi, e le paure. Doveva essere quello il motivo per cui tanti attori diventavano irreperibili, più la loro popolarità cresceva.

Una signora molto grassa in un vestito hawaiano Sea Worlds continuava a soffiarsi il naso. Un uomo dai capelli grigi digrignava i denti, fumante di rabbia, mentre si contorceva a disagio in un collare cervicale. Si affaccendava col nodo di una cravatta blu maculata che indossava come parte integrante del quotidiano abbigliamento d'affari, nonostante l'evidente infortunio al collo. Un derelitto sedeva in fondo al mezzo, borbottando fra sé, con un cappello floscio calato sul viso. Lanciava guardi di sottecchi verso una magra, vecchia gallina in uniforme azzurra da commessa di caffetteria, intenta a mordere un panino al formaggio fregato sul lavoro. Il derelitto si leccò le labbra.

«Sea Worlds» mormorò una delle ragazze blu.

«Sea Worlds Beyond» ridacchiarono le altre due.

La donna grassa le ignorò. Guardò di nuovo Lina, ammiccando lentamente. Attraverso il fazzoletto fradicio le domandò: «Lei non è Lina Hidalgo?»

L'attrice esibì un sorriso radioso. «Sì.»

Dio, era meraviglioso essere riconosciuta!

«L'ho vista in *Chalk Line* qualche sera fa. È stata grande nella parte della prostituta dal cuore d'oro che viene violentata e mutilata da quel folle serial killer con la fissazione per il fegato. Ho pianto a dirotto quando il ragazzino viene colpito dalla macchina della polizia mentre corre verso il cadavere mutilato della sua mammina. Wow, che spettacolo quella sequenza finale al rallentatore, mentre lui è sospeso per aria, come se stesse volando, come un angelo.» disse la grassona in una voce densa, afflitta da sinusite.

«Grazie. È stato un ruolo divertente» ammise Lina.

L'autobus si fermò, sospingendo tutti in avanti sui sedili. Lina cercò di non prestare attenzione al quartiere, là fuori. Si era fatto buio così velocemente, quella sera. Le baracche che avevano già chiuso le loro attività avevano sbarre davanti a porte simili a lapidi. E – ma doveva essere un riflesso delle luci interne del bus sulle sue lenti – Lina credette di vedere occhi rossi che brillavano attraverso un'intelaiatura sconnessa. Batté le palpebre e scorse un grosso cane affacciato a una finestra, con le zampe sul davanzale, intento a osservare la strada. Ah. Be', doveva trattarsi di quello.

Le porte si aprirono e altre quattro tipe toste salirono a bordo. Indossavano lucidi abiti in pelle nera e occhiali da sole. Le donne appartenenti ai due gruppi si fissarono le une le altre.

Le celtiche di casa e l'uomo nel collare stavano già in piedi, pronti per scendere. Le quattro passeggere appena salite bloccavano il corridoio. Una di loro estrasse un fucile a canne mozze da sotto il lungo cappotto.

«Seduti!» gridò. Piantò la canna contro la faccia del conducente. «Parti, stronzo.»

Le altre tre teppiste si posizionarono velocemente in punti strategici. L'ultima si portò in fondo all'autobus e tirò fuori un'unta pistola nera. Una delle componenti del trio cominciò a far scivolare da sotto le pelli di coniglio qualcosa che teneva avvolto intorno ai seni. Si udì un ruggito devastante, e il suo cervello decorò il vetro frantumato del finestrino alle sue spalle. La poltiglia sembrò brillare per un attimo con una fiamma blu scintillante, nello stesso modo in cui brucia l'alcol danzando sopra un dessert flambeau. Tutti i vetri tintinnarono. La gente cominciò a urlare.

L'autista frenò di colpo. Il bus ebbe uno scossone. Le ragazze in piedi si sorressero aggrappandosi ai sedili. La donna che stava davanti rimbalzò contro il parabrezza, col suo nero cappotto fluttuante. Poi tornò miracolosamente in piedi, come un gatto illeso, arruffato e furioso. Colpì il conducente con la canna del suo fucile, ma non troppo forte da non potergli più dare ordini.

«Continua a guidare!» urlò.

L'autobus sobbalzò, le persone barcollarono ai loro posti appena il grande veicolo si rimise in moto col suo sferragliare di ingranaggi.

«*Trucha!* Zitto!» ordinò la femmina vestita in pelle sul retro, puntando la sua arma contro un passeggero, poi contro un altro.

Lina se ne stava rannicchiata nel sedile, incapace di distogliere lo sguardo dai resti della testa esplosa della celtica. Il suo respiro fischiava sommesso attraverso i denti stretti. Le nuove arrivate erano ispaniche. Che cosa avevano, sulle lenti, che potesse identificarle? Giaguari? Tarantole? Quetzalcoatls? Non era sicura di ciò che stava succedendo, ma era relativamente fiduciosa che quelle ce l'avessero solo le appartenenti alla banda rivale. Forse.

Al massimo, sarebbe stata rapinata. Se avessero avuto intenzione di uccidere tutte le persone a bordo per provare un brivido a buon mercato, avrebbero potuto facilmente sparare al serbatoio del carburante mentre il bus passava. Poi si sarebbero arrostite dei marshmallow e avrebbero spinto di nuovo tra le fiamme i superstiti ustionati, una volta che le esplosioni iniziali si fossero placate.

L'autobus procedette ancora per un paio di chilometri.

«Fermati qui» ordinò al conducente la donna col fucile da caccia. Poi si rivolse alle due sgherre celtiche sopravvissute, tenute sotto controllo da una delle altre dirottatici con un coltello in una mano e un revolver nell'altra. «Pare che stiate per sconfinare. Avete qualcosa da dire?»

Non avevano nulla da dire; le mani sulla testa, tra riflessi di saette blu elettrico di rabbia impotente.

La donna col fucile ridacchiò indicando la ragazza assassinata. Il cervello del cadavere stava ancora scivolando sul sedile. Ma il processo si era rallentato, il sangue non zampillava più dal foro d'entrata né da quello, più largo, d'uscita, scartando attraverso i ciuffi verdognoli dei capelli. «Almeno *lei* è morta nel vostro territorio, puttane gaeliche. Lei non è una che ha sconfinato, visto che è morta. Noi Loops non abbiamo niente contro le puttane gaeliche *morte* nel nostro settore.»

La dirottatrice nella parte anteriore dell'autobus si sporse in avanti per tagliare la gola a una delle rimanenti pelle-blu, affondando la lama in quella carne d'inchiostro. La celtica si portò le mani alla ferita, soffocando e gorgogliando, inghiottendo brandelli di aria azzurra e soffiandola di nuovo fuori dal foro nel collo. Nessun problema, sarebbe morta dissanguata molto prima di **soffocare**.

La terza ebbe appena il tempo di estrarre un coltello da uno stivale prima di beccarsi una pugnalata al ventre. La dirottatrice ci mise tutto il proprio peso, tirando la lama verso l'alto, a scatti, scivolando fuori, incidendo e intagliando fino allo sterno. Gli intestini si srotolarono dalla fresca voragine. La dirottatrice si chinò, e raccolse una manciata di viscere. Se le portò alla bocca e addentò, sorridendo, con macchie di bile schizzata sulle lenti degli occhiali da sole.

Lina rimase a bocca aperta e distolse il capo per non vedere. Quella poltiglia era blu, dannazione. Possibile? O erano le sue lenti color indaco a darle quell'impressione?

La dirottatrice che aveva fatto fuori quelle due schioccò le labbra sporche di grasso cobalto, dicendo: «Okay. Questi irlandesi non si fanno problemi per un po' di sano cannibalismo. Mangiano i loro nonni, sapete? Ah, l'amore...»

Poi si portò di fronte alla cicciona. «Tu.» «E *tu*» disse la numero tre all'uomo col collare che stava sbavando sopra i pallini della sua ridicola cravatta.

«Troia» sbraitò la numero quattro, sul fondo, verso la vecchia gallina in divisa da commessa di caffetteria.

La vecchiarda posò nervosamente i resti del suo sandwich al formaggio. Il derelitto lo afferrò, apparentemente inconsapevole di quanto stava accadendo. Si infilò quei rimasugli in bocca, l'unica cosa che si riusciva a vedere del suo volto, celato sotto il cappello unto.

«Voi ci offendete» disse la numero uno con le canne del fucile puntate sul conducente, voltando la testa per rivolgersi ai passeggeri.

«Ma noi non facciamo parte della loro gang» piagnucolò l'uomo in collare e cravatta. «*Sabes que ese?* Tu indossi il loro colore. Viaggi nel nostro quartiere indossando il loro odioso totem» rispose la numero uno con una scollata di spalle. Ruotò la parte superiore del corpo, come se fosse la torretta di carro armato, puntando il fucile contro di lui. Fece fuoco con entrambe le canne, e l'esplosione frantumò il parabrezza.

Il corpo devastato dell'uomo sembrò rimanere immobile, poi cadde come un tronco d'albero abbattuto sotto un temporale. Il conducente si chinò in avanti per raggiungere qualcosa sotto il sedile. Il calcio del fucile gli sfondò il cranio producendo rumori di frutta matura sfranta e bacchette cinesi spezzate. La donna nel vestito hawaiano color acquamarina, a quella vista, vomitò prontamente nella borsa della spesa.

La ragazza nel lungo cappotto nero, là davanti, sorrise.

«Badate bene. L'autista non doveva morire. Non indossa il colore che ci offende. È solo uno sciocco. Non più di quanto lo siate voi. State composti, zitti, mostrate il giusto rispetto, e tutto finirà presto. Potrete tornare a casa, e far finta che non sia successo niente, proprio come fate sempre.»

La donna grassa si beccò quattro colpi pompati con ferocia da una pistola premuta direttamente contro il sorridente delfino sul suo pube. Le gambe quasi mozzate penzolarono sul pavimento lurido. Il suo busto sprofondò stancamente nella morbida imbottitura del sedile. Una molla rotta le scattò **fuori attraverso i lombi disintegrati. La sua assassina si mise a ridere. «Una bistecca strisciante!»**

La vecchia gallina venne aperta col coltello per tutta la lunghezza della sua divisa azzurra, dalle ginocchia alla gola. Gridò una sola volta, mentre sangue e sandwich al formaggio le colavano dalle narici in una pasta arancione. La sua assassina tubò: «Io amo questa merda di formaggio! Qualcuno ha un cracker?»

L'aria era piena di fumo, una fine foschia scarlatta simile all'incenso bruciato dai sacerdoti nei nuovi templi aztechi alla moda nei quartieri residenziali della città, o alla nebbia cremisi che fluttuava sui cocktail del KALI, l'elegante discoteca appena aperta in centro. La gente cercava di mantenersi calma, grugnendo sommessamente. Lina pensò a quel vecchio slogan usato decenni prima per certi film dell'orrore: «Continuate a ripetervi che è solo un film, solo un film...»

Aveva forse borbottato quella frase ad alta voce?

Naturalmente, ora le risultava più facile chiudere gli occhi, percependo il peso dell'azzurro, riempiendo la propria immaginazione con brevi, dolci sogni... o con l'eternità.

Solo che non poteva chiuderli. Lina guardava, da un corpo all'altro, sbattendo le palpebre per la foschia. Fissando...

Le quattro femmine in pelle nera cominciarono a nutrirsi. Quella davanti andò per prima, mentre le altre tenevano sotto controllo, con le armi spianate, i passeggeri rimanenti. Lina udì il nauseante scrocchiare di ossa e, ancora più strano, un dolce mormorio in spagnolo, un preghiera di ringraziamento recitata prima del pasto. *Lo siento mucho, Dios. Gracias por las carniceria. Salud!*

Le donne in pelle dilaniarono i cadaveri, strappandone pezzi come se fossero dei polli fritti. Come potevano essere così forti? Lina sentì la dirottatrice più vicina a sé succhiare a pieni polmoni l'aria colorata. Degustò il fumo nella bocca, soffiandolo poi fuori attraverso le narici dilatate in un rosso brillante.

Quella disse a Lina: «Che cos'abbiamo qui, *Carnala?* Oh, ma che begli occhioni blu hai.»

Lina si ricordò delle lenti a contatto. Improvvisamente le parvero fatte di vetro smerigliato. Se le tolse subito, mostrandole nel palmo della mano prima di lasciarle cadere a terra. «No, no» balbettò, «sono solo lenti a contatto. Vedi? I miei occhi sono marroni. Non mi piacciono nemmeno. È stata un'idea del mio agente.»

Le frantumò sotto un tacco. Si guardò intorno, nel bus, sperando che qualcuno l'aiutasse.

Ansiose facce sudate la fissavano, timorose anche solo di battere le palpebre.

Cominciò a piangere, sentendo le lacrime calde bruciare, sicura che anche quelle fossero blu... e la stessero sfidando, beffandosi di lei col loro indaco. Quelle donne erano ispaniche, vero? Anche lei. Poteva attaccarsi a quello, no? Tutte le bande portavano lenti a contatto, adesso. Forse quelle pollastre avevano dei sanguinosi tramonti, sulle loro, oppure i teschi della Fiesta dei Morti.

«Solo lenti a contatto. I miei occhi non sono blu, vedi? Sono marroni. Uguali ai tuoi.»

La donna avvicinò il volto a quello di Lina. La sua voce si abbassò di un'ottava, in un ringhio al di sotto del livello della voce umana, quando sussurrò: «I miei occhi sono *rossi.*»

Abbassò gli occhiali da sole e fissò lascivamente Lina, agitando le sopracciglia che si facevano più folte a ogni movimento. Due dardi scarlatti, vividi come tizzoni, osservarono l'attrice, simili alle fiammelle che sciolgono la cocaina. Le altre tre dirottatrici fecero scivolar via i loro occhiali da sole, mostrando coppie di rubini.

«Cosa ti piacerebbe vedere, qui?» canticchiarono sommessamente all'unisono le quattro donne in pelle nera.

Il derelitto nella parte posteriore del bus si stava togliendo i vestiti. Si era levato il cappello per mostrare i propri slavati occhi rosa. Era ricoperto di peli ispidi. Il suo arruffato pene canino se ne stava aggrappato all'interno di una coscia pelosa. Si lamentò: «*Por favor?*»

«Vai a casa, papi» gli disse la prima dirottatrice, senza distogliere lo sguardo da Lina.

Quel vecchio animale mise il broncio, formò col pugno un gracile grappolo di nocche e lo abbatté contro un finestrino. Ringhiò, afferrò ciò che restava del cadavere della vecchia gallina e saltò giù dall'autobus, trascinandolo con sé.

La leader nel lungo cappotto nero porse il fucile a una delle sue compari. Lina si coprì gli occhi con le mani, e sentì due morbidi *plop*. Mostrò nel palmo della mano due bulbi color uva spina. Il rivestimento della retina, la pupilla, l'iride, la cornea, la coroide, la sclera… rosso, e ancora più rosso. Ma non fu ciò che stava nelle sue mani, a far rabbrividire Lina. Erano le orbite vuote, che sprofondavano in una scatola cranica gialla più grande dell'involucro esterno della sua testa, dimensionalmente distorta e attorcigliata.

In essa si intersecavano sorte di vicoli sotto una luce grigia, invasi da lupi. Lina li udì ululare verso una gonfia luna rossa. Le loro pellicce pullulavano di pulci, o erano larve? Come poteva saperlo, Lina? Vide il derelitto che era appena sceso dal bus trascinandosi dietro brandelli della commessa di caffetteria buttarsi a quattro zampe. Vide tutto questo attraverso i buchi gemelli che mostravano l'intera geometria della città dei morti.

Lina era talmente affascinata, inorridita, ipnotizzata, che a malapena vide la dirottatrice sporgersi verso di lei con un sottile coltello che scintillò quasi aggraziato.

* * *

In quella grigia oscurità, gli edifici avrebbero potuto esistere da secoli. I graffiti avrebbero anche potuto essere scritti in latino, e i brillanti murales un tempo dipinti su alcuni muri si erano sbiaditi, squamandosi fino ad assomigliare ai pittogrammi restaurati sulle pareti delle tombe egizie. Non c'erano lampioni. Questo dava agli edifici un'aria di medievale infestazione, di rovina, oppure erano così distanti dalla sporca rete delle strade che scomparivano del tutto. Solo tonde luci scarlatte – simili ai bagliori dei rivelatori di fumo o dei sistemi antifurto, ma sempre in coppia – provenivano da pozzi d'ombra che probabilmente erano delle porte.

Un cartellone a brandelli sferzava il cielo, un paio di piani sopra la più alta delle case popolari. Mostrava un cadavere femminile magnificamente spettrale, con ceneri al posto dei capelli. Aveva gli occhi vuoti, come l'incantevole Madre della distruzione. La scritta sottostante diceva:

VEDI I MONDI CHE STANNO OLTRE
EYE DESIRE TI OFFRE UNO SGUARDO

Una signora grassa in un vestito hawaiano avanzava incerta verso una fila di bidoni della spazzatura, e cominciò a scavarvi in mezzo. Emise un guaito di gioia quando tirò fuori una gamba tranciata al di sotto del ginocchio. Cominciò a rosicchiarne la carne blu, sbuffando da dietro il polpaccio devastato.

Un uomo con il collare cervicale aveva i pantaloni calati alle caviglie e lo stava dando con foga a una magra, vecchia gallina chinata alla pecorina, in un rettangolo d'onice che formava un angolo sporco del vicolo. Rabbrividivano, ringhiando, agitando i fianchi mentre si fondevano nelle loro forme animali, ancora in calore, ululando alla gonfia luna rossa sospesa sopra ogni cosa.

E occhi rossi spiavano da finestre scomparse, da scalinate nascoste, in posizioni accovacciate:

La bella donna che elemosinava con la sua ciotola indossava occhiali da non vedente. Ignorava le bestie che correvano alle sue spalle, il suono della masticazione dei parassiti nelle foreste delle loro pellicce, simile a una sensuale musica mariachi. La grassona avanzò lentamente, poggiando nella ciotola una mano mozza trafugata nella spazzatura. C'erano anche altre offerte, là dentro. Poi si accasciò, ansimante, per balzare a quattro zampe, diffondendo il suo puzzo per la città dei morti. L'oscurità aspettava, e ogni incrocio di strade e vicoli formava un lordo crocifisso sospeso nel buio.

Lina tastò la mano dentro la sua ciotola. Raccolse il sanguinoso boccone ricoperto di grasso, e addentò. Si tolse gli occhiali. Le sue orbite vuote si stavano lentamente riempiendo. La dottoressa Desire le aveva detto la verità. Sorrise, assaporando ciò che si provava ad avere gli occhi pieni di mezzanotte.

# FUOCO

Baciare Davey fu un'esperienza calda. Rovente, a dire il vero. Delia sentì le labbra cuocere rapidamente. Fu come tirare la prima boccata di fumo da una sigaretta, quando si è adolescenti. Fu come chinarsi a inalare un bastoncino d'incenso al sandalo e avvertirne la fragranza risalire le narici e rimanervi per tutta la notte.

Certo, non era per nulla morbido. Non era la cedevole carne di un amante. Era dura, praticamente di cemento. Scricchiolava, e le lasciò un limo di pelle cinerea sulla bocca. Crepitò al punto che Delia immaginò dell'elettricità statica passare fra di loro.

Desiderò avere uno specchio con sé. Il suo lucido rossetto scarlatto aveva forse assunto una tonalità più scura? Le erano rimasti appiccicati piccoli pezzetti di lui? Poteva sentirne il sapore, premuto contro il viso. Carne bruciata.

(Non potrei mai essere una vegetariana, pensò. C'è sensualità, nella carne. Forse per via della consistenza, ma non quella croccante del sedano, né quella flaccida della lattuga o granulosa della carota. La carne combatte con i denti, lotta per il proprio diritto a rendere chi se ne ciba consapevole che Sì! Una volta ero viva, con una Faccia! Forse la passione è insita nel suo sapore, il tabù tentatore del cannibalismo che si svela quando la lingua riconosce una sostanza così vicina alla sua stessa composizione.)

Potrebbe essere solo una sorta d'amore. Come l'amore che lei provava per Davey.

Delia aveva sempre amato Davey, il forte e atletico Davey. Il Davey capace di saltare edifici con un unico balzo. Veloce pilota d'auto, cacciatore d'avventure, amante favolosamente dotato. Aveva cominciato a piangere nel vedere ciò che il fuoco gli aveva fatto.

Era tornata a casa dal lavoro solo pochi istanti dopo che lui, avvolto dalle fiamme, era crollato sul vialetto d'accesso, dopo il tentativo di ripulire un pasticcio con la benzina. Davey... non sempre brillante, seppure splendido e mascolino. Lei aveva schiacciato i freni per fermarsi accanto al marciapiede, era saltata giù dalla macchina per correre verso di lui che si stava spegnendo fra spasmi sempre più deboli, dicendosi *No, non è lui, non può essere lui, dimmi che non è lui...*

Le lacrime avevano cominciato a gonfiarle gli occhi. Dolore. Oppure era il maledetto fumo di carne e capelli unti che colmava l'aria.

Potrebbe non essere Davey, si era detta Delia con tutta la fermezza di cui era capace. Non sembra veramente lui. Non ne era rimasto un solo centimetro quadrato riconoscibile. Niente capelli, nessuna faccia.

Riconoscerò sempre il mio amante, abbracciandolo. Quanto ho conosciuto bene quella bocca, non importa quanto contorta e deformata sia ora.

Un bacio. Una momentanea, appiccicosa fusione. Non è troppo irrigidito, no. È ancora morbido, spugnoso. Un sapore di catene di ferro e di untuosi hot dog. I fumi di carbone liquido infiammabile, come quelli che aleggiavano nell'atmosfera quando i vicini tentavano di fare un barbecue in cortile senza avere la minima idea di come si accendesse un fuoco. Così spesso si poteva provare di cosa era capace il combustibile, così spesso ci si poteva soffocare.

Ma Delia non soffocò, per quello. Era praticamente un dopobarba, seducente, vulcanico, per ciò che le suscitava dentro.

Diede un colpetto con la lingua, esitante, e assaggiò quella scivolosa testa fusa.

E in questo tragico momento amò Davey come mai l'aveva amato prima. Non è così per la maggior parte delle persone, quando sentono accrescere in sé l'adorazione verso qualcuno? Quando il male si abbatte su di loro, e perdono il loro amato?

Ma Davey era ancora lì. Lui non era ancora perduto. Però lo sarebbe stato, presto. Sarebbe arrivata un'ambulanza. Il corpo sarebbe stato messo sopra una barella, in un sacco per cadaveri, e trasportato dove Delia non avrebbe mai più potuto vederlo o toccarlo di nuovo.

Era sempre stata così focosa, a letto con lui, graffiandolo, mordendolo. E lo morse anche ora. Solo un pezzettino, un ricordo di sesso rovente. Non aveva davvero intenzione di prenderlo in bocca, di farselo scivolare attraverso le gengive come burro guasto e friabili caramelle di sangue. Ma era accaduto, e ora che cosa doveva fare, sputarlo fuori?

(Tesoro, è ciò che hai di lui. Prima che lo portino via. Volevi sempre averlo dentro di te, pensando che l'unico modo fosse quello di avere la sua erezione fra le tue cosce, fra le tue guance. Ingoiare il suo sperma ti era sembrata la fusione definitiva. Ora, esistono delle limitazioni? Non puoi averlo dentro di te un'ultima volta, in una maniera anche più appagante? Più infiammabile del tuo amore?)

Delia assaporò, poi inghiottì. Se quasi soffocò, fu nella pienezza delle sue emozioni, e del suo dolore. Ne morse un altro pezzo e lo sentì suddividersi, umido, e scoppiettare contro il palato come le bolle di formaggio sulla pizza. Il terzo boccone fu più grande, e sibilò. Il grasso le colò lungo il mento, ungendole il vestito.

Non lo laverò mai più. Lo appenderò, circondato dalle fotografie di Davey. Gli creerò attorno un adeguato santuario. E quando poi avrebbe nuovamente espulso quei frammenti, defecando, avrebbe potuto conservali in un barattolo con acqua di rose? Collocando candele accese ai lati, e pregando tutti i giorni?

Un altro morso, e le emozioni la sovrastarono al punto che dovette toccarsi. Sul vialetto, in pieno giorno, sapendo che i ficcanaso avrebbero potuto spiare dalle finestre. Non le importava. Quelli erano i suoi ultimi momenti con Davey. Forse quei guardoni non sarebbero mai stati coraggiosi quanto lei, che perseverava in un rito funebre quale solo gli antichi avrebbero potuto celebrare. Come usavano fare gli antenati, mangiando i loro morti con devozione, aggrappandosi a loro un po' più a lungo...

Delia si stava ingannando, o i suoi genitali erano più caldi di quanto non fossero mai stati? Stava bruciando dal desiderio? Era bagnata come se l'avessero irrorata. Raccolse quegli umori sulle punte delle sue dita.

«Prendi con te il mio profumo, tesoro» disse al cadavere, accarezzandolo là dove immaginava si fosse trovato il naso, la protuberanza della mascella ruvida. I suoi polpastrelli affondarono nel derma bruciato per raggiungere la diguazzante fricassea che si trovava sotto.

Delia si ritrasse con orrore. Poi capì che stava per accedere agli organi interni del povero Davey. Quello era un dono, non è vero? Da accettare con deferenza? Si leccò le dita e sentì la libido innalzarsi nella scala Fahrenheit.

Cominciò a mangiare con lussuria, ondate di orgasmi la travolgevano come dovevano aver fatto le fiamme con Davey. Si riempì le tasche dei suoi denti e infilò fra i seni l'ardente troncone della sua lingua devastata. Il pene si era raggrinzito riducendosi a un pollice annerito, ma per lei quello era un ferro rovente. Era perversione, mettersi quella cosa fra le gambe e spingerla delicatamente là dove lo stesso Davey lo aveva ficcato tanto spesso, quando sia lui che il suo pene erano integri?

Ecco la fiamma ossidrica dell'eros. La potente salamandra.

Questa è la ragione per cui l'umanità ha rinunciato a scavare radici e a raccogliere molli cereali. Perché la carne è lasciva! I carnivori sono bestie orali, costantemente gratificati da sodomia, fellatio e cunnilingus.

Morse, masticò, deliziata in ogni fradicio organo oleoso, nel sapore dei vapori che deflagravano da ogni nuovo punto aperto in lui, nella preziosa ulcera ben cotta, febbricitante e narcotica. Finalmente dovette poggiarsi all'indietro, e gemere. Dovette urlare.

Un'altra auto sobbalzò fino a fermarsi lungo il marciapiede, riuscendo appena a evitare la collisione con il suo veicolo. Delia udì sbattere una portiera.

Ecco. Li hanno chiamati, e sono arrivati per portare Davey lontano da me. Ma ho già preso talmente tanto di lui, dentro di me, che non possono averlo tutto! Prima, dovrebbero squartarmi.

Si voltò per sbirciare verso di loro con chiazze di grasso sulle labbra e su tutta la parte anteriore del vestito, immersa fino ai gomiti in un'untuosità odorosa di benzina. Le gocciolava olio dal viso e dai capelli e dalle mani. Denso come cera di candela, nero e giallo come croste e resine. Si inginocchiò in una pozza di sego.

Niente assistenti. Niente personale d'emergenza. Qualcuno arrancava risalendo il vialetto, fissandola con stupore.

«Davey!» esclamò Delia. Il suo sguardo tornò rapido al corpo disteso, i cui tratti erano adesso ben più devastati di quanto non fossero quando lei aveva visto la palla di fuoco dal fondo della strada. «Allora, chi...?»

Davey corse a inginocchiarsi accanto al cadavere bruciato. Si portò la testa tra le mani, e urlò. «Wayne... diavolo, amico! L'ho assunto per ripulire il garage. C'è odore di benzina. Dannazione! Gli ho detto di utilizzare i detergenti giusti sulla mensola più alta...»

Wayne, il vecchio con la balbuzie e la pietosa zoppia, quello che dormiva nel vicolo e mendicava lavoretti dai vicini. Indossava abiti usati pieni di pulci e puzzava come carne in scatola acida.

«Come ti sei conciata così?» le domandò Davey, notando le condizioni del suo vestito e del suo viso.

«Ho cercato di fargli la respirazione bocca a bocca. Ho provato a rianimarlo. Ho anche provato a sollevarlo per portarlo dentro, ma immagino di essermi spaventata troppo. Pensavo fossi tu» gli rispose Delia, balbettando e gesticolando in maniera melodrammatica, mentre olio e brandelli di carne bruciata le penzolavano dalle dita. «Oddio! Ho pensato che questo fossi tu!»

«Mia povera bimba» le disse David con sollecitudine mentre la prendeva fra le braccia, facendo una smorfia per la melmosa sporcizia del suo vestito e dei suoi capelli. «E povero Wayne, anche.»

Delia pensò al povero Wayne, ai visibili parassiti che gli strisciavano sulla camicia, ai tumori della pelle sulla testa calva, al modo in cui si grattava sempre. E quasi ridacchiò.

Wayne, non sei mai stato caldo quanto oggi, amante mio.

Quella notte Delia guardò Davey dormire, e alzandosi dal letto lo ammirò in tutta la sua fisicità. Davvero un gran bel pezzo d'uomo...

Poi andò in garage a cercare un'altra tanica di benzina.

# GOLEM GIRL E LO SPAZIO-CRIPTA

Si srotolò dalle spire della notte, ricadendo come una vescica giù per la scala ombrosa, poi rimase immobile, una gamba affusolata tesa nella posa di un corvo. In un primo momento Elaine pensò che fosse un lampione dalla lampadina fulminata. Andò a posizionarsi lontano, rispetto alle altre luci della strada. Sperava di poter risultare invisibile. Il suo odore non la ripugnava neppure. Aveva sempre trovato conforto negli odori della morte, perché la loro dolcezza era ricca, il fetore schietto per via di quell'amore che solo il decadimento è in grado di suscitare.

Il tizio che la stava perseguitando l'aveva spinta in quel nascondiglio. Con i suoi ammiccamenti e i suoi suggestivi passaggi di mano da magia nera, invocazioni di un rito efferato che avrebbe compiuto su di lei. Lui divorava e fischiava. Urinava sopra tutti i posti in cui di solito lei dormiva, se si trattava di cartoni. Si masturbava per lasciare tracce di sperma, se si trattava di tombe.

L'aveva seguita per una settimana. Elaine cambiava sistemazione ogni sera, dall'angolo di un vicolo a un androne, a un cimitero ben curato all'altro capo della città. Lui rintracciava ogni postazione, e la profanava.

«È solo questione di tempo!» le gridava, ovunque lei fuggisse dopo averlo sentito arrivare.

E anche se non lo aveva mai incontrato prima, aveva incontrato altri come lui.

«Tanto vale sdraiarsi e allargare le gambe, bambola, perché lo sai che non puoi scappare. Ti acchiapperò, alla fine. Questa è la storia!»

Quel luogo buio sotto il lampione fulminato le ricordava il cimitero. I nascondigli le dicevano sempre quando il suo tempo era scaduto, e così si era ritrovata a dormire sotto il portico di un obitorio. Era freddo e silenzioso, là, e fino a poco tempo prima nessuno di *loro* l'aveva mai trovata in un posto simile.

L'essere-lampione lasciò che si avvicinasse, osservandola con l'unico, torbido occhio giallo. Non era spaventato. Puzzava, e anche lei, e i loro odori si riconoscevano l'un l'altro. Un lezzo rivoltante si era scontrato con un potere impossibile, e il Big Bang che ne era risultato l'aveva portato all'esistenza. C'erano cose del genere, in molti luoghi, ma che cosa li metteva in moto?

Miseria, massacri e silenziose mutilazioni.

Elaine sentì echeggiare i suoi stivali sul marciapiede, chiassosi come fucilate fra le pareti di negozi chiusi e uffici d'avvocati. Stava braccando lei, rallentando in cerca di crepe e fessure, poi affrettando il passo, frustrato. Controllando l'orologio. Già, era proprio quello, che stava facendo. Incredibile come non riuscisse a vederla, proprio sull'altro lato della strada.

Quant'era delizioso quel buio, quel buco di nascondiglio, quello stagno fatto di nulla che la inghiottiva. Come aveva sempre desiderato fossero le tombe sopra le quali dormiva.

Si rannicchiò nell'ombra quando l'essere sgattaiolò più giù, verso la cassetta delle lettere, per poi strisciare fino alla vetrina di un orologiaio e sbirciare all'interno, oscillando avanti e indietro, tic tac, tic tac. Aveva un piercing all'orecchio con un teschio in argento che penzolava. Ma la cosa non ingannava Elaine, anche se lo faceva sembrare stupido.

Il lampione si reclinò un poco, e lei lo sentì muoversi. Si voltò a guardarlo. Quello aprì la bocca. La spalancò. C'era del fottuto spazio, là dentro.

Dimensioni aliene si riversarono a ritroso fintanto che Elaine non poté più vedere le fila di edifici che vi stavano dietro.

Ciò che sapeva Einstein non aveva gran significato, adesso.

Ciò che sapeva Gesù Cristo... ancora meno.

La sua bocca era un gelido buio pieno di morti. Le stelle erano schegge d'ossa, in quello spazio nel quale cadaveri galleggiavano come meduse, invertebrati, in scintillanti ondulazioni, non più afflitti dalla gravità. Una stella pulsar brillava come una bruciatura di sigaretta. Un buco nero produceva i rumori di una ferita succhiante. Una colonna vertebrale si strappava, senza versare sangue, da un cadavere appeso al vuoto come una costellazione senza nome. Ogni nebulosa era rossa come sangue. Volti nuotavano verso un punto di fuga per poi schizzare via, navi che solcavano una perfidia spaziale.

Se quella cosa intendeva spaventarla, non c'era riuscita. Se invece intendeva qualificarsi come messaggero, la cosa la rendeva perplessa, nel tentativo di immaginare che razza di messaggio recasse.

Elaine protese una mano sfregiata e toccò i bordi di quella spalancata bocca senza labbra, lisciando la viscida carne del lampione come se fosse un rabbioso cane bastardo che perdeva muco.

Simili creature avevano sempre ringhiato e morso altri, ma mai Elaine. Le sue dita odoravano di terra di cimitero e di corone rinsecchite. Quello era un profumo che pareva lenirle, anche mentre carezzava le loro teste impazzite.

Elaine non faceva quell'effetto agli uomini rabbiosi. Loro erano gli orologi carichi dei lupi, e sguizzagliavano la loro fame verso l'odore della passera. Ma la loro violenza non conosceva davvero l'oscurità. Si esponevano talmente tanto alla luce da friggerci dentro, fetidi di grasso ribollente e peli avvizziti.

Il tizio che un mese prima l'aveva violentata sotto un ponte mentre un treno le urlava sopra la testa aveva giurato di essere il capitano della morte. Aveva affettato i seni di Elaine, le aveva reciso un capezzolo rosa quarzo facendolo volar via, da qualche parte. Il suo cazzo e il suo coltello le avevano lasciato dei segni sfrigolanti, cercando di piegarla alla sua definizione di spazio e tempo.

Questo è ciò che voleva la creatura dall'altra parte della strada. Estrasse una sigaretta dal pacchetto accartocciato nella tasca posteriore dei jeans. Sfregò un fiammifero e l'accese, distogliendo gli occhi dalle ombre. Lo zolfo inalato in quel modo era come lo strillo acuto di una fica sverginata.

C'erano anche oggetti solidi, in quella bocca. I morti non si disintegravano del tutto. Quelli più recenti, di sicuro, erano almeno parzialmente integri. Brancolavano attraverso quel freddo universo senza il vantaggio di un legame satellitare. Talvolta, di loro rimanevano solamente dei pezzi.

Un cadavere senza gambe galleggiava/roteava/mulinava le braccia per dirigersi verso le proprie gambe mozzate. Se le portò all'altezza dei fianchi, e sorrise. Elaine non sapeva per quanto tempo le avesse cercate. Come veniva misurato, il tempo, dentro una bocca che era un abisso di spazio?

Non veniva misurato.

Quello era un compito lasciato agli uomini, la loro maledizione da perpetuare.

Elaine toccò l'orlo umido della bocca. Ricordò il maniaco che l'aveva aggredita l'anno prima, dietro il teatro. Sosteneva di essere un soldato nell'esercito della mietitrice. Le aveva lasciato graffi e segni di morsi sulle natiche e lungo le cosce, segni ricurvi come falci. Le aveva tagliato la lingua in modo che non potesse urlare. Ma era ossessionato dall'idea di torturarla, non di porre termine alla sua agonia. Il dolore faceva parte della vita.

L'orologio in una torre campanaria dell'università aveva cominciato a battere la mezzanotte, a un paio di isolati di distanza, mentre lui stava cominciando a rovesciarla sullo stomaco.

«Oh, dannazione» aveva detto con disappunto. «L'ora è scaduta. Il tempo è venuto, e se n'è andato. Ma non preoccuparti, tesoro. Uno di noi ti beccherà di nuovo. Presto. Questa è la storia!»

Era balzato in piedi, ed era corso via.

Ecco che cosa doveva essere, quella feccia dall'altra parte della strada. Aveva raggiunto l'angolo, poi era tornato di nuovo all'altra estremità. Era scivolato nel vicolo, ed Elaine lo sentì ribaltare bidoni della spazzatura nel tentativo di scoprire se lei si nascondesse dentro uno di essi.

Ma Elaine aveva visto la propria lingua galleggiare nel buio, dentro la bocca. Sapeva che era la sua perché era trafitta da un piccolo anello di ferro che le aveva messo suo padre, e sul quale era incisa la parola ebraica *meth*, che significava *non viva*. Aveva cercato di intagliargliela sulla fronte, quand'era bambina, come se fosse stata un golem da cui poter cancellare via la vita. Ma quella parola l'aveva sempre guarita, e non era morta.

Ora, aprì la bocca ed emise un suono strozzato, indicando le fauci del lampione che si allungavano in quello spiraleggiante universo-golgotha.

Nietzsche aveva colto un barlume dell'abisso, ma era solo un orologiaio, in fondo. Isaac Newton cagava scienza sotto forma di luride mele. Mosé portava un orologio da polso le cui lancette ruotavano all'indietro e aveva i comandamenti scolpiti sui testicoli. Nessuno di loro vide la verità, mentre il lampione si inclinava avvicinandosi a Elaine.

Era una carcassa quantica.

Elaine si tuffò dentro e prese a inseguire la propria lingua, in modo da poter finalmente rivendicare ogni grido. Avrebbe potuto assaggiare nuovamente il terreno masticato dai vermi, poroso e salato. Avrebbe soverchiato il rumore delle lancette con la sua polverosa risata, finché avrebbe smesso di invecchiare. E avrebbe baciato gli schiumosi grugni mucosi di cani con la rabbia per indurli al silenzio.

Un grosso mastino con un solo occhio e privo di mandibola remava con le zampe dietro di lei, nell'oscurità, scodinzolando al suo amichevole odore di cimitero. Elaine afferrò la lingua e con un dente incise una lettera *e* davanti alla parola scritta sull'anello, cambiando *meth* in *emeth*. Suo padre sapeva che quella parola portava in vita il golem.

Si guardò intorno, cercando il suo capezzolo di quarzo. Quando l'ebbe trovato lo infilò nella cavità oculare del cane morto, dove si tramutò in una nova.

La creatura infine attraversò la strada, vedendo l'ombra sotto la lampada rotta. Era enorme, grande abbastanza per nascondere la graziosa puttana. Agitò le spalle, la schiena dolorante laddove aveva rimosso le sue ali d'angelo per potersi aggirare in incognito per la città. Si contorse tentando di grattarsi, ma non riuscì a raggiungere il punto. Batté i secondi con i tacchi degli stivali. Era sicuro di aver tempo a sufficienza prima di mezzanotte, e di potersi divertire prima che per la ragazza arrivasse l'ora di morire. Non avrebbe commesso lo stesso errore degli altri che l'avevano preceduto, rimanere cioè a corto di tempo e perdere il momento stabilito da Sammael per quella morte. Era ardente e bruciava dalla voglia di farsela, di reclamare il bottino di guerra che gli spettava di diritto. Il suo cazzo pulsava nei jeans come una lancetta dei secondi. Il suo coltello appuntito si muoveva lento ma sicuro, sempre in senso orario quando colpiva e sezionava. Salì sul marciapiede in cerca di Elaine, fiutando le sue ghiandole oleose.

Sentì un cane ringhiare. Be', i cani ululavano sempre, quando la morte colpiva nel quartiere.

Il cane rabbioso balzò fuori dal buco appeso al nulla, facendolo cadere e inchiodandolo al cemento. La graziosa puttana saltò fuori subito dopo, portando con sé un flusso senza fine di convulsi cadaveri a brandelli e ghignanti salme gelatinose.

Elaine aprì la bocca e agitò la lingua di argilla, mentre tutti quanti calavano su di lui.

«Il tempo è scaduto» gli disse.

# I LIMITI DI ZEN

### La storia di Dime

Non vi è isola sicura contro la tormenta che travolge, in un'apocalisse, né una spiaggia a disposizione su cui potersi trascinar via, lontani dall'orrore. Non è mai una cosa così semplice, come la caduta da uno stato di grazia.

Dime e il suo gemello siamese, Ten, patirono per la loro disgrazia all'età di sedici anni. Avrebbe potuto essere una tragedia reciproca, ma anche fratelli identici legati ai fianchi da un fascio di carne possono reagire in modo diverso.

Si era in piena estate. Ma in un paese come Persephone's Pity si dava per scontato che quella data sul calendario fosse l'unica in cui avrebbe potuto verificarsi un simile cataclisma. Non era Geiger's Wasteland, dove ogni cosa se ne andava in qualsiasi momento. Quella era una società basata su ordine e sanità mentale.

Era notte, anche se le facce di tutti i partecipanti erano luridamente illuminate. Parecchie torce erano state sistemate attorno al campo.

La gente era in fila, in attesa del proprio turno. Gente con cui i ragazzi erano cresciuti, che conoscevano da tutta la vita, di cui si fidavano. E che, in circostanze normali, mai al mondo avrebbe fatto loro del male. Tranne che in quella notte, quando i ragazzi erano le 'capre' di quell'anno.

Il più bel paio di ragazzi che avessero mai avuto. Capelli biondo platino e occhi di lapislazzuli.

Ten stava urlando, carponi (entrambi i ragazzi erano accucciati su mani e ginocchia), sopportando a fatica un aggressivo atto di sodomia. Dime stava subendo lo stesso trattamento, ma non sentiva proprio nulla, come non aveva mai sentito nulla, dotato di una tolleranza al dolore quasi disumana. Naturalmente, la sua resistenza non era mai stata messa alla prova in maniera così estrema, prima di allora. Dime alzò gli occhi mentre veniva pestato senza riguardi, studiando in uno stato di silenzioso shock i volti lascivi dei suoi vicini e dei familiari. Girò la testa con difficoltà per guardare Ten, e constatare come l'uomo che lo stava ingroppando lo avesse raggiunto anche da sotto, e stesse titillando le palle e il pene dell'adolescente. La persona che stava 'iniziando' Dime non faceva così. Dime non aveva testicoli... cioè non erano mai scesi con l'avvento della virilità. Erano ancora imprigionati dentro di lui, e il suo cazzo era una minuscola, inerte rosa senza corolla. Sembrava essere quasi asessuato, una volta che i ragazzi furono spogliati prima del raduno.

«Non agitarti così, Ten» disse a suo fratello. «Guardali. Sono tutti sfregiati. Tutti quanti hanno vissuto questa esperienza. Sopravviveremo anche noi.»

Ma Ten cominciò a gorgogliare, sputando grumetti rossi sull'erba sotto di loro. Nel giro di pochi minuti sarebbe soffocato nel suo stesso sangue. In realtà lo stava facendo con la lingua, che si era tranciato nell'agonia. Gli era rimasta incastrata in gola. Ten non era intenzionato a ingoiare, essendo già stato costretto a inghiottire il seme del precedente iniziatore. E non era in grado di espellerla, la lingua, dal momento che aveva inspirato a lungo al momento sbagliato, ansimando quando l'uomo alle sue spalle gli aveva lacerato le pareti del retto.

Il giovane si accasciò a terra, senza riuscire a sdraiarsi del tutto per come caviglie e polsi erano legati al terreno. Il suo corpo si addossò a quello del fratello.

«Via! Fuori!» gridò qualcuno. Una donna. La loro madre, forse. «Dio, liberategli la gola, fate qualcosa...»

La mandibola gli venne aperta con forza, il volto del ragazzo violaceo nel crepuscolo, gli occhi sporgenti e pieni di lacrime, mentre le palpebre sbattevano frenetiche.

*Dime? Dime... Dime?*, sentiva dire l'asessuato, dentro la sua testa. Era la voce di suo fratello. La fascia muscolare fra di loro vibrava, rigida e sonora come un diapason colpito da un martelletto.

Dime provò uno spasmo e prese a zoppicare, e il pezzo di carne che li congiungeva si tese un poco quando Ten si afflosciò, senza seguirlo. Sentì il rigido raffreddamento del fratello attraversare quel lembo carnoso, prima che gli altri potessero slegare l'unico della coppia rimasto vivo.

Per la prima volta in vita sua Dime provò effettivamente qualcosa, di profondo e delittuoso. Lottò contro i propri muscoli per farli reagire, arrancando sulla carne stagnante. E, anche se non aveva mai pianto nemmeno quand'era bambino, in quel momento gridò. Il suo viso non si trasformò in una maschera di dolore, rimanendo inerte, inutile. Prese fra le mani il muscolo mutante che li aveva da sempre legati assieme. Lo torse finché quello non si staccò dai fianchi di entrambi.

Da quel giorno indossò sempre, attorno al collo, quella lunga, fibrosa massa di tessuto mummificato. Come un arto avvizzito o il membro castrato di qualche dio sacrificale.

E divenne il simbolo del suo uffizio.

La sua espressione era da sempre impassibile. I guaritori del villaggio dissero che c'era qualcosa che non funzionava, nei muscoli del suo volto. L'unico modo per capire se Dime stesse reagendo a qualche stimolo era quello di notare se la fascia di carne si contraeva. Non che non avrebbe potuto farlo di propria iniziativa. A parte il fatto che era una cosa *morta*.

Non lo era?

Sembrò semplicemente naturale che Dime venisse scelto per diventare il loro M.C., il Maestro della Concupiscenza, il Manager dei Cani bastardi. Si poteva prevedere che sarebbe stato calmo e corretto, che non si sarebbe mai eccitato tanto quando anch'egli si fosse unito alla più delirante baldoria.

Erano trascorsi trent'anni, dalla notte in cui Ten era morto. Dime vide la depravazione a cui la brava gente di Persephone's Pity indulgeva, ogni quattro stagioni. Odorava le ossessioni emanate dalle selvagge regioni del cuore.

Sapeva che tutto ciò non era mai stato fatto, prima del grande crollo radioattivo? Non lo sapeva. **Magari era sempre stato il rito di sfogo dell'umanità, un'eredità di barbarie.**

No, doveva essersi trattato sicuramente di una nuova svolta. Ne avevano avuto abbastanza, di stanchi derelitti, di bambini e bambine cresciuti come strumenti sessuali in stile vecchia Bangkok... di un tempo, quando *esistevano* luoghi come Bangkok. In quell'epoca occorreva intraprendere un pericoloso viaggio attraverso terre desolate, per trovare una simile palude.

La nuova tendenza (in quegli ultimi cent'anni, da quando la guerra era finita) era l'innocenza, e con questo nessuno intendeva verginità... Non c'erano unicorni, là, anche se c'era un mutante di nome Panon con un corno che gli spuntava dalla testa. Col termine innocenza intendevano qualcuno che aveva condotto una vita comoda, confortevole e protetta, solo per vedersela sottrarre bruscamente, che era la cosa più crudele possibile. Coloro che erano stati iniziati in precedenza, a loro volta iniziavano poi ogni giovane psiche a un'esperienza totalmente nuova. Che cominciava col Tradimento e culminava nella Trappola. Era il colpo mentale a rendere quella violazione una tale, tangibile sorpresa.

La natura e la storia non avevano fatto di meno, nei confronti di tutti quanti.

I padri portavano le figlie, le madri i figli. Le mogli i mariti. E i mariti le mogli.

Quella notte, a fare da 'capra' era un uomo di nome Go, la cui moglie Ell lo aveva portato, bendato, aspettandosi null'altro se non ciò che stava per accadergli.

Dime parlò usando le frasi con le quali cominciava sempre il suo discorso, in quella notte di mezza estate.

«Violenza, desiderio, indulgenza... questi sono i semi del rapimento. Inebriati dalle tue lacrime, spingiamo frenetici i nostri sensi all'estasi. Vi è ben poca lussuria nella virtù, e il miraggio della sopravvivenza austera è fugace. Eppure, quasi abbiamo distrutto ogni cosa, anche l'eccesso deve avere i suoi limiti. Questa notte, noi ti stupriamo per salvare il mondo.»

Domandandosi: *Credo in tutto questo?*

Ribadendo ogni volta: *No, non ci credo! Ma che ne so, io? Sono un uomo privo di sensazioni.*

Dime osservò impassibile la prima vecchia donna mentre si preparava a saldare una seconda anziana a Go, posizionato carponi come da tradizione. Era colla precedente la guerra, a presa incredibilmente rapida, con un aspro odore di mastice che sovrastava gli altri fetori del campo, puzzolente di ostriche marce e sperma di morti.

«Lascia solo che la sprema lungo la schiena» disse Gayla, la prima delle due vecchie. Strizzò il tubetto nel pugno finché non ne fuoriuscì un flusso di colla bianca, che assunse la forma di un serpente ondulato. «Veloce, ora, montaci sopra!»

Paella, la seconda vegliarda, gli crollò addosso, il ventre nudo e i seni cadenti, sbattendo contro la spina dorsale dell'uomo. Go gemette sotto il suo peso, avendo già patito altri tormenti durante le ore in cui era rimasto su mani e ginocchia. Almeno non singhiozzava e non implorava più. E nemmeno più li malediceva.

Non che qualcuna delle proteste di una vittima avesse mai influenzato Dime; cadevano come gocce di pioggia prive di suono nelle sue orecchie. Non era compito suo provare qualcosa: lui doveva solo mantenere le cose ragionevolmente in ordine, in modo che nessuno venisse ucciso. Tutto ciò non era mai stato concepito come un omicidio. L'anno successivo alla morte di Ten fu la prima volta che usarono un M.C. Allora fu Dime; e rimase Dime.

Paella fece attenzione a non dimenarsi o scivolare, mentre si assicurava sulla 'capra' dell'anno. Erano stati accorti, nel lavare via dalla schiena di Go il sangue e l'accumulo di secrezioni, prima, ma era ancora piuttosto scivoloso per via del sudore. Amici e parenti osservavano con curiosità, non sapendo cosa vi fosse nel tubetto. La scritta era sbiadita, l'etichetta sollevata in vescicole. Dime era abbastanza vicino da leggerla, ma nessun altro. Di conseguenza nessuno si toccò né accarezzò qualcun altro, non traendo particolare eccitazione dall'atto che le due vecchie baldracche erano in procinto di perpetrare. Non sapevano cosa stessero facendo. Quel tubetto avrebbe potuto contenere lozione per le mani, o dentifricio vecchio di un secolo.

Ma poi Gayla annunciò, un'imbarazzante decina di secondi dopo che Paella si fu distesa sopra la schiena di Go, senza riuscire ad allungare una mano coriacea per afferrare i tremanti gioielli dell'uomo: «Ora! Alzati con attenzione!» E la coppia si era saldata, pelle contro pelle...

Ci volle qualcuno a tener giù Go, mentre qualcun altro tirava via Paella. Si udì un suono di baci melmosi quando la carne si strappò, in parte dall'uomo, in parte dalla donna. Go stava urlando di nuovo e Paella gemeva, rabbrividendo in un'estasi appassita. Ora il gruppo reagì, ansando di deliziato apprezzamento. Non c'era poi molto, che quella gente già non avesse visto prima.

Entrambe le vecchie toccarono le chiazze scorticate che correvano sinuose lungo il torso di Paella, lucide come ustioni in alcuni punti, con lembi di epidermide dell'uomo che penzolavano filacciosi. Toccarono quell'umido serpente a brandelli e sospirarono con voce roca.

Sarebbe stato difficile, per Dime, credere che quelle due anziane torturatrici fossero solitamente delle guaritrici. Una dolce coppia di nonnine i cui farmaci a base d'erbe avevano guarito tanti bambini da laringite, morbillo, e moderati attacchi di malattie da radiazioni. Ma lo stesso avrebbe potuto dirsi di tutti i presenti in quel prato, a solo un tiro di schioppo da Geiger's Wasteland. Di solito Persephone's Pity era un luogo pacifico, dove la gente lottava per aiutare la terra e il prossimo a sopravvivere all'olocausto che aveva devastato il mondo.

Dime aveva capito, vagamente e nel suo modo distaccato, che quell'unico solstizio di eccessi nell'arco di un anno era loro necessario. Che anche il meglio dell'umanità aveva sempre cercato uno sfogo. Se avessero avuto occasione di non reprimere per sempre le loro debolezze, allora non ci sarebbero state guerre. O così, almeno, suggeriva la logica. La cosa gli ricordò un vecchio racconto che aveva letto in biblioteca, prima della guerra. Si intitolava 'La lotteria'. Ma quelle persone lapidavano a morte qualcuno ogni anno. Non c'era morte, lì. Non intenzionalmente. Soltanto uno era deceduto.

Deceduto *fisicamente*, in ogni caso.

Go piangeva di nuovo, polsi e caviglie assicurati a paletti conficcati nel terreno, ma non stretti al punto da non permettergli in qualsiasi momento di stendersi prono. Quella era una postura forzata, perennemente in ginocchio, chinato con dorso e lombi sollevati. Il successivo partecipante, il cognato della vittima, mosse un passo in avanti, pronto a eseguire una danza estenuante, per costringerlo alla sottomissione o ridurlo a uno stato di trance.

Dime osservava a malapena, lasciando che il proprio sguardo si allontanasse all'orizzonte, verso nord, quella zona al confine col deserto che ondeggiava tra scuri fumi bollenti e venature di *anima mundi*. Là, alcune sagome oscillavano come lampi sulla retina, finché non fu certo che i mutanti di Geiger stavano **studiando** gli avvenimenti di quella notte, facendosi beffe di loro, oppure emulandoli. E qualcosa si muoveva, là fuori, discosto da loro, facendosi più vicino. Forse un animale, che si stava trascinando via dalla zona avvelenata, in cerca d'acque più dolci.

Dopo che il cognato di Go si fu ritirato, uno dei veri mutanti di Persephone's Pity si fece avanti ondeggiando, due teste che al tempo stesso sbavavano e succhiavano. Quella più piccola e idiota compì uno sforzo sorprendentemente migliore. Però non aveva denti e doveva sempre assumere cibo attraverso una cannuccia. Quand'ebbe terminato, la seconda testa ciondolò. Un occhio cieco, ricoperto di escrescenze, ruotò verso l'alto, simile a un uovo in camicia in aceto di lamponi. Fece schioccare le labbra, un corrotto Quasimodo.

Dime lasciò che la propria mente andasse alla deriva, ripensando all'unica volta in cui lui stesso era andato nel deserto, quasi un anno prima.

La gente vi si recava per diverse ragioni, la maggior parte per abbandonarsi a ulteriori gozzoviglie ed essere poi riaccolta a casa. La vita era a buon mercato, nel deserto. E tutto era in vendita. Da ragazze con fiche sulla fronte a ragazzi capaci di risucchiare una pigna attraverso la cruna di un ago, per magiche avventure d'ogni sorta. Dime ci andò, nella speranza che le sue sepolte passioni potessero accendersi.

Ricordava l'aspetto di quel posto. A Persephone's Pity vi erano solo confusi luccichii di un'aurora ancora radioattiva, a nord. Una volta all'interno dell'area, dove ogni cosa appariva veramente più luminosa, come se brillasse per una fonte di calore interna, come un viso consumato dalla febbre. Non poteva esserci luogo più esotico di un paesaggio parzialmente riconquistato all'olocausto, dove alcune forme di vita erano alterate e rachitiche, altre ancora opulente in maniera bizzarra, gonfie per le radiazioni e per un'arroganza contro natura. Le foglie sgocciolavano in una costante lubrificazione di rugiada, anche se quella non era certo una foresta pluviale. I fiori si aprivano in lascive gemme inaspettate. Gli steli si ergevano, osceni, a penetrare il vento, soffrendo per la memoria di essere periti nell'estasi durante la tempesta di fuoco. E tutto ciò che cresceva laggiù era oscuro, come sciami demonici usciti da qualche paesaggio di Hieronymus Bosch. Alberi dalla nera corteccia con cupe foglie grigie, carichi di scuri frutti guastati dal loro stesso succo. Fiori dai petali ombrosi e lame d'erba d'un viola necrotico ondeggiavano sulle colline in un indecente rigoglio. Illuminato, però, in qualche modo brillante, come per la fosca iridescenza dei denti dietro un sorriso al radio.

Non era affatto un deserto. E non lo si poteva definire morto, anche se un gran numero dei suoi abitanti zoppicava qua e là, si agitava o strisciava. Ma chi poteva muoversi senza menomazioni dava vita alle più sorprendenti sarabande...

Dime ricordava la notte che vi aveva trascorso. In un accampamento che bucolici viaggiatori di un'epoca precedente avrebbero potuto definire 'zingaresco'. C'era una quarantina i viaggiatori, là, provenienti da Persephone's Pity e da altre periferiche cerchie superstiti. Erano tutti riuniti attorno a un grande falò. Dime non riuscì mai a capire che cosa stesse bruciando. Ma il calore pareva parecchio più intenso di quello generato da normali fiamme delle stesse proporzioni.

Tutti sudavano copiosamente, inebriandosi per le esalazioni emanate da qualsiasi cosa stesse arrostendo, mentre fiamme e fumo assumevano il luccicante colore dell'ofite tipico dei miraggi di calore.

Zingarelle nude stavano eseguendo una danza sinuosa con grandi serpenti a sonagli, i loro corpi erano chimicamente immuni al veleno, per assuefazione e per eredità genetica. Calpestavano la terra coi loro piatti piedi nudi e i dorsi arcuati, infilandosi i serpenti nei retti e nelle vagine.

Quelli che tra il pubblico avevano audacia a sufficienza posavano le orecchie sopra i loro addomi, mentre i serpenti venivano introdotti in quel modo, sentendo un ovattato rumore crepitante. Poi, le scugnizze leccavano le donne e praticavano fellatio agli uomini, al sicuro fintanto che quelle non laceravano loro la pelle con i denti. La loro saliva era velenosa, se entrava in contatto col flusso sanguigno.

Affascinate dagli insoliti genitali di Dime, tutte le danzatrici fecero del proprio con lui. Abbassarono i fianchi fino a strofinarglisi contro, con spine dorsali che scattavano ondulate come sotto i colpi di frustini da cavallo. Stesero languidamente i lisci e freddi corpi dei serpenti sopra le sue carni. Una di loro si praticò anche una piccola incisione sul palmo della mano per offrirgliela a mo' di fica. Ma senza alcun risultato. Dime non aveva, non poteva avere, un'erezione. Le serpi sibilarono via, lasciando impronte piatte come sbavature d'inchiostro, filigrane nel terreno di antracite.

«Signore e Signori!» annunciò una minuscola ragazza con una proboscide elefantina che le oscillava dal centro del viso lesionato. «Ecco a voi Jungle Flesh!»

Un uomo venne spinto avanti sopra un carrellino. La sua pelle cresceva costantemente, ripiegandosi su se stessa, strisciando come una vite insidiosa lungo il suo corpo, minacciando di ricoprirgli il volto e soffocarlo. Gli sarebbe cresciuta sull'ano finché non avrebbero dovuto tagliarla per permettere alla sua merda di uscire, altrimenti sarebbe morto di setticemia.

Normalmente veniva aiutato dalla sua famiglia, ma quella notte i viaggiatori erano stati invitati a rimuovere un po' della sua carne. A sbucciargliela in striscioline dagli arti e dal tronco, a scuoiarlo fino ai tendini solo per vederli ricoprire ancora da una nuova emissione di epidermide. La gente afferrò con avidità gli involti di carne che rotolavano, ridendo come se giocassero con un impasto caramelloso.

Una donna ridacchiò isterica e gli strappò il pene, poi rimase a guardare inebetita mentre la pelle faceva ricorso alla propria memoria per ritesserne un altro. Nel frattempo l'uomo si contorceva e gemeva, smaniando come se avesse prurito, e urlava ogni volta che qualcuno gli strappava via troppa carne dalla faccia.

Ma quel divertimento si esaurì nel giro di un'ora, e venne presentato il numero successivo.

Dime vide una donna emergere da un carro velato. Quella dimostrò quanto fosse flessuosa e snodata, piegandosi avanti e indietro e su entrambi i lati. Lasciò che la folla vedesse la rosa che teneva in mano. Solo una semplice rosa nera, con spine bruciacchiate che scintillavano in braci d'ebano lungo lo stelo. Solo una banale rosa, come quelle che fiorivano nei giardini infetti di quella zona. Tutti erano soddisfatti nel toccarla, nell'odorarne il dolce profumo di polvere di carbone, nel pungersi le dita sulle sue spine. La donna si portò la rosa giù, alla fica, e lasciò che le labbra vaginali la inghiottissero.

Sulla sua pelle brillava olio odoroso di antimonio e noci. Si protese di nuovo, chinandosi, e la scura massa dei capelli le ricadde davanti alla testa a sfiorare il terreno. Si fece scivolare le mani, giunte come in preghiera, tra le cosce, infilando le dita nella vagina. La folla si preparò a guardarla masturbarsi. Ma le mani scomparvero fino ai polsi, prima fino al gomito sinistro, quindi a quello destro. Il torso si contorse, mentre le ossa si riorganizzavano, come un serpente quando accoglie in corpo un roditore inghiottito. Con l'eccezione che lei stava accogliendo al proprio interno se stessa. Le braccia si infilarono su, gradualmente, fino alle spalle, che cigolarono come girandole dislocandosi dalle articolazioni. E in breve la testa scomparve dentro l'utero dilatato, mentre impronte di mani apparivano sotto la pelle della schiena come creature in attesa di nascere. Era visibile il contorno del suo volto, le labbra strette, il naso appiattito contro quell'opaca finestra di carne e ossa.

Solo il manto dei capelli penzolava fuori del grembo, come se la sua fica avesse una coda di cavallo. Che visione curiosa: lunghe gambe muscolose, un culo grassoccio, un dorso incurvato, e nient'altro. Sembrava davvero uscita da

'Il Giardino delle Delizie' di Bosch.

Poi, lentamente, la donna si ritrasse, mentre testa e braccia abbandonavano l'accogliente caverna dell'addome. Stringeva la rosa fra i denti.

Tutti quanti applaudirono, con entusiasmo selvaggio. A parte Dime, che rimase semplicemente seduto.

La contorsionista gli si avvicinò, in punta di piedi. Si chinò, flessuosa, guardandolo in faccia. E gli sorrise, offrendogli il fiore.

«Mangia i petali. Ti daranno potere» disse. «È il potere che costruisce i sicuri confini di questo mondo.»

Dime prese la rosa e ne staccò a morsi ogni umido petalo, uno alla volta, masticando, gustando il curioso sapore speziato di cardamomo e dei succhi che aveva raccolto durante il suo viaggio profumato di tamarindo. Non provò nulla, deglutendo. Guardò in giù, al suo piccolo uccello da bambino, e non vide alcuna differenza. Neppure sperimentò le allucinazioni di cui gli altri viaggiatori avevano sofferto nell'inalare i fumi del falò.

Un uomo con la pelle arlecchinesca, un patchwork di variegata melanina, giunse a bordo di un go-kart in mezzo alla folla, fermandosi davanti al fuoco.

«Avete l'onore di essere con noi, questa notte» annunciò alla compagnia, mentre le campane dei suoi coglioni sbatacchiavano in un corposo grappolo d'uva. «Che lo sappiate oppure no, oggi è l'anniversario dell'ultimo giorno della Terza Guerra Mondiale, quando questo pianeta moribondo sganciò le proprie bombe. Guardate!»

Colpi di cannone e fuochi d'artificio presero a riempire il cielo, in una fioritura di nuvole fungose. Dime osservò tutti quanti alzarsi e danzare, piangendo, forse nemmeno del tutto consapevoli di cosa ciò significasse. Perché nessuno di loro era nato, quand'erano piovute le bombe... a parte quelli più anziani, che erano venuti alla luce dentro i bunker. Per non parlare degli ultimi ultracentenari, a ben pochi dei quali era rimasto lo spirito per raccontare ciò che avevano visto.

«Venite avanti, figlioli!» gridò Arlecchino, indicando il falò che ardeva roboante alle sue spalle.

Dime notò quanto fosse scura la sua mano, come ricoperta da tessuto cicatriziale, con un paio di dita fuse insieme. «Venite e mettete una mano nel fuoco! Questo è il peccato dell'umanità, e la promessa di non peccare più. Niente più guerra! Venite, e lasciatevi porre il marchio dei sopravvissuti all'inferno!»

Dime vide molte persone incamminarsi verso il falò, digrignando i denti, gridando, e l'odore di carne e peli arrostiti era pungente come spezie a un banchetto. Nessuno fu costretto, ma quasi ogni persona – alcune delle quali evidentemente l'avevano già fatto in precedenza – avanzò per infilare una mano in mezzo alle fiamme. Una febbre evangelica spazzò la folla, coinvolgendo anche i viaggiatori provenienti da terre oltre il deserto.

La gente cadde in ginocchio stringendosi, fissando i fuochi d'artificio che continuavano a esplodere in atomiche blu, argentate e scarlatte, srotolandosi sotto le stelle, tra scintille d'oro e rosa che mimavano le onde d'urto. Quanti di loro avevano sognato il fungo atomico che non avevano mai veduto? E quanti di loro l'avevano visto gonfiarsi, non come una fungosità nucleare, ma come un gigantesco pene, fiero, con l'estremità fra le nuvole simile a un nebbioso prepuzio?

Grappoli d'uva – come i testicoli di Arlecchino – del colore di piccoli tumori pulsanti, vennero portati su vassoi e gettati in una vasca. Ognuno vi entrò per pigiarli, parodiando la scissione atomica, poi ne bevve il vino grezzo in una sorta di timoroso sacramento. Lo usarono per bagnarsi le vesciche sulle mani bruciate. Poi cominciò un'orgia, spontaneamente, serpeggiando attraverso le fila del pubblico e degli zingari.

Coinvolgendo tutti, tranne Dime e la contorsionista.

«Tu non prometti di non far mai più la guerra?» gli chiese la donna, inarcando le nere sopracciglia simili a ricurvi orizzonti.

Dime scosse il capo. «No, le battaglie che combattiamo sono di solito infinitamente più piccole. E mai nulla che scuota la terra.»

Lei gli toccò la fascia di carne che teneva attorno al collo, pensierosa. «C'era un intero corpo, qui attaccato. Ora, ne è rimasta soltanto l'ombra.»

«Sì» rispose lui, pensando a Ten.

Gli prese la mano e lo condusse sotto una siepe rachitica. Gli fece cenno di sdraiarsi. Da una borsa estrasse due piccole uova nere e le dispose a terra, sotto il suo piccolo pene. Poi gli montò a cavalcioni, con la formidabile fica ammiccante su di lui, mentre si accomodava.

Anche se non era in erezione, quella riuscì a farlo entrare, inghiottendolo come prima aveva fatto con la rosa che poi gli aveva offerto. La donna scattò, poi si inclinò, in un'elastica e sinuosa contrazione. Le gambe si aggiustarono all'indietro, sulle ginocchia, poi si ritorsero fino a bloccarsi dietro la testa. Le braccia si infilarono nei ristretti spazi dove cosce e torace quasi si toccavano. Con le mani si sospinse le natiche in su e in giù, avanti e indietro, in cerchi geometrici. Parve divenire un tubo, il serpente Ouroboros in ondulati anelli concentrici, il suo profilo dipinto sul panorama del cosmico solco sullo sfondo. In quel quadro, indistinte figure si piegarono in posizioni fantastiche fino a divenire rune arabe uscite da una pagina del Necronomicon. Oh, lei poteva piegarsi e modificarsi. Poteva divincolarsi e scuotersi, come una cavallerizza...

E quella doveva essere la magia di cui Dime aveva sentito parlare. Perché d'improvviso se lo sentì allungare fino a ventidue centimetri, poi a trenta e infine a quarantacinque, duro come la canna di un fucile (un fucile intero, non a canne mozze). Il suo viso si *modellò* – in verità, si *contorse* – in una smorfia di lancinante piacere.

Dime provò uno strazio nauseante, e poi uno squisito senso di galleggiamento, come fosse trascinato per aria durante un temporale di primavera. Poté persino sentire l'odore dell'ozono. La corda di tessuto allacciata al collo gli strisciò lungo il petto, lavorando come dita selvagge sui suoi seni piatti. Tutto il suo corpo ebbe uno spasmo di ghiaccio e fuoco, i confini della notte si fecero color ambra, burrosi per le ombre lunari. Vide sopra di sé i fuochi d'artificio in eruzione, in fissione vulcanica, pirotecniche girandole di isobare e superanima. Ben presto cavalcò la colonna ardente nella stratosfera e vide l'occhio della fornace aerea.

Aprì gli occhi e lei non c'era più, le uova nere che aveva usato sui suoi testicoli per qualche strano atto magico erano sparite con lei. Lui era come prima, le palle intrappolate dentro di sé, il pene poco più di un clitoride smussato. Non era sicuro che fosse successo davvero. Doveva aver finalmente reagito agli strani legni aromatici nel falò, o a qualsiasi afrodisiaco potesse essere contenuto nei petali della rosa nera che aveva consumato.

Una ragazzina esile, dai capelli color sangue, strisciò fuori da una tenda piantata in mezzo a una macchia di fragili alberelli di alloro. Aveva solo sette o otto anni (o forse dodici, a stento), ed era stata messa a letto prima dell'inizio dei festeggiamenti. La sua età e la delicata, elfica bellezza ne erano ovviamente la ragione. Le estremità delle sue orecchie erano aguzze spirali rosa, simili alle spire appuntite delle conchiglie. I suoi occhi a mandorla erano grandi come quelli di un cerbiatto, e scintillavano come due lucidi opali di fuoco. La sua pelle vibrante era arrossata in maniera uniforme, accesa come un fenicottero rosa. Ma la cosa che più facilmente avrebbe potuto attirare l'attenzione di uno dei drogati e ubriachi festaioli era il punto in cui le cosce si incontravano, creando non una V pubica, ma una W, denunciando una profonda eppure misteriosamente seducente alterazione del sesso.

La bambina si strofinò gli occhi brillanti e assonnati e scrutò tra la massa aggrovigliata, probabilmente in cerca della madre. Dime ne seguì lo sguardo, come per aiutarla a individuare quel genitore ribelle, riflettendo su come doveva essere crescere in un posto come Geiger. In quella Sodoma e Gomorra per la quale nessun dio avrebbe perso tempo a inviare angeli per giudicare, cercare uomini giusti e distruggere. Perché quel luogo era già stato spianato una volta, e le statue di sale che ne erano emerse avevano costituito una mecca carnale per i cosiddetti giusti.

Fu l'arlecchino a vedere la bambina, sbirciando tra le montagne dei seni della sua partner. Ritirò il rigido membro striato dal buco della donna e si alzò in piedi, con un grappolo di palle sgocciolanti.

«Vieni a bruciare con me, piccola» gridò, una mano a coppa attorno alle labbra macchiate e l'altra impegnata a reggersi l'erezione. Le coppie in calore lo notarono appena mentre avanzava camminando sui loro dorsi e ventri per superare quel divincolante mare di corpi. Balzò dalle spalle e dai glutei di un'ultima coppia al limitare del gruppo, fece una doppia capriola e atterrò leggero sul terreno scuro. Poi corse verso di lei, allargando le braccia per accoglierla, col pene dondolante fra le gambe.

La bambina strillò, ritraendosi, e si diresse verso Dime, che si trovava in disparte. Arlecchino accorciò rapidamente la distanza tra di loro. Dime sentì il muscolo attorno al collo scattare in uno spasmo. Mosse due, tre passi verso la ragazzina che correva, non sapendo che cosa avrebbe fatto qualora lui e Arlecchino l'avessero raggiunta nello stesso momento.

«Pompei?» La voce da allodola di una donna emerse al di sopra del suono umido delle carni e il rumore dei morenti fuochi d'artificio.

Lottò per alzarsi dal quel groviglio di persone. Un uomo e un'altra donna la tirarono giù di nuovo, ridendo, con pupille dilatate dure come ossidiane.

«Pompei!» Sprofondò in quella marea di pelle, e la sua voce si perse fra gemiti e urla.

Alla ragazzina cedette una caviglia in un avvitamento serpentino, e cadde.

«Vedi? La terra cospira con me per far di te una donna, questa notte!» gridò Arlecchino protendendosi su di lei e voltandola, nonostante si divincolasse.

Dime cercò di azionare i muscoli facciali, sforzandosi di emettere un ringhio d'avvertimento.

Dannazione a quella carne stagnante. La fascia di tessuto che indossava gli sbatté contro lo sterno, una frusta che lo istigava a reagire. E ogni volta che lo colpiva, una dolorosa scossa elettrica gli crepitava attraverso il cuore.

Dime non pensava di poter aggredire l'uomo. Non era mai stato in grado di evocare impeto sufficiente a diventare violento, nemmeno quando Ten era morto fra tanti, crudeli amici. Stava già lottando contro la letargia che lo rendeva passivo, capace di muoversi solo grazie al montante flusso che cresceva in lui tramite quel pezzo di collegamento carnoso. Che cosa avrebbe fatto per cercare di salvare quella bambina, se non poteva combattere?

Con i peli irti, tra scintille blu, si sporse e afferrò la mano tesa della bambina proprio mentre Arlecchino stava cominciando ad abbassarsi. Dime l'avrebbe tirata a sé, via dalle unte grinfie del mutante.

Si udì un secco *crack!* e comparve una colonna di fumo color zaffiro, come per la chiusura di un circuito galvanico. Dime e la bambina si erano toccati, e lui era stato sbalzato via; per lo shock, agitandosi come un pupazzo in fiamme. Sentì l'energia inarcarsi dentro di sé, perfino là dove si nascondevano i suoi testicoli. Sbatté a terra la parte posteriore del cranio, certo che tutte le sue ossa si fossero appena fuse in un'unica verga magnetizzata.

Quando riuscì a rimettersi seduto – alcuni secondi dopo, o forse un minuto dopo – Dime vide la ragazzina in piedi, irrigidita, mentre lui era stato scagliato al suolo. Arlecchino stava indietreggiando, la bocca spalancata per la sorpresa, lo striato pene eretto in via di contrazione. Una sostanza dura, scura, stava lentamente avviluppando le braccia e le gambe della bambina, più o meno allo stesso modo in cui Jungle Flesh era stato in precedenza avvolto dalla propria pelle. C'era odore di magnolia. Foglie ovali, dal taglio ondulato, presero a germogliare mentre le dita della ragazzina si facevano verdi, poi spuntarono dei ramoscelli. Non era una vegetazione che brillava cupa, come tutto ciò che fioriva nel deserto; era uno scherzo della natura da cui tutte le ombre erano scivolate via. E prima che la corteccia le fluisse sul viso per nasconderlo, completando la sua trasformazione in un esile albero d'alloro, come Dafne, Dime la vide sorridere.

Arlecchino rabbrividì, essendo terribilmente superstizioso; si voltò e fuggì, spiccando balzi sopra i dorsi dei gaudenti eccitati, poi si catapultò, con una tripla capriola, dentro il falò. L'improvvisa corona di fiamme e ceneri che si levò fu accecante, e Dime dovette schermarsi gli occhi come davanti al sole.

Udì una risata profonda, di gola, e vide la contorsionista nuda, in piedi, di fianco al suo carro. I loro occhi si incontrarono nel momento in cui la donna si strinse nelle spalle, sorridendo con due file di denti regolari e smerigliati. «Apollo» disse. «Molto appropriato.»

Poi aggrottò un poco la fronte liscia, creando una ruga a forma di fulmine. Indicando Dime, aggiunse: «Petali neri, uova nere. Potere e confini.»

\* \* \*

## La storia di Go

Fu mia moglie che per prima mi portò in quel luogo.

«Tieni gli occhi chiusi o rovinerai la sorpresa» mi disse Ell, con la calda mano a guidarmi attraverso l'erba, oltre collinette che digradavano progressivamente, attorno a monoliti.

Era il mio ventiduesimo compleanno, e credevo mi stesse accompagnando a una festa. Non avrei dovuto sapere che tutti i nostri familiari e amici stavano aspettando, nascosti, pronti a saltar fuori, per gridare, prevedibilmente, i loro auguri. Però lo sospettavo.

«Ci stiamo mettendo un sacco di tempo. Quant'è lontano dalla città, questo posto...» Cercai di apparire scontroso, cosa che non mi fu difficile, dal momento che ero davvero contrariato. Ell mi aveva sempre accontentato, in quattro anni di matrimonio. «Oh! Ecco, vedi? Ho inciampato, e sono quasi caduto. Devo aprire gli occhi, davvero, o mi spezzerò il collo...»

«No, ti prometto che non ti spezzerai il collo» rispose Ell. «Non preoccuparti, ci siamo. Apri gli occhi, Go.»

Udii un bisbiglio, un sussurro, un sibilo. Dolce, eppure raggelante.

*Sssssssorpreeeeeeesaaaaaaaaa.*

Non era stato gridato, ma mormorato all'unisono. Le stesse persone che avevo pensato avrebbero suonato trombette balzando fuori, indossando sciocchi cappellini, stavano emergendo da dietro gli alberi che circondavano un prato. Portavano indosso solo rozze imbracature in pelle, catene e cotte di maglia, o mostravano curiosi corpi verniciati. Tutti loro – quando la luce della luna ricadde in un certo modo – rivelarono drappeggi di cicatrici. Con un'adeguata inchiostrazione, all'apparenza, tali imperfezioni avrebbero potuto essere trasformate in tatuaggi narrativi. Non avevo mai saputo che quelle persone – la maggior parte delle quali frequentavo da una vita – celassero sotto i vestiti simili mostruosità. Quale bambino dalla claustrale educazione morale si trova a vedere i propri genitori nudi? E pochi adulti dal retto stile di vita vedono mai i propri amici in totale nudità. In effetti, io non avevo nemmeno mai visto del tutto il corpo di mia moglie, prima di quella sera. Ell aveva sempre finto un'estrema modestia, i nostri rapporti sessuali avvenivano sempre attraverso una velata varietà di scura lingerie. In principio, quella timidezza mi aveva stimolato, ma ora mi resi conto che si era trattato solo di un sotterfugio. Vedendola, rimasi contrariato per le condizioni della sua carne: bruciata e strappata, affettata e ricucita, butterata là dove anni prima segni di morsi avevano sanguinato e formato grumi di croste. Mi sentii sconvolto nel profondo, vedendo che tutti quanti erano deturpati, come se in passato fossero stati assaliti da branchi di cani selvatici.

E sentii il muratore, Dime, parlare nella sua voce piatta come un muro: «Violenza, desiderio, indulgenza...»

Ma quelle parole erano senza alcun senso. Che cosa stava accadendo? Tutte quelle persone erano rimaste ferite nel corso di qualche vecchio disastro di cui non avevo mai sentito parlare? E come potevo non averne saputo niente, dato che Ell aveva la mia stessa età ed eravamo cresciuti assieme? Mezza Persephone's Pity era là fuori, nel bosco. Qualunque tragedia fosse accaduta a metà degli abitanti del villaggio, l'altra metà l'avrebbe certamente saputo. O no?

Le frasi suggerivano carambole di perversione. Inebriati dalle *mie* lacrime, avrebbero spinto frenetici i loro sensi all'estasi? Osservai ancora, un corpo sfregiato dopo l'altro. Poteva la mia innocenza accettare quell'idea di tradimento che gli occhi mi stavano rivelando?

«... noi ti stupriamo per salvare il mondo» concluse Dime.

Girai i tacchi per scappare, ma diverse mani mi afferrarono con forza.

«Ell? Cosa significa? Cosa sta succedendo?» domandai a mia moglie.

Non mi rispose, mentre mi legavano polsi e caviglie a terra, facendomi chinare a quattro zampe come un animale da cortile. Poi si disposero tutti in fila, resi selvaggi dal desiderio. Non proprio per introdurmi a una differente esistenza di *nouveau capricieux*, ma per ridurmi alla loro deformata conformità.

Era previsto che mia moglie fosse la prima. Mi si avvicinò da dietro, con una bottiglia in mano. Si inginocchiò fra le mie gambe e mi sussurrò all'orecchio: «Ora, trova il lato femminile di te stesso. È una scoperta che ti offro, per il tuo compleanno, Go. Questo è ciò a cui si riduce la storia del mondo, attraverso epoche di stupri, quando violiamo il trascendente per essere, a nostra volta, violati.»

Ell puzzava di estro come mai prima, quando facevamo l'amore legittimamente.

Mi spinse il collo della bottiglia nel retto. Guardandomi indietro, oltre la spalla, una frazione di secondo prima, vidi i rozzi giaguari che le ornavano i fianchi e mi parve fossero sul punto di balzare. Poi, naturalmente, appena il vetro si incanalò in me, la mia testa scattò in avanti sul collo, per l'angoscia, e mi resi conto che non solo lei mi aveva consegnato a un rito tanto ripugnante, ma che poi vi avrebbe partecipato lei stessa.

(Davvero avevo sperato che facesse solo da testimone a quell'atrocità – di qualunque cosa si trattasse... come se fosse stata costretta a trattarmi in quel modo)

Le mie urla mi fecero risalire succhi amari lungo la gola, bruciandola, ustionandomi la lingua con la bile. Le mie maledizioni rimbalzarono sui denti scintillanti delle persone nel prato, riverberando nella mica stroboscopica delle torce.

Ell terminò con un profano bacio di Giuda sull'ano, sussurrando un'ambigua poesia iscariota senza dubbio intesa come una tenerezza. Poi si alzò, abbandonandomi agli altri. Uno dopo l'altro quelli si fecero avanti, una fila di mutilati celebranti impegnati in un'osceno spettacolo sessuale da cabaret, simile a una commedia morale medievale. Ero sicuro che sarei stato ucciso, e che quello fosse il preludio alla fine... o a qualche tramutato inizio, eccitante solo per il vero masochista. Cosa che molte di quelle persone erano diventate, per sopravvivere. I miei consanguinei, gli amici del cuore, la mia amata sposa. Donare dolore e infliggerlo erano collegati tra loro come l'amore e l'odio. Era un rito di passaggio richiesto dalla fratellanza, maschile e femminile, della nostra razza.

Alcuni si erano portati strumenti appartenenti a un altro tempo. Uno di loro, mio cugino Gam, aveva una vecchia maschera antigas. Me la mise sulla faccia, sistemandomela su occhi, naso e bocca. Nel giro di pochi secondi capii che era ostruita, per via dell'orgasmo affamato d'aria che scosse il mio corpo con uno spasmo. Un'altra persona, la signora Ayne della scuola che avevo frequentato da bambino, usò un acido per dipingermi sagome di ragni sulla natica sinistra. Poi vi premette conto l'inguine per condividere lo sfrigolio, strusciandosi mentre il puzzo di carne bruciata irritava l'aria. Le pelli raggrinzite, accartocciate assieme, si amalgamarono come due essenze in liquefazione. Quando si allontanò da me, viticci di carne fusa si tesero fra di noi, raffreddandosi rapidamente nella fredda brezza notturna, poi si strapparono come corde di plastica.

E quanto li maledissi, con grida, bestemmie, oscenità che non avevo nemmeno mai sentito prima, ma che d'istinto appresi, educato dal tormento. Non erano così, nella nostra città. Non *eravamo* così. Eravamo persone buone. In confronto ai nostri antenati, eravamo dei santi. Abbiamo accolto gli stranieri che arrivavano barcollando, contaminati dal deserto. Avevamo cercato di tornare alla terra, più di quanto i nostri nonni e i nostri bisnonni l'avessero depredata. Avevamo guardato i vecchi filmati d'archivio, cinematografici e televisivi, per capire che cosa non fare. Non avevamo costruito nuove macchine che intaccavano l'ozono. Non mangiavamo neppure carne.

Forse era proprio questo a cui tanta, perdurante **dolcezza** ci aveva portati: temporanea follia (per una razza abituata a una costante pazzia) e spettacolo grottesco. Probabilmente tutto quel decoroso ritegno aveva rappresentato lo stimolo per la violenza che si consumava nel mezzo dell'estate. Desolata passione, frutto di un tacito compromesso.

Un vecchio uomo chiamato Stamp si avvicinò a sua volta. Il suo cazzo era così decrepito che non si sarebbe drizzato più di così. Ma forse non lo faceva più da molti anni. Poteva anche non averlo mai fatto, essendo l'impotenza di Stamp una conseguenza della guerra. Teneva in mano un manganello di gomma, reliquia dei tempi in cui la polizia li utilizzava come strumento di controllo della folla, durante i disordini degli ultimi giorni. Stamp non aveva occhi, solo vuote orbite incrostate di pasta bianchiccia.

Era l'ultimo di coloro che avevano fatto da testimoni al bagliore di una bomba. I suoi occhi si erano sciolti fuori dalla testa. Il suo viso era stranamente senza rughe, per un uomo di età così avanzata. Era tirato e lucido, con dure perle color crema lungo le mascelle e la gola simile al fondo di una candela, dove la cera era colata dallo stoppino per rapprendersi attorno alla base in una collana di elegante sfacelo.

Fu il trauma del dolore, mentre quell'uomo inseriva dentro di me il manganello, a farmi credere d'aver visto colonne di fuoco e nuvole in forme Rorschach nel cielo? C'era un dio – un nucleare Shiva, più che un naturale Kurnunos – che danzava lassù. C'era una dea – un'atomica Kali, più che una materna Gaia – evocata dai suoi adoratori. Erano comunque la stessa cosa, non è vero? Divine forme della vita e della morte, della semina e della raccolta, dello sposalizio e della sepoltura. Erano androgini, in grado sia di partorire che di ingravidare.

E poi, al confine fra terra nera e cielo nero, là dove lampeggiava l'aurora settentrionale, pensai d'aver visto sagome fare delle capriole. Ma quelle forme erano innaturali, con molte membra e teste appuntite, morbidi cefalopodi. Forse si trattava di un'allucinazione, dovuta alla cinetica ingestione di merda, piscio, sperma, spezie infilate nella mia bocca e nel mio sangue, mentre urlavo così forte da farmi grondare il setto nasale.

«Ell?» La mia voce risultò un esile fischio. Almeno, parve solo uno squittio, perso quasi nel tuono che esplose attraverso il mio corpo da un'estremità all'altra. Scossi testa e culo, assomigliando davvero molto a una capra epilettica, cercando di liberarmi di quel tumulto interiore. «Ell?»

Ma lei era a terra, le gambe avvinghiate ai fianchi di Gam, il quale gemeva e sgroppava pompando con furia dentro di lei. Accanto al mutante bicefalo, che teneva entrambe le facce sepolte nella fica spelacchiata della signora Ayne.

Dime stava in disparte, trattenendo il droghiere, il signor Cutting, dal correre in avanti senza attendere il proprio turno. Il muratore non disse nulla, prese solo il braccio dell'uomo e lo strinse. Doveva essere molto più forte di quanto sembrasse. Il signor Cutting riprese docilmente il proprio posto nella fila.

Come può un fragile recipiente essere in grado di contenere tante atrocità? I tre fratelli Alt approfittarono del loro turno insieme, saltando come cani impazziti. Uno mi montò sopra per sodomizzarmi, un altro mi si mise sotto per praticarmi una fellatio, e l'altro mi si inginocchiò davanti per mettermelo in bocca. Mi sentii imbottire di carne, come un'oca in trappola il cui fegato dovesse essere trasformato in una prelibatezza.

I loro occhi brillavano, come durante una messa pasquale, ogni tensione beatamente allentata, anche se, a quanto pareva, non potevano perdere il controllo scopando l'uno con l'altro fintanto che non avessero terminato con me. C'era un protocollo superiore da rispettare, in quel caos sessuale. Nel frattempo, il mio cervello era come un rigonfio cardo viola, che raccoglieva nevischio lungo le punte spinose pur senza divenire insensibile. Il freddo era dolore, sia fisico che emotivo. E non importa quanto calda si ritiene possa essere la passione, perché era *fredda*.

Venni oltraggiato da ogni leggendario mostro che la società di un tempo aveva da offrire, frutto dell'immaginazione eppure, allo stesso tempo, icona di gelida polvere. Vampiri mi succhiarono sangue dal glande rigonfio. Pelosi licantropi mi rimodellarono i fianchi con gli artigli, sbattendomi per trovare la luna su per il mio culo. Anche le rianimazioni di Frankenstein cercarono, allo stesso modo, un'orrenda compagnia, con fulmini degenerati e rigeneranti che sfrigolavano dai loro perni connettivi. Uomini di vimini spararono fiamme lungo la colonna vertebrale per carbonizzare ogni vertebra, una alla volta. Mummie si srotolarono di dosso i bendaggi per esibire le affamate cicatrici che vi si nascondevano sotto. E tutti loro – dai golem dai cazzi in fiamme alle arpie in calore con facce di gatto – erano gelidi come terra di cimitero. Morti nella loro erogena rigidità, morti dentro.

Per tutto il tempo qualcuno mi mormorò all'orecchio piccole cose, strane merdate.

Una puttana che mi faceva da babysitter quand'ero piccolo mi cantò una canzone tratta da un cartone animato, 'La bella addormentata nel bosco', credo. La sua voce si levò in un fragile tono di soprano fin quando bolle dorate parvero scoppiarmi nei timpani. «Io ti conosco. Ho danzato con te, una volta, in sogno...»

Il signor Vode, il capo dei vigili del fuoco, recitò un brano di T.S. Eliot avvinghiandosi addosso a me. «Questo è il modo in cui si vendica il mondo, si vendica il mondo, si vendica il mondo. Questo è il modo in cui si vendica il mondo. Con uno stupro collettivo, e tu ti lagni.»

Il bibliotecario, Gurn, rise e mi disse: «Toc toc?» dimostrandomelo ritmicamente contro il culo.

Poi mi schiaffeggiò la schiena bruciata e levigata finché mi arresi e domandai con voce roca: «Chi è?»

Lui ripeté: «Toc toc?»

Digrignai i denti, sentendone i bordi sbriciolarsi e farsi polvere di calcio sulla lingua, costringendomi a chiedere di nuovo: «Chi è!?»

Seguì un lungo silenzio, come se l'uomo mi fosse crollato addosso senza che riuscissi a sentirlo, nel mio stato di torpore, oppure si fosse ritirato del tutto. Poi, udii solamente un pianto infantile, terrorizzato. Forse perché là non c'era nessuno. Nessuno, né Gurn né alcun altro dei presenti, lo sapeva. Solo qualcosa di orribilmente indescrivibile, al di là di quella porta, che martellava sgraziatamente come artiglieria per abbatterla.

Gridando: «Lasciatemi entrare nel vostro rifugio, così non starò più solo, qua fuori!»

O sussurrando: «Sono diventato la Morte, il Distruttore di Mondi.»

O ridacchiando come un folle: «Giro girotondo, casca il mondo.»

Io venni sopraffatto dalla debolezza, persino le mie ossa si rammollirono. Divenni acqua lenta in fondo a un pozzo, evitando di esercitare alcuno sforzo o resistenza, senza alcun potere se non la capacità di incresparmi quando un osceno secchio cadeva dentro di me per versarmi sempre più lontano.

Ma poi, stranamente, mi sentii indurire alle estremità, paralizzato... No, pietrificato, come legno antico, con vene e capelli addirittura fossilizzati. Stavo in qualche modo sviluppando uno slancio silenzioso che avrebbe poi costruito una crisalide per se stesso. In quel momento non provai dolore, e neppure odiai più Ell. Né alcuno di loro.

Quelle persone si ripieg**avano in un intrecciato arabesco di piaceri devianti.**

**Si accrescevano, ebbre,** sul seducente profumo di fede e carni demolite.

Ero ipnotizzato da una silhouette d'oblio che stavo osservando avvicinarsi dalla direzione del deserto, senza peso, convinto che potesse trattarsi di un incubo. Finché non divenne il sogno più erotico che io abbia mai fatto. Dire che soffrivo non corrispondeva più al vero. Era come se il mio retto si fosse dilatato al punto che l'intero, stellato universo si era spinto dentro di me.

Quello fu il miracoloso momento della mia conversione. Quando Ell vide il cambiamento nei miei lineamenti, da uno sbalordito orrore a un sinuoso rapimento, lacrime di contorto orgoglio le brillarono negli occhi, anche se dovette asciugarsi lo sperma del droghiere dalle ciglia.

Fu allora che i graffi sulle mie natiche, i morsi e le bruciature lungo gambe e schiena cessarono di infierire. Scintillarono di un'orgasmica effervescenza, come di bicarbonato e oppio iniettati nel sangue, colando dentro ogni solco e fessura. E all'improvviso, con le natiche divaricate al massimo delle loro possibilità – così come le mie mascelle parevano bloccate su qualche vuoto segreto – potei assaporare l'aria. La luce della luna aveva sapore di ciliegie. Erano davvero i **feromoni** del sangue sulla lingua e sulle gengive, che sembravano esser calati giù dal cielo. Ma, in realtà, creavano una nebbia traendola dal mio corpo devastato e dall'umidità delle tenebre. Galvanizzato da ossa, ferro, vetro... da torrenti di seme e urina che avevo accettato come una viscida nevicata e una tiepida pioggia.

Dime, il M.C. di quel *Mardi Gras* di caleidoscopica orgia, rimase là. La sua faccia aveva la consistenza di un toffee flaccido, un'espressione indecifrabile.

Era affascinato, oppure ripugnato o geloso. Forse semplicemente vuoto.

Che cosa terribile, non possedere la capacità di provare emozioni, non essere in grado di dichiarare il proprio amore, o la propria angoscia. Per una frazione di secondo mi sentii veramente addolorato per lui, provando un senso di pietà che trascendeva la mia stessa imbarazzante condizione.

Poi, la cosa che avevo visto trascinarsi all'orizzonte settentrionale caracollò nel prato. Avevo pensato che fosse una dea colossale. O un troll dal respiro                    radioattivo                    e                    luminescente. Ma era solo una mutante gravida, grossa come una cavalla, in procinto di partorire.

Il muratore si spostò di un passo, la sua espressione inesistente, come sempre. Aveva alzato una mano, il palmo verso l'alto. Forse aveva anche mormorato: «Stop». Non per quella femmina proveniente da Geiger, ma per tutti quei re e regine del mambo *en flagrante*. E tutti si fermarono, sollevando lo sguardo, avendo udito il M.C. o percepito una generale animazione nell'aria. Le torce vacillarono, le fiamme si immobilizzarono prima di contrarsi nella direzione opposta, spinte da un cambiamento del vento.

La donna ci guardò a malapena, con occhi limpidi che lampeggiavano per un'esausta ispirazione. Crollò nell'erba alta, con le interiora in preda a contorcimenti per il lavorio in corso. L'addome vibrò, come una montagna di neve appena prima di una valanga mortale. Spalancò le gambe, come porte aperte su un auditorium sotterraneo. Poi sospirò. Si udì quello che dovette essere il rumore provocato dalla lussazione dei fianchi.

Sospirò di nuovo, stridula, come la brezza di giugno attraverso le tife di fiume.

Le donne corsero ad inginocchiarsi accanto a lei. Gayla e Paella erano là, in vesti di levatrici. Avevano aiutato a nascere molti dei presenti in quel campo, me compreso.

«Spingi, cara» disse una di loro, usando una manciata di foglie di girasole per asciugarle il sudore dalla fronte.

«Ti aiuteremo noi. Non aver paura. Non sei sola.»

«Spingi...»

Qualcosa venne spremuto dall'utero. Le donne rimasero senza fiato, poi sospirarono nello stesso, perfetto timbro che le loro voci armoniose avevano già sfoggiato. Fu la signora Ayne ad alzarsi in piedi tenendo fra le braccia ciò che era sguisciato fuori dalla mutante.

Era un mazzo di rose nere, gli steli aggrovigliati in una corona funebre, tra petali umidi di vulva. Fece un passo in avanti, sorridendo incerta come una Miss America dei vecchi tempi.

«È un trucco» disse la signora Ayne, le labbra tremanti. «Una magia.»

«Ecco che ne arriva un altro!» gridò Paella, e si piegò fra le lunghe gambe della mutante per afferrarlo. Nel bacino apparvero delle piaghe, e il bambino parve riversarsi lungo il canale del parto in una marea di pus. Il fetore avrebbe costretto chiunque altro a tirarsi indietro. Ma Paella aveva già fatto nascere progenie di mutanti, prima, e non era facile alla repulsione.

La madre mutante rimase a bocca aperta, tra rumore di mascelle scricchiolanti, e le donne fecero altrettanto. La vegliarda che si era incollata alla mia schiena, e poi mi aveva strappato di dosso una porzione di pelle, adesso si alzò in piedi col bambino. Si volse verso di noi, un rigido gemito sulle labbra, incapace di posare l'infante o di stringerselo più vicino. Lo tenne a distanza di braccio mentre quello si contorceva, era un grumo di tessuto rovesciato, di ossa che stridevano all'esterno; stava soffocando quando il cordone ombelicale si frantumò come un calice di cristallo. Dopo pochi istanti, morì.

Dime stava fissando la madre e i suoi neri capelli distesi a ventaglio tra i volti di trifoglio e pervinca, anche se i propri capelli color grano pallido rimanevano distesi lungo la schiena. La donna stava scalciando al suolo, il suo ventre gonfio rimbombava attraverso la carne tesa come un tamburo.

«Ce n'è un altro ancora!» urlò Gayla. Si sporse in avanti, poi gridò sgomenta: «Sarà una nascita sconvolgente!»

Sia lei che la sua avvizzita compagna cercarono di infilare le mani all'interno del grembo materno per rigirare il bambino. Ciascuna delle due si tirò indietro, tendendo le dita per la sorpresa, quasi aspettandosi di vedere qualcos'altro, dimensionalmente tramutato, alterato in modo alieno.

«Cos'è stato?» chiese Paella alla sua amante.

«Non lo so» rispose Gayla, asciugandosi le mani sull'erba per liberarsi dell'innaturale formicolio che le aveva colpite. «Ma qualcosa dentro di lei non è ciò che dovrebbe essere.»

Vidi Dime annuire appena. La striscia di carne intorno al suo collo si arricciò leggermente, come ad assumere la forma di un punto interrogativo. Poi si ripiegò su se stesso, in un 8 o nel simbolo stesso dell'infinito.

La mutante portò le mani verso il basso, sistemandosi in posizione seduta per quanto glielo permetteva la sua rigonfia condizione. Con i palmi uniti a formare con le dita una punta di freccia, infilò le mani dentro se stessa, facendole scivolare fino ai polsi. Un braccio si protese oltre, fino al gomito, e il sangue e la placenta oleosa proveniente dal primo bambino (il secondo parto, se si contano anche le rose) fuoriuscirono attorno ai muscoli tesi. L'altro braccio lo seguì. La mutante incurvò le spalle, quindi estrasse gli arti superiori. Urlò, questa volta, con la lingua svolazzante nella bocca, poi sollevò un fagotto dalle proprie viscere.

Le donne gridarono con lei. Gli uomini gridarono. Io gridai. Tutti, tranne Dime.

La mutante tornò a coricarsi, col neonato disteso sui seni. Una matassa di rivestimento uterino si srotolò fuori da lei, delicato come pizzo nero, dipanandosi ai bordi come nappe di velluto. Lo scuro cordone ombelicale stava teso tra loro, poi si disperse in spore fluttuanti. Il bambino stringeva nel piccolo pugno una delle rose nere.

La madre passò una mano sanguinolenta sopra la testolina, come per accarezzare il sacco amniotico che l'avvolgeva, sorrise, poi morì, con gli occhi aperti per l'ultima volta sulla mezzanotte.

Ell prese l'infante con tenerezza e si alzò in piedi.

«È una bambina» disse mia moglie, il viso splendente rivolto verso di me, che ancora stavo legato a terra.

La gente acclamò e applaudì.

Aggrottò la fronte, vedendo il sangue, le strisce di pelle che mi erano state strappate, il crudo baluginio del mio pene a cui qualcuno aveva deciso di togliere parte del prepuzio praticandomi una circoncisione con i denti.

Aveva dimenticato quello che aveva fatto? Avevano dimenticato, tutti quanti?

Improvvisamente colta da vergogna, Ell si mise a piangere. Poi corse via dal prato con la bambina.

«Scioglietelo» dichiarò Dime, facendo un cenno a mio cognato e al bibliotecario. «Questa mezz'estate è conclusa.»

Poi si chinò e chiuse gli occhi della madre morta.

\* \* \*

### La storia di Zen

Aveva sempre saputo di essere solo la loro figlia adottiva, anche se due genitori più amorevoli di Go ed Ell non avrebbero mai potuto esistere. Nonostante non sembrassero andare molto d'accordo, l'uno con l'altra. Litigavano in continuazione, cercando di farlo lontano dalle orecchie della bambina. Anche se era solo una bimba, poteva vedere che Go si stava ritirando in se stesso, prendendola in braccio con sempre minor frequenza, abbracciandola con distacco, come se la sua mente fosse chiaramente altrove. Una volta, quando aveva circa sette anni, stava passeggiando per strada col padre adottivo. Passarono davanti al punto in cui il muratore stava riparando il muro di una casa colpita da un fulmine. D'improvviso Go le lasciò la mano e continuò a camminare da solo, borbottando fra sé.

«Posso ancora sentire il tuono» stava dicendo, lei riuscì appena a udire la sua voce, tra parole che le fluttuavano incontro nella brezza.

«Inizia nel mio culo, e finisce nelle mie orecchie...»

Dime sollevò lo sguardo dal suo secchio di malta.

«Go?» La voce della bambina era flebile, confusa. Mosse alcuni passi di corsa dietro di lui, lasciando cadere dei petali dai fiori che aveva raccolto.

I passi di Go si fecero più lunghi e frettolosi. Lo sentì ridere. Una tremenda convulsione, piena di vetri smerigliati e paura. «Toc toc!?» gridò.

Poi si mise a correre e non ci fu più modo di raggiungerlo.

Il muratore si alzò in piedi e si ripulì le mani sui pantaloni.

«Vieni, Zen. Ti porto a casa» le disse.

«Chi è?» mormorò lei.

«Cosa?» le chiese Dime, stoico come sempre.

Lei lo guardò, affascinata dalla mappa del suo volto, un pieno deserto in cui le sabbie non si muovevano mai. «È quello che si dovrebbe rispondere quando qualcuno dice *toc toc.*»

Poi guardò verso il padre adottivo, strizzando gli occhi per trattenere la sua immagine che rimpiccioliva. Si passò le mani davanti agli occhi, come per togliere la membrana di sacco amniotico che li aveva coperti al momento della nascita, ma che ormai non c'era più. Il segno di una seconda vista: questo si riteneva che fosse, il sacco amniotico.

«Solo che lui non vuole sapere davvero chi c'è, non è così?» le chiese il muratore. «Perché quando la porta si apre... quando si apre...»

L'espressione contrita sul viso della bambina spinse Dime a chinarsi e a prenderla per mano.

Non sentiva veramente il desiderio di consolarla. Ma aveva visto altri adulti fare così con i bambini, quando quelli erano sconvolti. Fu un gesto meccanico.

Zen mise il broncio, inclinando la splendida testolina. I suoi capelli – neri sul lato sinistro, color biondo-zinco sulla destra – ondeggiarono, come i lati negativi e positivi della luce.

«Quando si apre, sono tutti lì» concluse lei.

«Tutti?» chiese Dime, studiando i suoi profondi occhi blu, sapendo di non doversi preoccupare per ciò che poteva aver visto. Non l'avrebbe fatto, comunque. Non c'era nulla che potesse preoccuparlo o spaventarlo. La stessa cosa che gli manteneva rilassati i muscoli facciali, e che in effetti aveva fatto di lui un eunuco, sublimava del tutto anche ogni emozione.

«Be', praticamente. La maggior parte della gente che conosciamo» rispose.

«Alla porta?»

«Sì, ma quando lui la apre, loro balzano in avanti, e le loro voci sono come serpenti. *Sssssssorpreeeeeeesaaaaaaaaaa*. E loro sono...» Distorse le guance delicate e corrugò la fronte con infantile disprezzo. «Sono nudi. E feriti, anche. Che cosa vuol dire, Dime?»

«Vuol dire che Go sta fuggendo perché non vuole davvero aprire la porta» rispose, accompagnandola dove Ell stava piantando nuovi fiori nel loro giardino. Zen amava i fiori.

«Perché?»

«Perché anche Go è ferito» le disse il muratore, desideroso di poter pensare a qualcosa di meglio da dire. Si disse che le sue risposte non l'avevano soddisfatta, non avevano senso. Però non riusciva a pensare a un modo diverso per spiegarsi, ma non avrebbe mentito.

Le bugie raccontate a un bambino psichico peggioravano solo le cose.

Ell mise da parte le piantine e accolse la figlia.

«Go è corso via di nuovo» spiegò Zen, abbracciando la madre adottiva.

«Va tutto bene» le mormorò Ell all'orecchio. «Tornerà. Lo fa sempre.»

Go non era in rapporti amichevoli con mezza città. Cosa che per Zen fu spiacevole constatare, soprattutto in un luogo come Persephone's Pity, dove tutti erano così cordiali. Un tempo, lui era stato un giovane e promettente vasaio, quando lei aveva cominciato a vivere con la coppia. Dicevano che poteva trasformare l'argilla bagnata sulla ruota in vasi raffinati, in superbe ciotole artigianali, in calici eleganti. Ma oggi, tutto quello che lui faceva era sedersi a un tavolo e modellare mostruosità di fango: bicchieri a forma di teschi sfigurati e **ossa pelviche deformate dal calore, piatti istoriati con terribili scene di sanguinaria depravazione, brocche dalle fogge talmente distorte e abiette che nessuno avrebbe potuto usarle senza esserne** nauseato. Aveva creato tutta una serie di statuine in ceramica di bambini dagli occhi sporgenti e i capelli in fiamme. Aveva scolpito enormi monumenti in granito di persone dai genitali deformati che si masturbavano, i volti snaturati dalla più grande euforia, le orecchie contorte tese come in ascolto di un'eccitante, maligna musica udibile solo dalle pietre. Aveva realizzato un uomo di terracotta accovacciato a quattro zampe, con sette teste che rappresentavano le diverse fasi di un orrore sbigottito, sette peni in vari livelli di erezione sotto di lui, e sette buchi del culo, dal più stretto al largo, più largo, larghissimo.

«Stai bene, Go?» gli chiese Zen, nove anni, irrompendo in lacrime nel suo studio. Le mani dell'uomo stavano imprimendo gli ultimi ritocchi a quell'ipnagogo in terracotta.

Lui alzò lo sguardo, con gli occhi accesi dalle lacrime, sorpreso di vederla lì. Un fugace velo di colpa gli scivolò per un attimo sul volto, considerando che un bambino non dovrebbe vedere un simile, brutale manufatto.

Le rispose: «Ti dicono che non vogliono far più la guerra. Ma poi ne mettono una proprio dentro di te. Ed eccola: la jihad, la crociata, l'apocalisse. Un Armageddon senza fine, militarizzato, dentro la tua milza, ammassato nella mente. Non si fanno prigionieri; qui si combatte fino alla morte.»

Per lei, quell'uomo aveva creato con amore bambole dai delicati lineamenti disegnati a china con aggraziate mani di porcellana. Adesso, circondato da ogni pezzo della sua terribile arte, tremava e singhiozzava.

Ell entrò nella stanza, accompagnata da molte altre persone che la bambina conosceva. C'era Pax, l'uomo che aveva assunto il ruolo di capo guaritore quando le due vecchie ostetriche, Paella e Gayla, erano morte: la prima da due anni, seguita sei mesi dopo dalla seconda, col cuore spezzato. C'era il signor Cutting, il corpulento droghiere, e anche il signor Vode, il vigile del fuoco. Gli uomini se ne rimasero là, flettendo i muscoli di braccia e spalle, sicuramente in attesa di un argomento.

«Zen» disse Ell alla figlia adottiva, «vai a giocare in camera tua per un po', tesoro.»

«Go è triste» osservò la bambina.

«Sì, è vero» rispose Ell con dolcezza. «Ma intendiamo aiutarlo.»

Zen se ne andò, ma ascoltò attraverso la parete.

«Come avete potuto farmi questo?» urlò Go, contro tutti loro.

Non ci fu alcuna risposta. Zen se li immaginava, là in piedi, a guardare altrove come se non avessero sentito. O fissandolo con sguardi assenti, come se stesse parlando di cose irreali. Perché lei aveva già visto, e sentito, Go fare quella domanda alla gente, bruscamente, per strada o in chiesa, o a Ell stessa, durante il pranzo.

«Cosa? È una follia che nessuno di voi ricordi quello che è accaduto!»

Vi fu un rumore di vasellame in frantumi, di grandi blocchi di pietra rovesciati. Un corpo atterrò pesantemente sul pavimento, seguito da un paio d'altri. Rannicchiandosi, Zen udì il trapestio di una rissa. Socchiudendo la porta, vide il signor Vode e il signor Cutting trascinare Go lungo il corridoio.

«Solo per un po' di tempo, tesoro» stava dicendo Ell. «Fino a quando non starai meglio.» I suoi occhi erano iniettati di sangue e le stava colando il naso. Una farfalla scarlatta spiegava le ali sopra le sue guance. Pax le diede una pacca sulla spalla.

«Sì, sono sicuro che sarà solo per poche settimane» concordò. «Un paio di mesi al massimo.»

«Come avete potuto?» gridò Go. «Io mi fidavo di voi!»

Il signor Cutting fece scivolare una bandana attorno al volto di Go, fissandola bene davanti alla bocca per imbavagliarlo. «Mi sorprende che non sia andato di corsa fino a Geiger. Ho sentito di un sacco di gente da altre città che ultimamente ci è andata, e non solo per una semplice visita.»

Il signor Vode scosse la testa, avvolgendo un robusto avambraccio intorno al collo di Go in una presa Nelson. «Il figlio adolescente della signora Ayne, Lodge, è emigrato nel deserto due settimane fa. Non ci si aspetta di rivederlo ancora.»

Zen ricordava Lodge. All'inizio dello scorso giugno era uscito solo con i pantaloncini indosso, per fare una corsa con gli altri ragazzini della scuola. L'insegnante puritano ne era rimasto infastidito, poiché tale semi-nudità era pubblicamente vietata. Ma Lodge aveva riso, vincendo facilmente per tre lunghezze, lesto com'era. Un paio di settimane più tardi si era presentato a scuola con un cappotto abbottonato fino al mento, maniche lunghe anche in estate, zoppicante. C'era un luccichio nei suoi occhi, come se vi fosse incorporata una scheggia di metallo blu.

Si era presentato alla finestra della sua camera da letto, la stessa notte in cui era scomparso. «Vieni con me nel deserto. Voglio che tu stia al sicuro.»

Zen era rabbrividita, a quell'invito. «Dicono che è un posto terribile. Mangiano la gente viva, là.»

Il bel ragazzo aveva semplicemente sorriso, sollevando a malapena le labbra, con una pasta bianchiccia agli angoli della bocca, come se fosse malato. Si era avvicinato alla lastra di vetro e aveva detto: «Allora, rendi il tuo cuore di pietra.»

Zen aveva cercato di vedere dove fosse andato, distesa nel letto, notte dopo notte, stringendo forte gli occhi, sollevando le mani come per togliersi qualche invisibile garza dal viso. Tutto ciò che vide fu una porta; tutto ciò che poté sentire fu un lupo ululare «Toc toc?!» verso una luna piena crescente al di sopra di quella porta. Vi era la terribile urgenza di fuggire, prima che la porta si aprisse, mentre sotto di essa scorrevano flussi rossi, bianchi, gialli. E ancor peggio, c'erano dei volti in quella luna di cera, stipati nel suo cerchio pallido, che sfruttavano a loro piacimento le devastate sfaccettature dei suoi crateri. Dozzine di volti, quasi tutti appartenenti a persone che conosceva.

Si era accorta di essersi addormentata svegliandosi di soprassalto. Balzata fuori dal letto, aveva scoperto che il materasso era pieno di sangue e lei ne era bagnata fra le gambe. Aveva sputato, e un liquido simile a latte le era uscito dalla bocca. Quindi si era svegliata di nuovo, per scoprire che anche quello era stato un sogno.

Passò un anno, e Go non era ancora tornato a casa. Ne trascorsero altri due, mentre Ell fingeva di sorridere confezionando piccoli abiti per le bambole che un tempo Go aveva creato per Zen. Nonostante fosse evidente anche alla ragazzina che Ell era una donna sola. Sentiva la madre adottiva camminare per casa durante la notte, piangendo, vomitando a volte. La sentiva parlare da sola, nulla che avesse senso.

«Il miraggio della sopravvivenza austera è fugace.»

«Il miraggio della sopravvivenza è fugace.»

«Anche l'eccesso deve avere i suoi limiti.»

«Salva il mondo. Salva il mondo.»

Trascorsero altri tre anni, e Zen ne compì quindici. Era stata in biblioteca e si era imbattuta in un libro di grandi dimensioni: GIGER.

Zen sapeva che il termine Geiger si riferiva alla misurazione dei livelli radioattivi, e che l'estrema quantità di radiazioni nel deserto del nord era la ragione per cui quel luogo era stato chiamato Geiger's Wasteland. Ma allora, che cos'era quel libro?

Aprendolo, vide che le illustrazioni al suo interno rappresentavano i sogni più distorti, incubi come 'Bambini Atomici' e 'L'Incantesimo n°11', nei quali l'inferno era una radiografia del male in grigio e nero. Se i terrori notturni potevano meccanizzarsi, quello era l'aspetto che avrebbero assunto. Quelle cupe ombre d'ebano e peltro le ricordavano qualcosa. Sì! Il deserto stesso.

Ma lei non era mai stata veramente in quel territorio. Non dopo esserci nata, cioè. Ci aveva scorrazzato dentro il ventre di sua madre, e così avrebbe potuto ricavarne un senso di familiarità attraverso le pareti dell'addome. Era stato sufficiente, quel contatto, per capire a cosa somigliava quel luogo? In simmetrie emaciate e mortificate proporzioni, depravate confluenze. Letali, sinuosi antroposauri, seducenti dee bastarde e rozze culle con neonati dalle bocche a losanga. Ne aveva sempre sentito parlato, di *Geiger*, e aveva pensato che ci si riferisse al fisico che aveva inventato il rivelatore di particelle Alfa. Ma poteva anche trattarsi di *Giger*'s Wasteland, non è vero?

Non che in realtà significasse qualcosa. Era un punto controverso, il fatto che quel luogo dovesse il proprio nome a ionizzazioni o a visioni gibbose. Si chiese come se la passasse Lodge, laggiù, e se fosse riuscito a evitare di aprire la porta. Se avesse rinunciato alla corsa a piedi per sport più pericolosi. Considerò che quello poteva essere il posto in cui avevano mandato Go. Di sicuro, se ci fossero stati dei manicomi, si sarebbero trovati nel deserto, di Geiger o Giger, dove chimere psicotiche potevano filtrare attraverso muri e finestre per trovare la loro vera dimora fra gli altri fantasmi. Chiuse gli occhi e immaginò suo padre adottivo là, seduto al buio, tra incubi e succubi che gli spuntavano dalle dita. «Zen».

Aprì gli occhi e alzò lo sguardo. C'era Go, in piedi davanti al tavolo della biblioteca a cui era seduta. Sembrava più vecchio di come lo ricordava. E ricurvo.

«Dove sei stato?» gli domandò.

«Sono stato all'inferno e in paradiso, e ho decifrato il modo in cui sono correlati. Ho aperto quella porta, e poi ho creato una nuova serratura con ago e filo. Solo io ho la chiave» rispose.

Poi sorrise, e Zen si alzò per abbracciarlo.

Fuori dalla biblioteca videro una compagna di scuola di Zen. La ragazza, di nome Rila, passeggiava lungo il marciapiede molto lentamente, dondolando le gambe su un paio di stampelle. Zen non aveva visto Rila a scuola durante le ultime due settimane, dopo il solstizio d'estate.

Zen corse da lei e le sfiorò gentilmente una spalla. «Cos'è successo? Hai avuto un incidente?»

Il lungo vestito indossato dall'altra ragazza la copriva del tutto, tranne la testa e le punte delle dita, sotto il sole di giugno. Sorrise mestamente. «Un incidente, certo. Ma non preoccuparti. Le mie gambe non sono ferite, solo un po' traballanti. Pax dice che prestissimo tornerò a camminare bene come sempre.»

«E la pace sia con te» mormorò Go, mentre la ragazza combatteva col suo passato.

Zen si morse il labbro, pensierosa. «Poverina! Ma non mi hai ancora detto dove sei stato.»

«Ti stai chiedendo se Ell e gli altri mi hanno messo in un manicomio» disse Go con un sorrisetto storto. «Non essere timida. Ci sono stato per sei anni.»

Zen annuì.

«Be', era un specie di manicomio. Mi hanno portato in una grotta, alla frontiera tra qui e il deserto. Era un posto situato in profondità, nella terra. Ci avevano vissuto quelli che erano sopravvissuti alla bomba, finché non era finita l'aria. Erano le persone che avevano originariamente fondato Persephone's Pity. Ho trascorso il mio tempo scolpendo le stalattiti e le stalagmiti, incidendo le pareti della caverna, lavorando l'argilla lungo i corsi d'acqua sotterranei in pastosi origami. Mi piacerebbe mostrarti quel posto.»

La accompagnò fuori città con la stessa vettura con cui aveva fatto ritorno. Le guardie che vigilavano ai due ingressi della grotta ora se n'erano andate. Go accese una torcia, ed entrambi scesero all'interno. Zen era meravigliata. Aggraziati pinnacoli che si srotolavano dall'alto erano stati sagomati in angeli di ghiaccio, alati e sgocciolanti umidità come lacrime. Pilastri che si innalzavano dal suolo erano stati forgiati in forme di demoni, e le stille d'acqua li rendevano lascivi anziché piangenti, con esagerati caratteri sessuali maschili e femminili che scintillavano per il calcare lucido, il calcedonio, l'opale e i solfuri. Vi era raffigurata l'ascesa di un'umanità infelice, esseri riprodotti da dietro, o con gambe grigiastre avvolte attorno a fragili spalle, tra volti urlanti che svanivano dentro lombi bestiali.

(Aveva visto incubi e succubi spuntargli dalle dita.)

La volta della caverna era come una cattedrale spagnola, arcuata e a nido d'ape. Una galleria di spettatori celesti.

Ma che cosa stavano guardando, là, sotto di loro, quel baccanale verso il quale non protendevano le mani per porvi fine? O erano forse impotenti quanto quelle anime perdute, tradite e intrappolate?

Le pareti erano lavorate in bassorilievo: vi erano raffigurati omicidi in ogni stile possibile, dalla garrota con cavi sottili a maldestre opere di sventramento con vanghe da giardiniere e fiammeggianti autodafè, oltre a interi campi di concentramento con volute di fumo scolpite nella pietra che si innalzavano dai forni crematori. E non mancava ogni tipo di deviazione sessuale: violenti stupri di piccoli animali, un'orgia fra suore decrepite, sodomia infantile, pedofagia, necrofilia, copro-onanismo.

Sulle rive di un ruscello d'acqua scura, profumata di minerali, Go aveva modellato una fila di figure d'argilla. Sembravano marciare in un unico corteo dal fiumiciattolo, strisciando inizialmente su pinne che somigliavano appena a gambe. Poi si evolvevano in ibridi ittici, in lucertole, in mammiferi, in uomini-scimmia dal dorso ricurvo, a malapena in posizione eretta. Dopo erano belli come Adone, dalla grazia sorprendente e poi eroi un po' meno orgogliosi, che reggevano teste mozzate e altre parti di corpi umani, masturbando con dita d'argilla i loro peni di fango. Infine degeneravano, tornando alla melma primordiale.

«Questo è quanto, settantadue mesi di terrore della porta. Ricordi *toc toc*?» Go sorrise debolmente.

«Stai meglio adesso?» gli chiese Zen, prendendo teneramente per mano il padre adottivo.

«I saggi di Persephone's Pity non mi avrebbero rilasciato se così non fosse, non credi?»

Tornarono a casa. Trovarono Ell riversa sul pavimento della cucina. Era in preda a una febbre così alta che metà dei suoi capelli era caduta e le particelle sulla superficie del suo viso erano scoppiate, ricoprendole la testa di sangue.

Go sollevò la moglie fra le braccia e con attenzione la portò in camera da letto.

«Corro a chiamare Pax!» esclamò Zen, voltandosi in tutta fretta facendo vorticare i capelli biondi e neri attorno al capo.

«No» la richiamò Go. «È troppo tardi. Sta morendo. Era malata, questa mattina, quando sei uscita?»

«Non si era ancora alzata. Non è mai scesa dal letto prima di mezzogiorno, negli ultimi tre anni» rispose la ragazza. Sapeva che Ell era terminale, sì. Aveva percepito il cancro, l'aveva sognato. Sapeva anche che quella donna era intenzionata a morire con un certo orgoglio, che rimaneva disperatamente aggrappata a brandelli di cose non dette che per nulla al mondo Zen le avrebbe rubato. Perché per una volta, nella sua vita, tutto ciò che Ell desiderava era un briciolo di segreta dignità.

La donna aprì gli occhi e fissò il marito. In un primo momento non parve riconoscerlo. Ma poi sussurrò: «Go».

Lui le si fece più vicino, posandole una mano fredda sulla guancia. «Vuoi che ti perdoni?»

Ell lo fissò, come se non riuscisse a capire di cosa lui stesse parlando. Poi, lacrime di sangue le si affacciarono agli occhi, e rise con un rantolo di cicala che l'accompagnò all'altro mondo.

Un anno dopo Dime, insieme al resto del paese, vide Go prendere Zen come sua seconda moglie, con una tranquilla cerimonia nella cappella cittadina, tra querce che crescevano intorno al pulpito attraverso il pavimento. Zen mormorò timidamente le proprie promesse, facendole scivolare sopra il mazzo di viole e margherite che reggeva. Dime non aveva mai visto una donna così perfetta. Così simile a una Venere di Botticelli. E poi, circa nove mesi dopo, così simile a una madonna rinascimentale, mentre portava il suo bambino. Quando camminava per la strada, con fiori in mano da deporre sulla tomba di Ell, sembrava un angelo che scendeva una scalinata nella cattedrale di Prato.

Dime sapeva che Ell aveva sempre voluto avere dei bambini, ma lei e Go non avevano mai procreato. Go aveva sempre creduto di essere rimasto menomato nel corso di quella cerimonia, anni prima. Ma a quanto pareva non era così.

Se fosse stato anche solo lontanamente possibile, per il muratore, lasciarsi toccare dalla bellezza, allora forse adesso sentiva qualcosa dentro di sè, commozione. Bastò l'idea di dover organizzare la profanazione della ragazza a portarlo quasi alle lacrime.

Quasi.

Fu fredda, come mezz'estate. Ricordava i solstizi di giugno dopo la fine della guerra. Un tempo i geloni disegnavano luccicanti tesori lungo le gambe. Per i celebranti era frequente, in quei primi decenni, perdere le dita delle mani e dei piedi, ai tempi in cui il gelo avvinghiato ai fili d'erba pareva decisamente sensuale.

Si chiese come Go avesse spiegato alla novella sposa lo stato del proprio corpo. Le aveva detto che le cicatrici erano segni di ferite che si era procurato cadendo nella caverna-manicomio? Le aveva detto di esser stato un tempo uno di quei giovani scapoli pellegrini che andavano nel deserto, a ubriacarsi in qualche bordello di mutanti, risvegliandosi coperto di tatuaggi-ferite procurategli da una dominatrice armata? O aveva semplicemente taciuto, lasciando che lei pensasse ciò che voleva?

(Ma Zen era una psichica. Cosa poteva aver visto, mentre baciava quelle carni martoriate? Solo una porta? Solo i loro vicini di casa, sazi delle proprie ferite? Il che significava… che cosa?)

E come poteva, Dime, esserne parte? Consegnare sua moglie, farla legare e usare, nelle sue condizioni, gravida? Il pendolo di tessuto intorno al collo era cadente e flaccido, tranquillo contro il suo petto come un vecchio gatto addormentato. Avrebbe dovuto provare qualcosa, a quel pensiero. Avrebbe dovuto! Una parvenza di indignazione. Di pietà e di dolore. Di vergogna.

Ma non c'era nulla, dentro di lui. I suoi lineamenti non si incrinarono. Parlò, sentendo sulla lingua scorrere le proprie parole, come sempre prive di sapore.

«Violenza, desiderio, indulgenza…»

Go portò la moglie, ma insistette su una nuova regola. «Non deve essere usata dalla fica» disse. «Non voglio rischiare che accada qualcosa al bambino.»

«Potrebbe succedere, e noi lo sapremmo a malapena…» protestò Dime.

«Gliel'ho cucita. Io rimarrò in ascolto. Da vicino. Con attenzione. Se qualcuno lo farà, la cucitura si strapperà. E voglio che Zen venga controllata dopo che ogni uomo o ogni donna con un dildo avrà finito con lei. Sapremo chi è stato, lui o lei, e quella persona pagherà. Inoltre, il suo ventre non dovrà essere schiacciato o graffiato. Qualsiasi altra parte di lei andrà bene, ma non dove sta il bambino.»

«Certamente» disse Rila, la nuova maestra, sorridendo con due file di piccoli denti da furetto. «Non siamo abortisti».

«E» intervenne il guaritore, Pax, «nella remota possibilità che qualcuno perda il controllo e provochi qualche incidente che possa causare la morte della ragazza, mi metterò subito al lavoro per consegnare il bambino alla sezione C».

Go annuì.

Dime sbatté le palpebre sui suoi occhi malinconici. «Se qualcuno le farà del male e noi sapremo chi è stato, hai detto che dovrà pagare. In che modo pagherà?»

«Il responsabile ne assumerà il posto nei confronti di tutti quanti, compresi coloro che lo hanno preceduto. Non bisogna mai permettere che le passioni ci spingano eccessivamente fuori controllo, okay? Come dicono le tue parole: *Anche l'eccesso deve avere i suoi limiti*» rispose Go, toccandosi le cicatrici inchiostrate lungo lo stomaco. C'erano anche prima? Ed erano proprio così? Erano di segni di qualche bestia carnivora, dalle mascelle multiple e muscoli color sabbia e platino? E se davvero gli avessero fatto tutto ciò? Dime non ricordava alcuna 'capra' che avesse mai superato il rito con una tale devastazione ornamentale, in precedenza.

In quanto a Zen, stava tremando, ma non disse nulla. Non osava chiedere cosa stesse accadendo. Aveva urlato, svegliandosi quella mattina, scoprendo che il marito l'aveva legata al letto e le stava cucendo con ago e filo la tenera carne attorno all'apertura vaginale. Poi l'aveva saggiata col pugno chiuso, per accertarsi che la cucitura tenesse. Aveva sanguinato sulle lenzuola tanto da infradiciare il materasso.

Zen pensò a Lodge e a Rila, e a tutti gli altri che aveva visto così cambiati, dopo che la mezz'estate era venuta e se n'era andata. In qualche modo si era convinta che Go non gliel' avrebbe mai fatto fare. C'erano molte persone, a Persephone's Pity, che non erano mai state portate al solstizio, e che erano rimaste all'oscuro del rito. Persone troppo amate dalle proprie famiglie per essere sottoposte a quell'umiliazione. Lei aveva commesso l'errore di credere che sarebbe stata risparmiata, perché amava Go e non voleva trovarsi costretta a fuggire, come molte altre persone avevano fatto. Erano sempre di più quelli che ogni anno se ne andavano nel deserto. E pensare che quello era ritenuto un luogo da cui scappare.

Quindi Go l'aveva trasportata a braccia nel prato, senza mai stancarsi o lamentarsi sotto il suo peso; ormai lei era quasi al termine della gestazione. E poi li aveva visti, là, in piedi, e le era tornata alla mente una fotografia in un libro illustrato, in biblioteca. Persone dalle schiene deformi poggiate le une contro le altre per sostenere monoliti. Massi di arenaria che si ergevano rigidi dalla terra scura. Stonehenge. E la gente delle rocce splendeva, perché era piena estate, e la loro carne era fusa con le ombre scolpite nelle grandi pietre.

Mentre la immobilizzavano al suolo, con la schiena disposta come una tavola pronta per il festino, Zen comprese che sarebbe stata più di un sacrificio. Lei sarebbe stata l'altare stesso.

Alla luce della luna poté vedere gli amici e i familiari per ciò che erano, come quel rito li aveva ridotti. Erano tutti quanti folli, traumatizzati. Attendevano solo il successivo solstizio d'estate per vendicarsi di quanto era stato inflitto loro. E coloro che non potevano aspettare un anno se ne andavano nel deserto per smaltire lo shock.

Il più pazzo di tutti era Go. Zen aveva scorto la sua pazzia quando l'ago gli brillava fra le dita, mentre cuciva la sua carne. Quando aveva visto l'abominevole ossessione nei suoi lavori in argilla e pietra. Quando aveva fatto ritorno dal suo periodo sabbatico nella grotta e aveva iniziato a lavorare sul proprio stesso corpo. Si era intagliato e inchiostrato sull'addome una definitiva mostruosità di Giger, essendo l'alienazione l'apice delle sue passioni. Cortei di funesti bambini erano allineati lungo le sue braccia, e serpenti di cavo d'acciaio gli si avviluppavano intorno alle gambe. Una spaventosa divinità coronata d'ossa e tentacoli, con occhi dalla cataratta lattea – la cui bellezza era tuttavia inconfutabile – gli diffondeva la sua maschera di Medusa sulla schiena, tanto più sorprendente per il modo in cui incorporava a sé tutti i cheloidi e le corrose contusioni già presenti. Doveva aver eseguito quell'ultima opera allo specchio, raschiando e tingendosi la carne martoriata con piombo, pece e perle frantumate. Forse anche l'applicazione di mercurio avrebbe potuto spiegare come mai la sua insania fosse a tal punto degradata. Era umanamente possibile sopravvivere a tutto ciò?

E, come ultimo atto, si era intagliato e verniciato il pene come se fosse ricoperto da lesioni radioattive. Ma non erano vere. I lucenti fori gessosi e le macchie livide erano disseminati di segni d'ago da tatuaggio. Solo alcune delle infiltrazioni erano genuine, e alcuni di quei solchi autoinflitti si era infettati.

Ovviamente si era fatto tutto ciò dopo che Zen era rimasta incinta. Ovviamente non aveva più dormito con lei, dopo. Né l'avrebbe fatto mai più.

Ora, sarebbe stato suo diritto essere il primo. Ma rifiutò, sorprendendo tutti i presenti. Nessuno aveva mai portato alla cerimonia un membro della propria famiglia per poi rifiutarsi di approfittarne.

«Ma io l'ho già avuta» spiegò Go con leggerezza. «Ora, per voyeurismo, osserverò tutti quanti voi.»

Il signor Cutting si affrettò, ma era così eccitato che riversò precocemente il suo seme lungo tutta la spina dorsale di Zen.

«Mi spiace» disse Dime, tirando da parte il droghiere frustrato. «Questo era il tuo turno. Non ti resta che aspettare il prossimo anno.»

Tutti si fecero avanti, come formiche sopra dolcetti caldi messi a raffreddare. Poi si scatenarono.

La fascia di tessuto cominciò a picchiettare contro lo sterno di Dime. Lui cercò di voltare la testa, quando qualcuno attaccò l'attraente buco posteriore di Zen, coi suoi petali di emorroidi rosate. Da quel portale provenne un tuono, presagio di cascate di cinerea merda dall'Eden. Eppure lei non li deliziò urlando, ma serrò semplicemente gli occhi con forza finché le sue ciglia si sbriciolarono.

La fascia di carne, che un tempo aveva legato Dime al gemello, cominciò a frizionargli la pelle del petto. Gli parve di udire la voce di Ten nella testa: *Dime? Dime... Dime?* Ma non si accorse della contusione violacea sul torace, né del rivolo di sangue che prese a scorrere subito dopo. Tentò solo di far lavorare i muscoli del volto.

Sollevò le mani e provò a forzarsi la bocca in una smorfia, trasformandola nello scardinato rictus di un cadavere, nella maschera ululante di uno sciacallo. Si schiacciò il naso e inserì le dita tra mandibola e mascella per divaricarle, certo che quella dovesse essere l'espressione che avrebbe fatto reagire la gente.

Perché Zen non era come sua madre, in grado di ripiegarsi su se stessa fino a scivolar fuori dai legacci? Perché non rivoltava la testa all'indietro per mordere i suoi aggressori? O non si arrotolava in una sfera inviolabile? Perché se ne stava semplicemente chinata, così, mentre mostri e creature, uno dopo l'altro, si facevano avanti per prendersi il loro piacere?

E come poteva lui starsene lì, come un idiota, mentre sua figlia veniva trattata in quel modo? E con suo nipote nascosto dentro di lei? Aveva sempre saputo chi era lei, no? Lo aveva capito mentre guardava la contorsionista dare alla luce quella che era la sua stessa prole. Assomigliava addirittura a Ten.

Dime aveva visto il bagliore negli occhi della gente, quando Go l'aveva condotta nel prato. Una donna incinta. Un piacere di cui non avevano mai goduto prima.

Poteva vedere la ribellione nello sguardo di Go, le cicatrici giocare attorno a lui, alla luce della luna. Il deserto del corpo dell'uomo era il ritratto stesso della città.

Il muscolo appeso al collo di Dime lo percosse, incitandolo a fare qualcosa. Lo folgorò con un abbagliante voltaggio finché non percepì l'odore della carne del suo petto che bruciava e non vide il fumo davanti alla faccia. Il terzetto degli Alt si stava facendo avanti per il suo triplice turno.

«Strappiamo la cucitura» disse uno di loro agli altri, afferrandosi l'oliata erezione. «Dopotutto, a chi importa se dobbiamo affrontare tutta la città? Siamo sopravvissuti, quando abbiamo fatto le 'capre'. Andiamo, ne varrà la pena.»

I fratelli annuirono. Uno di loro scivolò sotto la ragazza, facendo schioccare la brutta lingua oltre i bordi verdastri dei denti spezzati, mentre un'altro le afferrava il mento per infilarsi dentro quella sua morbida bocca.

Dime esplose, crepitando di elettricità attraverso le guance, schizzando fuoco blu dalle narici, stirando le labbra finché la tenera carne negli angoli si strappò. Si chinò e toccò Zen con una mano, allontanando con uno strattone l'Alt che si apprestava a speronare la vagina cucita.

«Via da lei!» gridò, e il volume del suo urlo sferzò l'aria in una visibile scarica di corrente che gli eruppe dalla gola.

I capelli e tutti i peli dell'uomo presero fuoco, mentre gli altri due furono scagliati all'indietro. Due persone intervennero leste per far rotolare l'uomo in fiamme nella polvere.

Dime cadde a terra, dibattendosi; una danza di elettricità statica sulla pelle illuminava la drammatica smorfia d'agonia che gli solcava i lineamenti.

Cercò di rialzarsi e di mantenersi in piedi, ma tutto ciò che era sgorgato attraverso il suo corpo si stava scaricando nel terreno. Tentò di abbassare gli occhi, per guardarsi. Il muscolo era solo parzialmente visibile. Adesso era per metà incorporato nel suo torace. Gli si era avvitato al cuore. Toccò la ferita come al rallentatore, sentendosi addolorato, e allora rise.

Go diede una pacca sulla schiena al cugino. «Vai da lei! Che cosa aspetti?»

Gam si fece avanti con riluttanza, lavorando con le dita alla propria esitante erezione. La luminosità della carica che Dime aveva emesso aveva accecato per un attimo tutti quanti. La donna a terra sembrava cambiata. Ma poi la luna si nascose dietro un velo di nubi. E si fece così freddo, per essere mezz'estate, che il fiato gli evaporava davanti al viso. Gam si piegò sul corpo di Zen, cercando di penetrare qualcosa. All'inizò sbagliò buco scambiandolo per l'ano, ma poi pensò che fosse la bocca. Poteva trattarsi del residuo combinato di entrambi?

Perché un senso di compattezza si era insinuato fra loro. Il corpo della 'capra' parve irrigidirsi. Zen si stava facendo più solida; e si andava riducendo. Ma come poteva essere, dal momento che era incinta?

Gam la tastò, e sentì solo pietra gelida. Si lasciò cadere sulle ginocchia per toccare il punto in cui la ragazza sembrava davvero fluire nel terreno.

Oppure dove la terra le era risalita nelle ossa.

Go vide sua moglie scintillare, in principio, e poi congelarsi. Zen si erse, come nel tentativo di alzarsi in piedi, assottigliandosi. La sua forma si appiattì, determinata a non divenire una statua. Le dimensioni persero le loro curvature.

«Sta diventando un muro» sussurrò una donna, sgomenta.

«Sì, ho dato a mia figlia un limite che non può essere superato» gracchiò Dime, sanguinando nel luridume. «Sono stato anch'io nel deserto. Sorpresi? Ho ricevuto il potere. Ed è il potere a costruire i sicuri confini di questo mondo.»

Pax si chinò su di lui, esaminando la ferita del **muratore**. «Ma il bambino! Che ne sarà del bambino?»

«È l'unico modo per proteggerlo da voi. Non si tratta di un falso rifugio. È un paradiso eterno.» Dime sorrise.

«Maledetto! Mostro!» ringhiò Go, e unendo i pugni li abbatté con tutto il proprio peso contro la nuca di Dime. Si udì uno schiocco mentre il corpo di lui si accasciava.

La gente rimase a bocca aperta, facendosi avanti. Ma lui fece un balzo indietro, gridando: «E cosa avete intenzione di fare? Di fottermi? Di chiudermi in una grotta? Di far finta che non sia successo niente?»

Diverse donne si coprirono i seni e abbassarono gli occhi. Gli uomini, con le mani a coppa, si nascosero le palle gelate e gli uccelli rattrappiti, incurvando le spalle.

Go si inginocchiò là dove Zen e il bambino si erano tramutati in un muro, liscio come basalto, impermeabile, basso. C'era un'apertura, in un punto vicino al centro.

Poteva essersi trasformata e aver lasciato una finestra d'accesso? Go vi posò l'orecchio. Percepì un lieve respiro contro la pelle. E udì un suono molto debole, come se la ragazza stesse mormorando ai fiori che la circondavano

Chiuse gli occhi e fece una smorfia di dolore e rapimento non appena le immagini del deserto sul suo corpo, molli sopra la carne stagnante, lottarono per rispondere.

più visibili quand'era in erezione, e tumefazioni intorno allo scroto come crude linee di un tatuaggio. L'avrebbe sopportarlo, anche se non gli piaceva affatto, perché non godeva di quel genere di cose. No, quello era ciò che piaceva a Lena. Voleva obbligarla a smettere, davvero. In realtà, una volta l'aveva schiaffeggiata... facendola cadere, mandandole a sbattere la nuca contro il pavimento di legno massiccio. Lei aveva perso conoscenza, mentre lui era rimasto terrorizzato all'idea di averla uccisa. Si era inginocchiato, cullandola tra le braccia e piangendo, vedendo il sangue sulla testa, fra i suoi favolosi capelli biondo platino.

E quando si era risvegliata, Lena aveva urlato per l'orgasmo masturbandosi nel suo abbraccio. Lui aveva pensato che avesse una crisi epilettica.

Che altro era, l'estasi d'amore, se non una convulsione?

# TRAPIANTI DI DELICATO MERLETTO

Rico stava seduto e guardava Lena tormentarsi lentamente una gamba con la candela. La cera gocciolante era rosa come la pelle, tra ribollenti laghi di primula che le scorrevano lungo i polpacci, poi su, sulle collinette delle ginocchia, e infine lungo le cosce, fintanto che lui non poté fare a meno di stringersi le palle, col pene irrigidito. Lei si soffermò con la fiamma, gemendo all'odore di carne e peli bruciati che riempiva la stanza.

Gli occhi di Lena sbattevano estatici, mentre si martoriava. Piccoli brandelli di devastazione, niente di grave. Stava distesa sulla *chaise-longue* con la piccola spira di fuoco a circondare lo stoppino solleticante, esitando fino a quando avvertì il calore supremo, il pungiglione che la spinse oltre la sua soglia del dolore, costringendo i suoi sensi a strillare *stop* anche se il suo cervello mormorava *no, non ancora, mia cara.*

I brandelli di pelle stesi lungo il suo ventre, ricadenti su entrambi i fianchi, all'inizio parevano ammorbidirsi – come morbida era la cera – per poi farsi croccanti a mano a mano che li esponeva alla fiamma. Lena aprì gli occhi e li guardò passare da un rosso corallo a un furioso cremisi, e infine a un nero screpolato e stratificato.

Rico sospirò, inghiottendo la saliva che gli stagnava in bocca. Stava lavorando più velocemente sopra la rigida asta del suo cazzo, su e giù, totalmente eccitato dalle lesioni sadomasochiste di Lena. Non provava alcun desiderio di procurarle lui stesso del dolore. Non avrebbe mai potuto farlo. La amava troppo, per danneggiarla in qualche modo. Ma i suoi contorti desideri lo lasciavano inerme, a osservarla, mentre lo faceva da sola.

Di solito lei lo pregava di farle del male, inginocchiandosi davanti a lui, mordendogli il pene per convincerlo a reagire con forza solo per farla smettere. Lui aveva le cicatrici lasciate dai suoi denti attorno al glande, più visibili quand'era in erezione, e tumefazioni intorno allo scroto come crude linee di un tatuaggio. L'avrebbe sopportarlo, anche se non gli piaceva affatto, perché non godeva di quel genere di cose. No, quello era ciò che piaceva a Lena. Voleva obbligarla a smettere, davvero. In realtà, una volta l'aveva schiaffeggiata... facendola cadere, mandandole a sbattere la nuca contro il pavimento di legno massiccio. Lei aveva perso conoscenza, mentre lui era rimasto terrorizzato all'idea di averla uccisa. Si era inginocchiato, cullandola tra le braccia e piangendo, vedendo il sangue sulla testa, fra i suoi favolosi capelli biondo platino.

E quando si era risvegliata, Lena aveva urlato per l'orgasmo masturbandosi nel suo abbraccio. Lui aveva pensato che avesse una crisi epilettica.

Che altro era, l'estasi d'amore, se non una convulsione?

Ma non poteva farlo di nuovo. Così Lena fece ricorso a qualunque cosa potesse aiutarla.

A intervalli, perché poi aveva bisogno del tempo necessario per guarire. Sei mesi prima aveva provato l'improvviso impulso di sdraiarsi sulla superficie della caldaia. Be', era una vecchia casa, e quindi aveva un'apparecchiatura così antiquata. Al giorno d'oggi il riscaldamento degli edifici è ottenuto sfruttando il calore interno della terra. La cosa permette di risparmiare le preziose risorse di combustibili fossili, la cui offerta si è notevolmente ridotta.

Ma Lena aveva una grande caldaia vecchio stile, che sibilava e sbuffava, soffiando vapore attraverso la complessa grata, odorosa di granelli di polvere arrostiti. E di colpo una sera d'inverno ci si era distesa sopra, dopo essersi tolta la vestaglia.

Come aveva urlato!

Come si contorceva per il piacere!

Rico si era precipitato nella stanza per salvarla, ma si era bloccato nel vedere la sua passione. Lei non accennava a fare il minimo movimento per sottrarsi a quell'orrore. Lui ne era rimasto incantato, e si era abbassato la cerniera dei pantaloni quando il suo cazzo si era fatto troppo grosso per rimaner confinato al loro interno. Aveva raggiunto la sua sgorgante conclusione quasi nello stesso momento in cui i fremiti di Lena erano cessati.

Lei era rotolata giù, la schiena carbonizzata con l'impronta della grata di metallo rovente. Aveva ansimato, poi con voce tremante gli aveva detto: «Mi accompagni all'ospedale, vero, dolcezza?»

Rico l'aveva portata al pronto soccorso, il viso rigato di lacrime. Sapendo di procurarle dolore per il solo fatto di sorreggerla, col grasso e l'acqua che attraverso la pelle umida e unta gli colavano lungo il petto e le braccia. E lei, sul punto di svenire, nauseata, sosteneva che stava gelando.

I progressi della tecnologia medica erano risultati eccellenti, per le vittima di bruciature. All'incirca un anno prima di quell'episodio si era concepita la più meravigliosa sostanza in grado di sostituire la pelle rovinata da ustioni di terzo grado. I trapianti somigliavano a intrecci di fiocchi di neve, di merletto belga, di eteree ragnatele che catturano la luce del sole. Il recupero fu completo nel giro di poche settimane.

Lena venne rimessa a nuovo.

Ora aveva bisogno di un'altra dose... perché il sesso dev'essere un'avventura da rivivere, spinta alle più elevate altezze. Lena fremette portandosi la candela ai capezzoli, arrostendoli come castagne nel caminetto, a Natale. Poi la baciò, soffermandosi sulla fiamma con la lingua finché quella non si fece scarlatta, e Rico poté davvero udire le papille gustative scoppiettare mentre se ne stava seduto sul divano con le gambe divaricate.

Ora Lena non riusciva nemmeno più a chiudere la bocca, ma risucchiava respiri in conati agonizzanti, abbassando la candela, giù giù giù lungo le cosce, ancora. Bruciacchiandosi i peli pubici.

Rico non sbatté le palpebre, fissando affascinato Lena che si infilava con grande lentezza l'estremità accesa della candela nella vagina.

Là, la suprema umidità la smorzò rapidamente con un *sssssssibilo*.

Ma non prima che il clitoride si fosse abbrustolito e Lena avesse strillato in un tormentato piacere.

Poi, lei svenne.

Si risvegliò nel reparto ustioni, avvolta in garza d'argento, il dolore smorzato da droghe assunte per via endovenosa. Mise il broncio, o cercò di farlo, con le labbra devastate. Anche quelle erano state pesantemente bendate. I trapianti puzzavano di iodio e Shalimar, sapevano di gelato e veleno di cobra. Quella sofferenza non era neppure sufficiente a darle un brivido. Maledisse quegli anestetici. Le era stato donato un assaggio di Cielo – o, cosa più probabile, del sensuale fascino dell'Inferno – e adesso era il noioso tempo della delusione. Doveva attendere. Assaporare quel piacere solo con la memoria.

Rico si sedette accanto a lei, avrebbe voluto tenerla per mano, ma non gli era permesso toccarla. Si vergognò, ricordando l'esplosione del suo seme sopra lo sfacelo del suo corpo bruciato, prima di essere riuscito a tornare in sé e correre all'ospedale.

Venne chiamata la polizia.

«È stato lui a farle questo, signora?» domandarono a Lena.

«Lui? No, lui è l'uomo più dolce del mondo» rispose, quasi con disgusto. «Si è trattato solo di un incidente.»

Rico superò senza problemi l'esame della loro macchina della verità, e lo psicometro non rivelò in lui alcuna tendenza violenta.

Immaginate, la povera sfortunata donna che subisce due incidenti così terribili nel giro di soli sei mesi. Per non parlare del fatto che era così dannatamente bella. Ringraziamo Iddio per i miracoli moderni. Che spreco sarebbe stato, per tutta quella magnificenza, dover restare mutilata.

Un'altra sera. Lena gli disse di prepararsi a essere abbagliato, a venire come mai era venuto prima.

«Perché?» le domandò lui, esitante.

«Perché io sto per farlo. Venire come non sono mai venuta prima, intendo» disse Lena con un sorriso felino. I suoi capelli scintillavano come se testa e spalle fossero state immerse nel chiaro di luna. I seni pieni si sollevarono pregustando l'idea.

Rico si sfilò i pantaloni, li appese su una sedia lì accanto in modo da poterseli rimettere rapidamente... per l'inevitabile corsa all'ospedale che sarebbe seguita. Si sedette sul divano, rabbrividendo, lo scroto contratto, i testicoli praticamente dissolti per il timore di ciò che Lena avrebbe inflitto a se stessa. Il pene era flaccido.

Non poteva eccitarsi davvero per quello che Lena stava per fare, no? Non l'amava, forse?

Sì, e proprio per quel motivo doveva lasciarglielo fare. Perché questo era ciò che le procurava piacere. Era ciò che rendeva Lena una bomba di desiderio.

Anche se solo per se stessa.

Se solamente fosse stato un sadico, allora forse lei si sarebbe volentieri sottomessa a fruste e catene, all'elegante calligrafia del rasoio, ai magistrali lividi dalle percosse. Senza sperimentare nulla di più catastrofico di una ghirlanda di bruciature di sigaretta.

«Cos'hai intenzione di fare, Lena?» le chiese di nuovo.

Lei tirò fuori l'acido.

Il puzzo era sulfureo, come il fuoco dell'Inferno. La pelle si staccò in lividi strati violacei, trasformandosi in cellophane d'ebano, schiumando giallo e grigio cenere. Lena gemette mentre se lo faceva stillare sulle spalle, schizzandoselo giù, verso il seno e il ventre, spruzzandolo come acqua di rose sulla schiena. L'acido sfrigolò e perforò, scavando crateri, giù, fino all'osso pallido e brillante. Se ne versò un po' sul viso, e il naso si disciolse, e la superficie piana di uno zigomo emerse come una bianca isola deserta sorta da un mare effervescente. Il tappeto sotto la spastica danza dei suoi piedi schiumava in brandelli nebbiosi. Pareva che fosse avvolta in una nociva foschia dorata.

Rico stesso era febbrile, ritrovandosi quasi per caso il pugno stretto attorno alla propria erezione, come per aggrapparsi alla sanità mentale. Lo disgustava l'idea di tirarsi una sega di fronte a un tale ignobile spettacolo, ma non poteva farne a meno. No, non più di quanto potesse farne a meno Lena. Il putrescente fetore degli strati auto-vandalizzati della pelle di lei, ora non più simile a porcellana, gli ribolliva su per le narici come il più dolce profumo. Lo zolfo infernale, concluse, dev'essere un letto di viole che fioriscono sulle rive di un lago in fiamme.

Le sue palle erano due Hindenburg gemelli, pronti a esplodere in detonazioni rosso-arancio. Quasi si credette sul punto di prendere fuoco. E di sciogliersi, come aveva fatto Lena, guaendo di gratitudine per la potenza di ciò che stava provando. Il sesso era ben più di una carezza, di un rilassamento: era l'intensità di un'esperienza che risana lo spirito con un battesimo pari all'esplosione con cui ebbe inizio l'universo... anche se alcuni mondi non sono sopravvissuti all'ordalia.

Rico venne, spremendo manciate di seme.

Soffocò un grido di angoscia, vedendo la colante mostruosità della sua Lena. Non tentò di trasportarla da solo. Chiamò l'ambulanza, poi corse fuori mentre quella sembrò calare dal cielo.

«Dovrà rimanere in un istituto psichiatrico per un po' di tempo» la informò il medico dopo che il suo corpo atrocemente mutilato fu guarito.

«Perché?» domandò Lena, furiosa.

«Sappiamo che non si è trattato di un incidente. Non questa volta. Abbiamo trovato la fiala che conteneva l'acido. La polizia ha rintracciato il chimico clandestino da cui l'ha acquistato. Lei è una donna malata» le rispose il dottore.

Lena sopportò tutto quanto, contando le ore, le settimane. Lasciando che credessero di aver recuperato anche la sua mente, oltre il corpo, in qualche modo. Finché non le avrebbero nuovamente permesso di uscire. Li lasciò pensare che avrebbe tentato il suicidio... era meglio questo, piuttosto della verità. L'avrebbero disprezzata, se avessero saputo che una simile demolizione di sé la eccitava. Era una fortuna che la società non punisse più coloro che tentavano di togliersi la vita. Li blandiva, cercando di ripararne la psiche ferita, di convincerli a vedere quanto meravigliosa fosse la vita.

Lena era d'accordo, poteva anche essere vero, quando le sensazioni venivano travolte dall'eccesso, quando le terminazioni nervose si scatenavano e deliravano al limite del collasso. Era il corpo crocifisso a doversi guadagnare le nuvole. La sua anima resuscitava perché lo meritava, perché era capace dei più elevati sentimenti.

Rico le fece visita ogni fine settimana, portandole mazzi di fiori... sempre viole, per qualche strana ragione, piantandoci dentro il naso, gli occhi per metà chiusi su una fantasticheria. Le portava caramelle, camicie da notte di seta, poesie.

Uno dei suoi componimenti diceva:

*Fluido come euforico sorriso,*
*il mio amore non brucerà mai.*
*bacio d'acetilene che erutta*
*in una notte di braci.*
*cuori di carbone e carbonio*
*consumati dai gas solari.*
*nucleare è la passione*
*che sorge dalle proprie ceneri.*
*come brilla, il sofferente,*
*una leggenda in fumo.*

«Non tenterà ancora il suicidio?» le domandarono psicologi e psichiatri.

«Prometto che non cercherò di uccidermi» rispose Lena, dicendo la verità. Morire non era mai stato il suo obiettivo, in fondo.

Rico la riportò a casa.

«Preparati» gli disse quella stessa notte.

Lui tremò.

«Lena, per favore, non tirarmici dentro di nuovo» le disse.

Lei ribatté: «Tirarti dentro che cosa? A un altro orgasmo favoloso? Tu, con i pantaloni attorno alle caviglie e il cazzo grande come un lanciafiamme? Magari non ti piace infliggere dolore, ma *guardare* è un'altra cosa, eh?»

Si cosparse di benzina, un puzzo acre, spaventoso. Gocciolava combustibile dai capelli, dalla punta del naso, dai capezzoli, dal ciuffo di riccioli sull'inguine. Se ne stava a piedi nudi in una pozza, sul pavimento.

Accese un fiammifero, e il *whoosh!* che ne scaturì fu assordante. Ogni cosa intorno a lei – dai mobili alle tende delle finestre al soffitto stesso – si incendiò. Avvolta dalle fiamme, se anche urlò, Rico non poté udirla. Non al di sopra della combustione e del suo stesso grido di terrore.

Non si era calato i pantaloni. Non aveva assunto la posizione a gambe divaricate sul divano. Se la caricò sopra una spalla e uscì di corsa dalla casa, gettandola poi a terra, facendola rotolare, sbattendo le mani sulle fiamme. Rotolò pure lui, perché trasportandola aveva preso fuoco a sua volta.

Poté udire le sirene sopra la testa, piovere dal cielo fra luci lampeggianti dello stesso colore del fuoco. Si risvegliò in ospedale, ricoperto di merletto, già in via di guarigione, sussurrando il nome di Lena.

«Come sta Lena? Infermiera? Infermiera? Signora, può dirmi come sta Lena?» domandò. Nella camerata poteva vedere letti sui quali giacevano pazienti ustionati, avvolti come lui nello stesso bendaggio merlettato. «Qual è, di questi pazienti?»

L'infermiera volse verso di lui un viso emaciato, la fronte corrugata per la preoccupazione.

«Signore, la donna con cui è lei è arrivato al reparto ustionati si trova su un letto crioterapico in fondo al corridoio.»

«Su un letto crioterapico?» mormorò Rico, perplesso. Pensava che un tale trattamento fosse ormai arcaico, dopo l'invenzione dei trapianti.

«Sì, abbiamo provato col trapianto, ma aveva già subito una precedente ustione. Be', non ci era mai capitato prima, quindi non lo sapevamo. Voglio dire, quando le persone si ustionano gravemente, di solito succede una sola volta. Ma l'abbiamo già trapiantata tre volte. A quanto pare, il trapianto non attecchisce più. Adesso il suo corpo lo rigetta.»

Rico inclinò la testa, sforzandosi di ascoltare attraverso le bende sulle orecchie. Sì, poteva sentire Lena. Stava urlando.

Guarì, e andò a trovarla. Era così miserevole, glabra e sfregiata nel corpo, come una smaltata, contorta oscenità di ceramica. Non la riconobbe affatto, mentre galleggiava sul ghiaccio che fungeva da materasso. Aveva perso completamente una mano, e le dita dell'altra si erano fuse in una pinna. I tessuti del viso si erano ripiegati a coprirle un occhio, e anche la bocca si era liquefatta finché non ne era rimasto che un raggrinzito foro senza labbra sul lato destro del volto. Il suo cranio era una screziatura di antracite e granato, come se fosse stato vomitato da un vulcano in forma rocciosa, lucido come vetro lavorato in una fornace.

Lei sapeva che lui era lì. Stava cercando di parlare. Rico si avvicinò per sentirla.

«Ti prego» articolò a malapena. Le parole raschiavano umide, sputacchiando bava. «Non posso farlo da sola. Oh, ti prego, Rico. Ne ho bisogno.»

Rico si ritrasse bruscamente, fulminato dalla comprensione, tremando nelle scarpe come se la pelle dei suoi piedi, appena guariti, ardesse per uscire.

Ma quella era Lena, la sua bambina, la sua amante. L'unico occhio che poteva vedere era verde come non era mai stato, puntato verso di lui, roteando nell'orbita che crepitava mentre il globo si spostava al suo interno. Lei era inerme, alla mercé dei propri desideri, e lui riconobbe la dolorosa condizione di quell'impotenza.

Tirò fuori una scatolina di fiammiferi, guardandosi intorno per assicurarsi che nessuno del personale fosse nei paraggi. Ne accese uno e riuscì ad avvicinarlo alla carne di Lena.

Lei inarcò la schiena, agitando le braccia rovinate. Ribollì fuori un sibilante sussurro di piacere. Poi tornò a sollevare lo sguardo, implorandone un altro.

Rico non si sentiva eccitato. Il suo pene rimaneva flaccido, incapace di godere di quell'atto.

Ma, del resto, non era lì per essere un semplice voyeur. Stava partecipando alla tortura, un'azione che non gli procurava altro che disgusto e repulsione verso se stesso.

«Rico? Ti prego...»

Accese un altro fiammifero. Fu come bruciare carne già indurita. Non poteva diventare più nera, ed era troppo secca per sfrigolare. Si avvizziva solamente, dando l'impressione di cristallizzarsi ogni volta che veniva lambita dalla fiamma.

Lena si contorse, nel tentativo di massaggiare la protuberanza del suo inguine con la grottesca pinna della mano.

Rico voleva voltarsi, fuggire dall'ospedale. Invece accese un altro fiammifero. Cos'avrebbe potuto fare? La amava. E lei aveva bisogno di lui.

## FERITA MORTALE

«Live da Dallas!»

«Il fallo del sud-ovest! Reggia di burrito calibro dodici e digitali barbecue!»

«Plop plop fizz fizz, oh, che sborrata è questo rock»

«Il bulbo dell'encefalo che viene con lo schizzo»

«Questo è il tuo cervello, il tuo cervello in crack»

«Dieci piccoli cristalli tutti quanti in un pacchetto»

«Bombe nella vena e non provo alcuna pena!»

Il mio amico Joe ridacchia, ascoltando il mio rap. Ho trovato un topo morto, più o meno cinque minuti fa, e parlo stringendogli la testa penzolante, come se fosse un microfono. Mi invento canzoni pazzesche che sembrano assolutamente brillanti, sul momento. Lo stesso vale per il *tempo*, che non si piega affatto come lo spazio, quando sballiamo; va a zig-zag, biforcuto e tonante.

Joe e io speriamo di trovare cose interessanti da fare. Le solite aggressioni o gli stupri funzionano finché sono esperienze visive. Le droghe sono per i voyeur, oggi più che mai. È il solo modo per godersi la vita all'inferno. (Live!) La gente non è di queste parti, sente la parola DALLAS e pensa a milionari viziati e a qualche vecchia bellezza in stile western, un posto da cui al tramonto i parassiti devono uscire. Ehi, noi siamo stati la capitale degli omicidi di questo Paese. Le persone che lavorano in quei costosi grattacieli del centro trascinano via i loro culi per allontanarsi da quelle zone, quando tramonta il sole.

È un gran posto per guardare tutto quanto colar fuori, srotolandosi in nodi al plasma. Dallas non è anemica, e questa è la fottuta verità. È divertente finché sto sballato e non provo alcuna pena.

«Dal vivo! Live da Dallas, e mi sento spietato!»

«Tutti cantano, tutti ballano!»

«Qualcuno *spara* a qualche cosa!»

«Questo sì è divertimento!»

Joe e io vediamo gente in fila lungo un vicolo, in attesa di raggiungere una porta sul retro di un edificio, probabilmente inagibile. C'è puzza di vomito e piscio, ma credo che daremo un'occhiata. Non c'è troppa folla e non si sente musica assordante provenire da là dentro, quindi non si tratta di un nuovo locale. Ognuno di quei tizi ha quell'aspetto pallido e furtivo da spero-che-nessuno-di-mia-conoscenza-mi-veda-qui. Potrebbe essere un posto meritevole... come se avessimo bisogno di qualcosa di più di quello che ci sta già mandando in corto circuito le sinapsi.

Forse è un sex show, troppo perverso e nauseante per stare su una delle celebri vie del peccato, tipo l'Harry Hines Boulevard. Potrebbe esserci un freak, là dentro. Una donna alligatore con due teste, o un bambino nato rivoltato. Gente, quello sarebbe proprio figo.

Un vecchio imbranato in cadenti pantaloni di gabardine sta raccogliendo venti dollari da ogni persona che lascia entrare.

«Meglio che ne valga la pena» tossisce Joe. «Potrei spendere la stessa cifra per vedere Ozzy Osbourne staccare a morsi la testa di un pollo.»

«Stanno pagando. Dev'essere roba tosta.» Annuisco. Sbuffo e mi piego in avanti per sussurrare negli occhi del topo morto: «Siamo qui al Grope-a-rama di Urpo Burpo. C'è un brusio di eccitazione tra la folla, tutti quanti hanno saputo della nuova Tecnica di Salsa Geometrica Europea del Maestro Burpo.»

Mi brillano gli occhi. Me li sento sudare... mi succede quando percepisco qualcosa di *crudo* nelle vicinanze.

Il vecchio sogghigna verso di me.

«I topi morti entrano a metà prezzo. Venti per voi e dieci per lui.»

Lascio cadere quel freddo roditore spelacchiato. Addio, mondo dello spettacolo.

Il nostro gruppetto, composto da una dozzina di persone, viene condotto dentro una stanza troppo illuminata da lampadine nude da centocinquanta watt, che abbagliano scoprendo scarafaggi in fuga e merde di opossum. Il posto è privo di arredi, a eccezione di una pedana rotonda, rialzata, al centro del pavimento. Su quel piccolo palco improvvisato se ne sta un uomo, sudato per il caldo, completamente nudo. Tiene gli occhi chiusi e ondeggia leggermente avanti e indietro, come per tenere il tempo di una musica che noi non possiamo udire. Di tanto in tanto apre gli occhi e ci guarda con totale disinteresse. In realtà non ci vede affatto; non facciamo parte del suo mondo.

«Dal vivo live live live» dico, ancora e ancora, aspettandomi che si esibisca in qualche numero di contorsionismo creativo, tipo facendosi un pompino da solo.

Joe ringhia. «Se questo è Live-da-Dallas, vado al recinto di bestiame di Fort Worth a vedermi un po' di mucche che si fracassano i crani tra di loro. È per questo che ho pagato venti bigliettoni? Per vedere un frocio nudo?»

«Non ce l'ha neppure duro» aggiunge una donna con i capelli arancioni mentre continua a sfregolarsi la bocca con dita macchiate di nicotina.

Il vecchiardo si trascina verso la pedana e traffica con una manovella. L'uomo nudo ruota su se stesso finché possiamo vederlo da dietro. Ha una ferita alla spalla sinistra delle dimensioni di un pugno. È slabbrata, di un rosso profondo. Per essere una ferita tanto grave, sta sanguinando troppo poco. Sarebbe una delusione, se non mi lasciassero dare una bella occhiata da vicino.

Il vecchio strizza l'occhio al suo pubblico. «Gli ho dato una dose massiccia di vitamina K per aiutare la coagulazione.»

«Gesù! Qualcuno dovrebbe chiamare un dottore!» grida una trasandata neo-figlia dei fiori con una macchia dietro la minigonna.

«Io sono un dottore» gli risponde secco il vegliardo.

E poi quella cosa comincia a muoversi. La ferita striscia giù dalla spalla, lungo la spina dorsale. Quando arriva alle vertebre l'uomo ha uno spasmo, scatta come se la sua spina dorsale fosse diventata una molla arrugginita. Non fa alcun rumore, non cade. Il percorso dalla spalla è marcato con decisione, uno sfregio di vivido tessuto cicatriziale che segna lo spostamento. Al di sotto la pelle è gonfia, livida e piena di vesciche sanguinolente. I miei occhi sudano mentre guardo le croste della coagulazione lacerarsi, in un tracciato di punti suppuranti. La ferita vi scivola sopra e si fa strada sulla natica sinistra, già maculata dai cerchietti di vecchie bruciature di sigaretta.

«Che cos'è?» mormoro, sgomento.

Perché è live live live... in diretta mentre stiamo trasmettendo... incidendo un nuovo buco nel culo di Dall-ass.

Sono sicuro di avere le allucinazioni. Joe e io abbiamo visto ogni tipo di merda, esistente davvero oppure no. Guardo Joe per averne conferma. Tiene la mandibola allentata e la sua lingua ciondola. Probabilmente sta vedendo le stesse cose che vedo io.

Il dottore scrolla le spalle. «È un colpo di pistola, credo. Questo tizio è venuto da me, gente. Avevo sentito degli spari, giù in strada. Strano, però: un colpo con un foro così largo in entrata, e niente in uscita? Ho cercato di estrarre la pallottola, ma quella dannata cosa non ha avuto la decenza di starsene ferma.»

Ridacchia mentre ci racconta tutto questo e la ferita si avvolge intorno alla coscia dell'uomo piagato, mostrando fauci nere e viola che scintillano quando una di quelle luci crude, così bianche, la colpisce in pieno. Ci sono molte possibili varianti di un colore come il rosso, uno spettro sanguinoso che presenta una gamma impressionante, dalla tinta carneficina fresca al marcio verdastro. Questa ferita è viva, non falsa come le immagini fisse animate o le mutilazioni fatte col computer. Il suo puzzo è forte, dentro quest'ambiente senz'aria. Il medico ha spostato di recente tutto ciò che stava qui dentro. I tavoli sui quali era solito ricucire i criminali, e... il mio occhio sinistro ha un tic, e suda... sì, e praticare aborti con grucce appendiabiti.

Siamo affascinati mentre il palco ruota, scricchiolando leggermente su ingranaggi non oliati. La ferita si insinua sull'inguine dell'uomo, schiva il pene ma frantuma lo scroto. È così improvviso e inaspettato, il getto di sangue; fino a un attimo prima non c'era stata alcuna perdita. L'uomo rabbrividisce, mentre la ferita sputa fuori grumi e un paio di brandelli di carne.

«Questa fa male!» esclama Joe, cullandosi le palle pelose in segno di simpatia.

Io sussulto, stringendo involontariamente le gambe. Sono contento che la merda che mi sono sparato nel cervello non mi riproponga delle repliche istantanee.

*È il vostro presentatore che vi parla, in diretta da bordo ring, dove la campana ha appena dato inizio al terzo round. Il campione ne sta prendendo un sacco, qui. Quando cadrà? Non esistono leggi fisiche che decretano l'immediata sconfitta di un uomo, quando gli esplodono le palle?*

Non lo dico ad alta voce. È solo che non è la stessa cosa, senza il topo.

«In realtà, non gli fa male. L'ho drogato in abbondanza. Le reazioni che vedete sono semplici riflessi» risponde blandamente il medico, come se stesse parlando a una classe. Cosa che dubito potrebbe fare. Probabilmente gli hanno ritirato la licenza anni fa.

Tutti quanti intorno a me respirano a fatica. Li sento. Come sento l'umido sgocciolio all'interno di alcune bocche, e lingue che raspano dentro altre bocche inaridite. Sento la ferita lacerare carne e organi, mentre si sposta.

«Questo è finto» dico con spavalderia. «Un trucco.»

«Davvero?» Il medico ridacchia, facendo ticchettare la sua dentiera sporca. «Vieni a vedere di persona, figliolo. *Tocca.*»

Faccio un passo avanti. La ferita è sul fianco dell'uomo, sotto il torace. È un arcobaleno di viola, rame e giallo. Mi protendo a malincuore e ci metto in mezzo solo la punta di un dito. Il sudore che gronda dall'uomo è rancido, amaro come il creosoto. Non ha tremiti, e tiene la testa ciondoloni col mento quasi posato sul petto. I suoi occhi sono di nuovo chiusi.

«Hai paura di sporcarti, ragazzo?» ride il dottore.

Alcuni spettatori ridacchiano, meccanicamente, a intervalli regolari, come nelle sitcom. Ho la sognante sensazione di non trovarmi davvero sul palco davanti a un pubblico, dal vivo. Potrei tirar fuori una moneta da dietro l'orecchio di questo tizio e una manciata di budella dalla ferita, solo per scoprire che uno di noi due è finto, o forse entrambi.

Infilo lentamente una mano nel taglio, tenendo le dita unite come la prua di una nave che avanza tagliando un mare denso. Espiro, in stato di shock; la ferita è così *calda*. Appiccicosa come miele. Sento la punta dura di un osso, là, e un grumo unto e disgustoso; forse il fegato o la cistifellea.

Il medico sbircia malizioso. «Ti sembra vero abbastanza, adesso, figliolo?»

Sollevo lo sguardo. L'uomo ha aperto gli occhi e sta guardando dritto verso di me. La sua espressione è imperscrutabile. Forse è un'oscura accettazione, quella che vi leggo, o un'euforia trascendente. Ho visto quello stesso sguardo sul mio volto, allo specchio, quando mi sono sparato dell'acido veramente tosto. Lo vedo talvolta sui volti dei ragazzi che si fanno ammazzare in strada; si manifesta subito dopo che i loro occhi hanno perso ogni paura. È la droga della morte stessa, lenitiva e beatifica, con la sua ombra anestetica, che fa di ogni tizio assassinato, coi pantaloni sporchi di piscio, un martire.

Sono sprofondato dentro di lui? La ferita sembra ingoiarmi. Sto soffocando nel grembo di sangue che mi racchiude, una vorticosa marea di stratificazioni e varie gradazioni di rosso. Sono nel corpo di un uomo morto, di un uomo morente. Le risate registrate fluttuano tutt'intorno, picchiettando sulla superficie dermica in un lento stillicidio.

All'improvviso sono di ritorno, immerso nella carne cruda fino al polso.

Penso di aver appena messo la mia mano nel costato ferito di Cristo. Gli occhi che mi inchiodano sanno tante cose, dannatamente tante. Tutta la conoscenza che quell'uomo non ha mai posseduto prima di questa notte, e prima di questo trauma.

Joe sibila: «Dannazione! Jule, com'è? È vero?»

Tutti quanti farfugliano, indietreggiano per l'orrore o si fanno di nuovo avanti con avidità... timorosi di aver sprecato un solo dollaro. Io sto muovendo la testa avanti e indietro, come un cobra. Faccio scivolare fuori la mano. Le mie dita gocciolano viticci di poltiglia filante. Mi volto verso i presenti, scagliando sanguinose bave di lumaca, e loro si tirano indietro.

Joe indica. «Guarda! Si sta muovendo di nuovo!»

La ferita avanza lenta sopra il busto dell'uomo e gli si acquatta sul petto, dove nidifica fra i peli ispidi. Quelli si increspano attorno ai bordi della piaga, come se venissero bruciati dal suo calore. Si sente uno schiocco, umido e risucchiante. Poi, il suo cuore scoppia. Un'esplosione di sangue erompe dal petto, un geyser scarlatto, una fontana indaco tra le bolle blu dei polmoni e brillante polpa d'ebano.

Non può essere finto, nossignore. Questa volta l'uomo cede, cadendo giù dalla pedana.

Gli spettatori urlano, tutti insieme, e si precipitano nel vicolo. Tutti tranne me. Non so se Joe pensa che io sia dietro di lui, o se ha visto la vasta ferita che è comparsa e mi sta strisciando lungo il braccio. Lui è un mio amico, ma c'è un sacco di merda contagiosa, per le strade. Lui vuole spassarsela e ascoltare musica da sballo, di certo non unirsi a questo circo sanguinario.

«Allora, com'è nascere di nuovo?» Il dottore ridacchia dietro di me mentre mi fora con un'ipodermica. Il momento si espande; l'euforia si diffonde calorosamente attraverso le mie vene. Credo di essere sul punto di avere un intenso orgasmo, per l'afflusso del farmaco che mi ha appena iniettato. Una parte di me sta sperimentando il rapimento dell'estasi. «Dobbiamo fare in fretta, e spogliarti. Il prossimo spettacolo è fra pochi minuti. Quella gente spargerà rapidamente la voce.»

Non mi importa. Chiudo gli occhi non appena una sorgente di calore mi attraversa, rotolando. Il dottore ha trascinato giù dal palco quel Gesù morto e lo ha ficcato in un armadio pieno di altri corpi. Se ne stanno insieme in qualche regno crepuscolare, **lottando per conquistare territori e corone di spine, rappando veloci vangeli da gangster.** Quando avrò finito, qui, potrò fare il maestro di cerimonie nell'oscurità del martirio, diventare un fuorilegge o un messia. Il dottore resterà deluso, prima di poter far entrare i prossimi spettatori.

La ferita mi si sta muovendo sulla spalla e si avvicina al viso. Sarà tutto finito in fretta, se si infiltrerà nel mio molle occhio gelatinoso per trapanarmi il cervello.

Dovrei essere terrorizzato, ma non lo sono. Tutto quello che vedo è un liquame di colori: cremisi e ciano, verde bottiglia e nero mezzanotte. Sono all'interno del corpo morente, avvolto in una calda sonnolenza. Dal morto, da Dallas! Crudeltà calibro dodici! Sono un profano mortale e non sento alcun male!

# IL MARCHIO DELLA NOTTE

Julie sedeva nella sua auto dietro l'angolo di casa Bryant, aspettando che facesse buio. Non poteva rischiare di essere vista in pieno giorno, in piedi nel cortile di qualcuno, con le mani per aria. Un vicino ficcanaso avrebbe potuto chiamare la polizia, perché lei aveva un'aria dannatamente strana. Anche se quello era il modo in cui riceveva le percezioni migliori.

Finalmente il signor Bryant tornò a casa. Julie si portò lentamente col veicolo davanti all'abitazione. Con i finestrini abbassati, poté percepire la zaffata alcolica nella brezza, aspra nella sua scia. Si agitò. Sapeva che cosa stava succedendo, là dentro. O cosa sarebbe presto successo.

Julie sedeva nell'auto mentre il sole calava dietro gli olmi malati lungo l'isolato. Osservò il buio risalire la via come una fila di Cadillac nere in un contegnoso corteo funebre, lasciando ogni casa, al proprio passaggio, nella cupezza dell'ombra. Picchiettò con impazienza le dita sul volante finché il tramonto non avvolse il cortile dei Bryant in un sudario.

Era trascorsa appena una ventina di minuti da quando la bestia era entrata. Non c'era stato alcun rumore, e mentre stava in macchina lei non aveva percepito nulla. Ora che il funebre carro della notte era passato e il quartiere fiocamente illuminato appariva viscido al crepuscolo, la casa esplose in grida ubriache.

Julie scese dall'auto e si incamminò in silenzio attraverso l'erba non tagliata fuori dal vialetto, rimanendo accanto a un paio di alberi malaticci i cui rami lebbrosi le si afflosciavano intorno. La casa tremò mentre al suo interno i mobili venivano fracassati. La voce di Bryant era una sequela di oscene invettive che le fecero formicolare i polsi e le braccia, muovendole i capelli sulla testa come se dei vermi glieli stessero rimodellando.

Le grida di Joey, dieci anni, cominciarono abbastanza presto, e Julie sollevò le mani, con le dita strettamente unite fra loro in modo che nulla potesse scivolarci in mezzo o andare perduto. All'inizio le grida erano implorazioni, le onde rotolavano sopra di lei appena le catturava nella propria rete, le riceveva in sé e rabbrividiva; le sue dita vibravano come diapason.

Julie sospirò per quel violento attacco.

Rimase a bocca aperta. *Bene. Molto bene.*

E sospirò di nuovo, indebolita, finché la sua reazione si ridusse a rapidi, affannosi respiri.

* * *

Julie era stata attenta alla tempistica, e pochi secondi dopo aver percepito il bambino cadere in stato di incoscienza aveva chiamato anonimamente la polizia dal telefono installato sull'auto. Così da evitare pasticci e consentire ai piedipiatti di beccare Bob in flagrante. Se fossero trascorsi troppi minuti e Bryant avesse lasciato la scena, la moglie gli avrebbe fornito un alibi sostenendo che lui non c'era, quand'era accaduto l'*incidente*. Oppure i due genitori avrebbero trascinato Joey ai piedi delle scale, o all'esterno, in cortile, per lasciarlo vicino all'altalena, un facile capro espiatorio. Che magnifico meccanismo a orologeria. I Bryant sarebbero andati fuori di testa, nel vedere la volante della polizia arrivare così in fretta.

Si sarebbero dovuti presentare dal giudice già il mattino seguente. E questo avrebbe chiuso la faccenda, per lo Stato del Texas.

*Preso, Bob!* Julie annuì, soddisfatta.

Pensò che sarebbe dovuta tornare a casa prima che le arrivasse la chiamata dall'ospedale. Lo staff le avrebbe spiegato in che cosa consistevano le specifiche lesioni di Joey Bryant. Ma lei le conosceva già; ogni frattura, ogni lacrima e ogni colpo inferto ai tessuti molli mentre li sperimentava acutamente attraverso il proprio corpo.

Julie riprese la via di casa. Con i finestrini aperti poteva udire il chiacchiericcio ovattato delle torme di senzatetto che avevano occupato un settore del parco. Parcheggiò accanto al marciapiede e chiuse la vettura, incamminandosi verso casa con lo spray al peperoncino in mano. Non che fosse davvero preoccupata. Per la maggior parte quella gente era innocua, cercavano solo un posto dove dormire, lontano dal traffico. Tuttavia, era fastidioso tornare a casa ogni sera e trovare un diverso derelitto rannicchiato sui suoi gradini. La maggior parte del loro dolore era insignificante, per lei.

Trovò una ragazzina addormentata, quella sera, che si svegliò di soprassalto al suono dei tacchi felini di Julie che ticchettavano sul cemento.

«Va tutto bene, cara.» Julie le sorrise appena, mentre quella si strofinava con ansia gli occhi gonfi. «Non ti farò del male.»

Scrutandola più da vicino, Julia si accorse che quegli occhi non erano pesti per il sonno. Erano lividi. La ragazzina si mise a sedere, con in mano una bambola di pezza con capelli scarmigliati simili a ingarbugliati fili gialli. Vi era in lei una tragica attrattiva, un'imbronciata dolcezza, mentre studiava il volto di Julie. La donna frugò nella borsa e tirò fuori una caramella alla menta piperita.

«Una caramella, tesoro?» la blandì nel suo gracchiante accento di mezza età, chinandosi per offrirgliela. La bambina si protese per prenderla, fissando con cautela la mano di Julie come aspettandosi che un ragno vi uscisse fuori. Alla fine la afferrò, il leggero tocco delle sue dita umide contro il palmo della mano di Julie fu un contatto troppo breve da consentire a Julia di assaggiare il dolore della bambina. La donna aggrottò la fronte, richiudendo il pugno; la possibilità di una connessione fisica era sfumata. Peccato, quei lividi sembravano freschi come ciambelle di gelatina.

La ragazzina scartò la caramella e se la cacciò in bocca, scivolando lentamente giù dai gradini per andarsene. Julie vide striature schiumose che gorgogliavano da quelle sue labbra di ciliegia, per poi scorrerle lungo il mento. I rivoli si fecero rosa, quindi la schiuma divenne scarlatta. Julie fissò quel liquido colare rosso sulla t-shirt della bambina.

«Oh, mio Dio! Piccola!» Mosse un passo in avanti, sporgendosi per toccarla.

La ragazzina si voltò e fuggì, unendosi a una ragazza più grande sbucata da dietro un albero. Quella, col naso rotto e sanguinante, fissò Julie prima di correre via.

«Aspettate, ragazze!» le chiamò Julie, affrettandosi a seguirle lungo il marciapiede. Ma ormai erano andate.

Una volta entrata in casa, notò delle macchie sulla sua mano, cinque gocce di un rosso profondo che asciugandosi si gonfiavano. Sangue? Le dita della ragazzina erano forse ferite, quando aveva afferrato la caramella? Julie provò a lavarsi le mani nel lavandino del bagno. Le macchie non venivano via, doveva essere vernice.

Andò a frugare in garage finché non trovò un po' di trementina. Tutto ciò che riuscì a fare fu di increspare la superficie di quelle macchie, trasformandole in vesciche. Ma non facevano male, per niente.

«Che cosa è 'sta roba?» borbottò, provando a turno ammoniaca, detergente per mascara, sale, e Comet Cleanser. Quei prodotti bruciavano a nudo la carne intorno, ma non ottenevano alcun risultato con le macchie.

Squillò il telefono. Le chiazze potevano aspettare. Julie guidò fino all'ospedale. Quando si trovò finalmente nella stanza di Joey, gli promise che quella volta la cavalleria era arrivata per salvarlo.

E quando lui sollevò lo sguardo su di lei, tenendole fermamente la mano, mostrando il piccolo volto distorto dal dolore, Julie fu certa che le avesse creduto. Gli tenne la mano per quasi tutta la notte.

* * *

La mattina dopo Julie presentò il caso ai Servizi Sociali dello Stato del Texas. Il giudice tolse i diritti genitoriali ai due folli, ma diede solo una pacca sull'uccello di Bryant. Disse alla coppia di iscriversi a un programma di riabilitazione da alcol e droga e di farsi aiutare da un consulente. Julie salvò il bambino, ma Bob non finì in prigione. Una vergogna. Probabilmente non sarebbe mai andato in galera. A meno che – e Julie non poteva certo auspicarlo – un giorno Bob non si spingesse troppo in là e picchiasse a morte sua moglie. Quello scontroso, spregevole ignorante, dal lezzo di Twinkies e limonata Lynchburg.

«Cagna!» le urlò Bob Bryant fuori dal tribunale, mentre la tronfia consorte occhieggiava sprezzante l'assistente sociale, aggrappata al trespolo del suo braccio scrofoloso. «Chi diavolo credi di essere?»

«Solo un essere umano con dei sentimenti» rispose lei, arrotolandosi sulla lingua la parola *sentimenti*, apprezzandone l'ironica implicazione.

Nella hall principale del tribunale, un bambino si stava sporgendo verso l'acqua della fontana. Vacillò sui piedi scalzi, ma l'acqua schizzava fuori dalla sua portata. Julie gli si avvicinò, posando la valigetta.

«Ehi, campione, hai bisogno di un ascensore?» Lo afferrò per la vita e lo sollevò al livello della fontana. Lui ingollò acqua con avidità. Lei cercò di avvertire la fame nel ventre di lui, aspettandosi di percepire un cervello bramoso di proteine, di un succoso bocconcino, di qualsiasi cosa. Ma non c'era niente. La sua mente sembrava vuota. Il bambino smise di bere e si agitò finché lei non lo rimise giù. «Là. Meglio?»

Lui si voltò e la fissò con i più grandi occhi castani che lei avesse mai visto, incastonati sopra guance grigiastre e fossette. Gli mancava un orecchio, sotto i corti riccioli di capelli neri. Tessuto cicatriziale infiammato si increspava intorno al foro, a quella latenza biologica, come un foglietto di carta stropicciato. Si protese e le poggiò una mano sulla manica, come per ringraziarla.

«Prego, tesoro.» Sorrise forzatamente, ma si chiese come mai non avesse avvertito l'assenza di quell'orecchio quando lo aveva toccato, cogliendo l'aura fantasma che possedevano tutte le cose mozzate.

Lui sogghignò di rimando, l'acqua che aveva bevuto gli gorgogliò nella pancia, poi nella parte inferiore della gola, rovesciandosi copiosamente dalla bocca prima di arrossargli il mento.

*Questo bambino ha un'emorragia*, pensò. Quello si divincolò dalla sua presa e corse in mezzo alla folla di testimoni, giurati e contendenti convocati per quel giorno nelle diverse aule del tribunale.

«Aspetta un minuto! Ragazzino? Non scappare! Lascia che ti aiuti!» gli gridò. *Lasciati toccare.*

«Qual è il problema, Pillet?» le chiese un amico avvocato.

«Hai visto dov'è andato quel bambino?» balbettò, cercando di individuarlo nella calca.

«Quale bambino?»

«Quello di colore. Sanguinava dalla bocca. L'ho aiutato a bere un po' d'acqua.»

L'avvocato guardò verso la fontana.

«Dannazione, direi proprio che sta sanguinando» rimarcò, indicando la chiazza rossa che si andava diluendo. «Ti ha fatto lui questo, sulla camicia?»

C'era una mano cremisi stampata sulla manica di Julie, un piccolo palmo a forma di cuore con le tozze dita ben distinte. Il tessuto le aderiva umidiccio alla carne del braccio.

Julie si chinò per prendere la valigetta e notò le orme. Sei piccole impronte insanguinate che si allontanavano da lei. Non più di una mezza dozzina, non una singola traccia in più.

«Deve stare davvero male» disse l'avvocato appena le vide. Provò ansiosamente a scrutare in mezzo alla folla per individuarlo. Julie sentì uno schiocco mentre lui si leccava le labbra a quel pensiero.

Sotto la camicetta, sotto la manica, Julie poté avvertire delle bolle che crescevano. Nessun dolore. Si domandò se anche quelle fossero rosse, fissando le macchie color rubino stampate nel palmo della sua mano. Sollevò la manica, aprendo il bottone del polsino. La sagoma del contorno della mano del bambino si era sviluppata in vescichette simili a gocce di pioggia, più profonda di una voglia di fragola, come se il bambino l'avesse ustionata. Julie toccò una vescica con cautela, premendo finché non riuscì a percepire la gelatinosa umidità muoversi al suo interno.

Con rabbia, sollevò una mano, nel modo meno appariscente possibile, rivolgendola all'esterno come un'antenna, per cercare di individuare il ragazzino. Ma non avvertì nulla. Forse era meglio così. Se avesse captato qualche importante ferita interna, non ci sarebbe stato alcun modo – là, in quel luogo pubblico – di nascondere gli improvvisi sussulti e gli strazianti sospiri che l'avrebbero assalita.

* * *

«Signorina Pillet» cominciò l'intervista Leiah Alvarez, «è un fatto che gli abusi su minori siano in aumento, e che abbiano raggiunto davvero proporzioni epidemiche. Secondo lei, quali sono le cause di questa escalation da parte della gente, nel ridurre i propri figli a vittime?»

«Le stesse di sempre» disse Julie, guardando con calma in camera. «Frustrazioni legate al posto di lavoro... o alla mancanza di esso. La paura di quanto sta accadendo nel mondo, e l'infelicità nella vita personale. La gente avverte di non potersi rivalere nei confronti di tutti quelli che contano: il governo, il datore di lavoro, perfino gli altri automobilisti sulle strade. Così se la prende con i bambini. È l'unico settore della vita del quale si può controllare la situazione, in qualche modo.»

«Ma come può qualcuno far del male ai propri bambini? Così brutalmente? La maggior parte di loro li ama davvero, non è così?» incalzò la giornalista, apparendo adeguatamente rammaricata a beneficio della telecamera.

«Be', Leiah, sì. Molto probabilmente li amano. Ma deve ricordare che molti di questi genitori violenti sono stati loro stessi vittime di abusi, quand'erano giovani» rispose Julie meccanicamente. Era la risposta adatta. Non poteva dir loro la verità, che era il destino di alcuni, quello di mangiare gli altri. Che la violenza è l'insulina per l'istinto primordiale, e stimola quello che è un riflesso umano, dell'animale civilizzato. «È un circolo vizioso. Sono stati picchiati, e picchiano a loro volta; poi i loro bambini crescono per picchiare i *propri* figli. È un'aggressione mal indirizzata, una risposta automatica a un profondo stress che può essere gestita solo attraverso educazione e consulenza. Come i programmi di assistenza familiare sponsorizzati dal nostro ufficio.»

Risposta corretta, pulita.

«Come rappresentante e operatrice nel campo dei servizi sociali, come riassumerebbe il ruolo del suo dipartimento nella lotta contro questo ciclo di abusi? Come fa l'assistente sociale ad affrontare questa violenza, giorno dopo giorno, senza rimanere ottenebrato da tanta miseria?» domandò l'Alvarez a conclusione dell'argomento.

«Per rispondere alla sua prima domanda, il ruolo del nostro reparto è quello di essere presente per la famiglia, soprattutto per i bambini. In quanto al modo in cui evitiamo di farci vincere dall'apatia, di diventare insensibili... Mai perdere il contatto con i sentimenti. I bambini non possono reagire.» Julie sorrise materna, come da copione memorizzato a fondo. «Sono troppo giovani, troppo indifesi. Noi, in quanto adulti, dobbiamo lottare per loro. Sia che voi vediate i loro problemi e ne siate toccati, o meno. Quel 'tocco' è tutto ciò che hanno. È la loro unica arma di difesa.»

L'inquadratura dissolse lentamente in nero su Julie seduta assieme a un gruppo di ragazzini maltrattati. Quelli le sedevano intorno su una gradinata, come in un'istantanea da corrispondente di Guerra; alcuni con arti ingessati, tutti quanti con volti troppo saggi per la loro età. Appena la ripresa fu interrotta, una bambina strisciò fino a Julie e la baciò su una guancia.

«Oh, grazie, tesoro.» Julie si voltò e sorrise. I serici capelli castani della ragazzina erano stati tagliati in un caschetto molto corto. Indossava un'intera collana di tonde bruciature di sigaretta attorno alla gola, quasi una mutilazione rituale simile ai tatuaggi realizzati da certe tribù primitive. Ne esibiva un'altra al centro della fronte dorata, un lucido marchio di casta. La bambina balzò all'altro lato di Julie e risalì ancora, baciandola sull'altra guancia con labbra umide. «Quanto sei dolce! Come ti chiami?» le chiese Julie. Non la riconobbe come uno dei suoi casi, ma proprio non la conosceva? Julie aveva visto ustioni esattamente simili a quelle, in precedenza.

La ragazzina tossì. Un sottile filo di bava collosa le scese oltre il labbro, striandole il mento in pallidi viticci gommosi. Celando il proprio disgusto, Julie prese un fazzoletto di carta per pulirla, immobilizzandosi subito quando la saliva cominciò a diventare rossa. Un fiotto vermiglio di quel liquido gorgogliò fuori da una delicata narice. La bambina tirò su col naso. Julie pensò al bambino della fontana.

«Chi sei?» ringhiò Julie fra i denti, afferrandola per un braccino, sperando di non farsi sentire dai giornalisti che ciondolavano lì attorno.

Ma non era più la stessa persona. Quello che stava stringendo ora era il braccio di un ragazzino dai capelli ramati e dalla faccia lentigginosa. Che si rannicchiò.

«Sono Leo, signorina Pillet. Leo Arco. E lei sa che ho una gamba rotta» piagnucolò.

Julie lo lasciò andare e si voltò di scatto, cercando la bambina dai capelli scuri. «Leo? Hai visto quella bambina sudamericana? Sui sette anni? Era proprio qui!»

Il ragazzino scosse la testa.

Poi lui la indicò col dito. «Che cos'ha sulla faccia, signorina Pillet?»

Lei strofinò le nocche su entrambe le guance. Poteva già sentire le protuberanze.

Una ragazza scoppiò a ridacchiare, indicando anche lei il volto di Julie.

«Guarda, Keesha, ha due bacioni sulla faccia!»

Julie estrasse dalla borsa lo specchietto ad astuccio e lo aprì. Un paio di immacolati boccioli di rosa – come disegnati con un vivido rossetto – tingevano le sue guance lisce. C'erano chiazze di sangue su entrambi i lati, dove la ragazzina si era inginocchiata. E tre o quattro impronte di piedi scalzi laddove quella era passata da una parte all'altra.

Julie corse fuori dall'ufficio, prima che qualcun altro – qualcuno dei media, per esempio – potesse vedere. Tenendosi le mani sul volto, tagliò verso l'ascensore. Fu costernata nel trovarlo occupato. Tre operai del Food Stamp Program scendevano al piano successivo. Si nascose il viso finché non se ne furono andati. Dietro di loro c'erano due ragazzini, gemelli. Quelli rimasero nell'ascensore. Julie li fissò mentre premeva il pulsante per il parcheggio sotterraneo, notando che sulla pulsantiera non erano state prenotate altre fermate.

«A che piano state andando, ragazzi?» chiese Julie, tesa.

Non dissero nulla; la guardarono solo, nervosamente.

«Be', io scendo al garage. È là che state andando?»

Annuirono, sbattendo gli occhi, sincronizzati. Erano connessi, in qualche modo; identici spazi vuoti fra i denti, la doppia contusione a farfalla causata da pugni sferrati sullo stesso osso due volte... sulla guancia destra. A entrambi mancavano i mignoli della mano sinistra, all'altezza della seconda nocca. Le espressioni sui loro volti erano di sbigottita, psicotica nevrosi.

Quella volta non ebbe difficoltà a ricordare. Aveva seguito i casi di sole due coppie di gemelli, nei suoi quindici anni di servizio come assistente sociale, e l'altra era una coppia di ragazze. Thomas e Dominick.

Julie ricordava cos'era successo a Tom e Dom. Erano stati separati e mandati presso due diverse case-famiglia. Tom era morto a dodici anni per una lacerazione al colon ed emorragia interna. Dom si era suicidato all'età di tredici anni. Caso chiuso.

Ma non era possibile. Quello era accaduto dieci anni prima. Sarebbero stati di dieci anni più vecchi, comunque. Qualcuno, ovviamente, voleva farle credere che quelli fossero Tom e Dom.

«Chi è che vi ha mandati? Confessatelo subito! Sono stufa di questa merda» disse, muovendo minacciosamente un passo verso di loro nell'angusto ascensore.

I ragazzini si ritirarono contro la parete di fondo, chinandosi e accovacciandosi sui talloni.

Cominciarono simultaneamente a pisciarsi nei jeans.

Piagnucolarono all'unisono mentre l'urina scorreva sul pavimento fino a raggiungere i tacchi alti di Julie. Lei smise di avanzare, schifata, mortificata. L'urina evaporava, scintillando dal giallo al rosso.

L'ascensore si fermò e la porta si aprì. Julie si voltò, sentendo parlare ad alta voce. Un gruppo di bambini stava correndo verso le vetture, fino a raggiungere la sua auto parcheggiata poche corsie più giù. Tiravano mattoni e bottiglie contro il parabrezza e i finestrini laterali. I pezzi di vetro inondarono i sedili, e l'allarme dell'auto cominciò a suonare.

«Ehi! Maledizione, piantatela!» gridò con rabbia.

I gemelli richiusero le mani a pugno e la colpirono alle spalle facendola barcollare fuori dall'ascensore. Poi le sfrecciarono di lato, unendosi al gruppo che se la stava filando, scomparendo prima che potesse vedere da che parte erano andati. Le loro voci sparse echeggiarono nel sotterraneo, dissolvendosi sotto la sirena dell'auto.

Julie tentò di inseguirli, raggiungendo l'esterno, percependo solo macchie vuote, spazi confusi e bui, come se avessero fracassato anche le luci del garage. Non le restò che tornare all'auto, avvicinandosi a ispezionare il cofano ammaccato, disseminato di mattoni. Si chinò nell'abitacolo e spense l'allarme. Rimase là, in piedi, tremante, cercando di convincersi di essere più furiosa che spaventata.

Non erano Tom e Dom. Non potevano essere davvero loro, perché erano morti un decennio prima. Così come il piscio non si era effettivamente trasformato in sangue, perché ciò non era nella natura dell'urina.

Proprio come tutti i bambini che aveva visto ultimamente, con i loro baci insanguinati e le mani bagnate di rosso e le impronte scarlatte; non erano veramente così.

Si portò sull'altro lato dell'auto, dov'erano passati quei bambini. Un centinaio di impronte o forse più: talloni, dita e piante dei piedi stampati in color carne sotto la luce grigia del garage. Accesi come vernice brillante, si sovrapponevano diramandosi dalla macchina e allontanandosi di pochi passi in diverse direzioni. Poi, più nulla.

Una gang di strada? Alcuni di loro erano terribilmente giovani, ma oggigiorno le bande reclutavano elementi del genere. Mocciosi dall'aria ostile con fucili d'assalto. Ma perché erano tutti quanti scalzi?

I gemelli l'avevano toccata; le avevano dato un pugno, in realtà. Più che altro per spingerla fuori dall'ascensore in modo da poter scappare.

Sfilò le maniche della giacca e pose l'indumento di fronte a sé. Il suo cuore sprofondò. Notò piccoli pugni cremisi, impressi, colorati. Avevano attraversato anche la camicetta, fino alla schiena? Se li sentiva tra le costole e lungo la spina dorsale. Nessun dolore. Comunque, c'era più di una ventina di soffici bozze, in un crescendo di eruzioni cutanee. Se si fosse tolta la camicia e si fosse guardata in uno specchio, avrebbe visto altri segni di nocche simili a cupcakes glassati di colore rosso come quello da camion dei pompieri?

Qualcuno le stava facendo tutto ciò. Qualche bastardo vendicativo – un padre o una madre che Julie era riuscita a far finire in galera – che adesso era uscito e voleva pareggiare i conti, reclutando quei ragazzini per marchiarla, con vernice rossa, come per imprimerle sulla pelle delle lettere scarlatte. Sicuro, era così.

Ma non comprendeva il fatto di non poterli *sentire*, attraverso le sue mani. Stava perdendo la capacità di percepire le cose? Alla sua età, stava appena cominciando a entrare in menopausa. Forse il suo dono si stava esaurendo di pari passo con gli ormoni? Sarebbe andato tutto perduto, un giorno, e quegli stimoli zuccherini si sarebbero smarriti fra ombre fredde e insapori?

Julie si toccò le guance, ancora consapevole dei boccioli delle vesciche. Sulle mani dei bambini doveva esserci una tintura lievemente istaminica a causarle il gonfiore, una reazione allergica da parte sua, probabilmente nemmeno prevista dall'istigatore di quella piccolo truppa, mentre in bocca dovevano avere del colorante alimentare. Questo aveva senso. Avrebbe preso un appuntamento da un medico, in mattinata. Il dottor Curtis sarebbe stato in grado di identificare esattamente ciò che avevano usato. Magari le avrebbe anche prescritto qualcosa per rimediare a tutto quanto.

Semplice tintura e coloranti alimentari. Quello che alcuni genitori vendicativi consideravano uno scherzo.

Ma come avevano realizzato le impronte? Provenienti dal nulla, e dirette da nessuna parte?

Julie sorrise. Facile. Le orme erano già lì, dipinte in anticipo, prima che lei arrivasse e che i bambini seguissero il copione. C'era quasi cascata. Solo che adesso avrebbe mostrato loro con chi avevano a che fare: una donna indurita che ha visto sangue, ossa rotte, ustioni e traumi ogni giorno, e che li ha semplicemente fatti scorrere attraverso di sé, come un bagno in oli profumati, una melodiosa onda sonora, una fragranza nel vento.

\* \* \*

Guidò fino a casa dei Terrel e attese che le luci al pianterreno si spegnessero. Aveva noleggiato un'auto, dopo quanto era successo alla sua. La parcheggiò all'ingresso del vicolo che passava sul retro della casa, fiancheggiando il cortile e le finestre illuminate delle camere da letto dei bambini, al piano superiore.

Clayton e Ida Terrel erano una delle coppie di genitori adottivi da lei preferite. Si erano presi carico di alcuni dei suoi casi per dodici o tredici anni. Julie aveva sempre potuto contare su di loro. Sottraendo i bambini da situazioni precarie, da inferni viventi, Julie li aveva collocati presso gente come Clayton e Ida, che facevano sentire i ragazzi al sicuro per la prima volta nella loro vita. Davano loro almeno un mese per ambientarsi, per lasciarsi andare, per recuperare un po' della loro innocenza. Prima di mostrare loro cosa significava passare dalla padella alla brace.

Julie li conosceva da molto tempo. Be', non c'era modo di ingannare qualcuno così a lungo, viste poi le sue capacità.

Clayton l'aveva beccata, una notte, aprendo una finestra. Julie era fuori, paralizzata, le mani sollevate, irretita tra onde di terrore, sballottata da traumatiche correnti che la stavano trascinando via nella loro marea. Aveva avvertito uno spostamento, e capito al volo che qualcosa non andava, con loro. Aveva aperto gli occhi, e i loro sguardi si erano incontrati.

Avevano fatto un accordo. Solo il giovedì sera, verso le dieci, ogni settimana, senza mai sgarrare, avrebbero consumato le loro private atrocità, come sempre attenti a non lasciare sui bambini cicatrici esterne riconoscibili.

Julie avrebbe fatto in modo che la coppia non venisse esclusa dal programma, o addirittura perseguita dalla legge. Teneva le loro stalle sempre ben rifornite, passando loro nuovi bambini via via che ne consumavano.

I Terrel non erano la sua unica famiglia speciale. Oh, la maggior parte di loro erano persone 'rispettabili', che favorivano i bambini orfani o vittime di abusi, percependo la loro quota pro capite dallo Stato del Texas, per vitto-alloggio-vestiario-scuola. Tutta gente regolare, quasi noiosa. Poi c'erano persone come i Dillon, che avevano la domenica sera per scatenare i loro inferni, i Jackson, che contavano sul martedì e i Terrel sul giovedì.

La recinzione metallica era ricoperta di caprifoglio profumato, costeggiata da una fila di bidoni della spazzatura ben chiusi e lucidati. Ida vi aveva dipinto sopra degli occhi e legato attorno dei grembiuli decorati, per farli apparire graziosi. L'aria primaverile era ricca di fragranze floreali. Julie vide del polline veleggiare come pulviscolo al chiaro di luna. Controllò il quadrante luminoso dell'orologio. Le dieci in punto.

Divaricò i piedi in modo da mantenersi in una posizione salda, consapevole del fatto che quanto stava per attraversarla le avrebbe provocato vertigini. Sollevò le mani, unendo le dita.

Le cose stavano cominciavano, al piano di sopra. L'iniziale ronzio del terrore infantile – un oppiaceo più potente della paura degli adulti – le informicolò il centro dei palmi come un leggero shock elettrico. Il voltaggio montò appena l'onda d'urto diminuì la propria frequenza, e la corrente si stabilizzò in un uggiolio di watt. I peli lungo le braccia fremettero, bruciacchiati e arricciati per il calore. Clayton stava superando se stesso, e anche Ida era là. Sì, sì, aveva messo... quale dei due bambini?... Tina, a giudicare dal profumo, dalla sensazione... nella sua posizione preferita, mentre Ida le teneva sepolto il viso nel proprio grembo puzzolente. Julie poté avvertire la penetrazione, si infiammò; umido olio incendiato le inzuppò contemporaneamente le labbra superiori e quelle inferiori. Il suo intero corpo fu galvanizzato, scosso dal flusso di quella corrotta energia astrale.

Non c'era nulla di simile al terrore. Non la semplicità dell'amore, né la complessità dell'odio, neppure lo psicotico impulso a uccidere. La paura era la migliore, al suo più osceno culmine creava una sorta di fusione tra gli atomi di auto-distruzione e disperazione. Esplodeva attraverso le membrane empatiche come la tempesta di fuoco generata da un'esplosione nucleare.

Questo era ciò che Julie amava, e per cui lavorava. Non si era mai sposata perché nessun banale rapporto fisico poteva offrirle ciò che il puro impulso cinetico le procurava. Il coito ordinario si trascinava a passo di lumaca, impallidendo al confronto con quell'incenerimento psichico. E quella sera, quella sera era... ah, magia combustibile! Un olocausto di violenti brividi e infinite, eccezionali sudorazioni. La paura della bambina era totale, essendo del tutto soggiogata da quei diavoli. Clayton era il demone che marchiava a fuoco, e Ida la terribile dea del crogiolo.

Julie li avrebbe ripagati, per questo. Avrebbe dato loro Joey. Quel ragazzino aveva una notevole predisposizione al crollo completo. Cosa di cui quella coppia avrebbe potuto profittarsi, lavorandosi Joey Bryant.

I suoi occhi si chiusero, rovesciandosi e mostrando il loro bianco, mentre le delicate ciglia svolazzavano. Vide chiazze di ardente bestialità perforare il buio come lampi di conoscenza. I confini del suo spazio vuoto si stavano avvicinando, quando la sua pelle cominciava a brillare.

Come se fosse stata strofinata con stelle, e divenuta santa.

Il centro del suo palmo esplose. La trascinò in avanti. Le dita scarlatte, le vesciche sul suo braccio rotte. Il vuoto era scomparso, i suoi confini ignorati. Dov'erano le sue stelle? Con un sussulto tornò nel vicolo. Le morbide bocche a bocciolo sulle sue guance si squarciarono, non più in grado di contenere il loro liquido ribollente. I pugni sulla sua schiena subirono una fissione carnosa, scoppiarono, vomitando sangue attraverso i buchi fumanti sui suoi vestiti. Julie aprì gli occhi e cercò di gridare, ma era debole per via delle emanazioni, come le accadeva sempre in quella fase. Ciò che le salì alla gola non era nemmeno un rantolo.

Fu un sospiro devastato.

Alla luce della luna capì di essere ricoperta di sangue, che pioveva dai crateri delle impronte delle dita e dai vulcanici baci sulle guance, sfrigolando mentre zampillava. Sotto il bagliore lunare, che si espandeva al di sopra delle spettrali luci dei lampioni, ben oltre il vicolo, Julie sembrava una madonna in frantumi, una santa medievale che si scioglieva da strane stimmate.

Cadde, annusando il sale e il ferro che si sovrapponevano amari al nauseante caprifoglio. Che cosa mi sta succedendo? pensò.

(Troppo…sono stata ingorda e sono implosa da sola.)

Quella non era una gustosa bruciatura, e la sua agonia non era sublime come poteva apparire, mentre scalciava a terra nel tentativo di risollevarsi. Il suo respiro usciva in fievoli fischi.

C'erano delle impronte rosse nel vicolo, che sembravano nere, al chiaro di luna.

La gang era lì. Gli orfanelli, di ogni forma-colore-dimensione. Nelle sue condizioni, e percezioni, erano come zaffate di un vago ricordo di mirra.

Dolci bambini, ornati con gioielli di ustioni e tatuaggi di frutta marcia. Alcuni erano più piccoli, altri adolescenti; facevano fuoriuscire colorante alimentare dalle bocche, come se fossero state trattate con ghiaccioli a buon mercato. Ce n'erano così tanti, ritti in piedi a formare un cerchio intorno a Julie, mentre lei soffriva, piegandosi in due per poi tendersi ad arco sopra i bubboni pulsanti sulla schiena. Si rigirò, la bocca stirata in un singhiozzante squittio.

Tom e Dom stavano l'uno accanto all'altro, uniti per le piaghe. Tom guardava in su, verso la finestra della camera da letto, verso la luce che si affievoliva, si spegneva, fine dello spettacolo.

Julie lo aveva dato ai Terrel, anni prima. Era morto per la lacerazione del colon.

*Hai un aspetto familiare*, canticchiò dentro la propria testa nel vedere quella faccia latte e miele. *E anche tu*, disse tremando all'altro, *ma non posso esserne certa.*

Percepiva, ancora in sovraccarico, profumi familiari, reminiscenze di muschi, i migliori frutti della notte. Il sangue sgorgava sempre più copioso.

Si protesero, per osservarla più da vicino. (Mi vede, signorina Pillet? Lo sa chi sono? Si ricorda di me, signorina Pillet? Mi dica che non mi ha dimenticato.)

*Mi avete minata*, pensò Julie, vedendoli attraverso una foschia rossa. *Avete trasformato il mio corpo in un campo minato.*

(Quel tocco è tutto ciò che hanno. È la loro unica arma di difesa.)

Julie cercò di trascinarsi via. Le ferite si aprirono, si rovesciarono, crearono fanghiglia sotto di lei.

*Solo un grido. Clayton scenderà e mi salverà.*

«Hai un aspetto familiare» mormorò, quando la ragazzina sudamericana con i capelli alla Peter Pan e il livido cheloide sulla fronte strisciò verso di lei.

La toccarono e l'accarezzarono, con dita grasse come sanguisughe, la baciarono con le loro bocche di ciliegia. Fondendosi con Julie nel buio, frusciando debolmente in ogni singolo, piccolo abbraccio.

# BOCCA DI BISTURI

Gli occhi di Lolita stavano cominciando a chiudersi. Non era stata capace di dormire, prima di quel momento. Non aveva dormito per giorni, forse. All'incidente era seguito un intervento chirurgico durato un giorno e un notte, dopo che l'ebbero trovata nella sua auto, nel fosso.

Capovolta.

Trafitta, compressa, in preda alla claustrofobia. Il piantone dello sterzo come indesiderato amante premuto contro il bacino.

Aveva familiarizzato con ciascuno dei minuscoli quadretti in cui si era frantumato il vetro di sicurezza, durante le ventiquattr'ore di contatto ravvicinato.

Le fauci della vita.

L'anestesia fu una pietosa parabola sintonizzata su un altro mondo.

Va bene, così avrebbe dormito, *quindi*. Sotto gas e sotto vetro, come un fagiano pronto per essere spiumato, legato e affettato.

Ma non aveva ancora dormito.

A nulla erano serviti i farmaci che le avevano iniettato, né le pillole grosse quanto le palle pelose di alcuni infermieri: era del tutto cosciente, e percepiva tra ottusi sfarfallii il trauma della commozione cerebrale e della compressione.

Ma nemmeno poteva rimanere sveglia così a lungo, con la paura dell'inevitabile caduta verso sogni d'orrore, di acciaio pesante che scivola e si intrufola. (Detroit crea mostri di Frankenstein capaci di schiacciare tutto come la creatura di Mary Shelley, ma senza un cuore. Non c'è alcun intelletto nel blocco motore, che nello schianto ti trafigge come una farfalla in volo).

«Ehi, sei proprio fortunata!» aveva dichiarato il dottor Preston, ghignando nel caos postoperatorio. «Diversi posti si sono resi disponibili nel reparto speciale. Avrai un sacco di compagni. Altrimenti saremmo stati costretti a sistemarti nel piano dei bambini.»

Là, dove la carta da parati era coperta da anatroccoli e coniglietti. Bambini e bambine, ai quali hanno solo asportato le tonsille, sarebbero stati in soggezione alla vista di quella donna adulta cui hanno rimosso alcune parti, tanto da non essere più alta di loro. Quali incubi gli avrebbe procurato! Il gelato era dentro i frigoriferi, lì nei paraggi, per le loro morbide gole, ma naturalmente lei non sarebbe stata in grado di alzarsi e di prenderne uno. Non la povera Lolita.

Almeno poteva nutrirsi da sola. Erano così tanti, nel reparto speciale, quelli che dovevano essere alimentati per endovena. In un rumoroso, acquoso risucchiare,                              biascicare,                              sputacchiare. Un sacco di compagni.

Amputati e mutilati. Corpi **in sospensione**. Che vorrebbero fuggire. Che non possono correre né camminare. Che neppure possono danzare la hola, nonostante i lembi di garza su alcuni di loro ondeggino come gonnellini di paglia.

(Notte. Notte. Io dormirò. Gli occhi che finalmente si chiudono. Tutta quella roba per cena. Mi domando perché le infermiere ci abbiano dato così tanto da mangiare. Dev'essersi trattato di un errore in cucina. E il liquido dentro alcuni tubicini è più denso, coagulato, come se lo avessero mescolato a pezzettini di erbe e spezie. Stanno cercando di marinarci?)

Alla deriva. Avvertì nuovamente la pressione. Non quella della collisione iniziale, ma delle sensazioni che seguirono. L'incidente in sé era stato troppo veloce per generare davvero una gamma di sensazioni ed emozioni precise. Ma le conseguenze, con il pizzicore soffocante, l'afflusso sanguigno a pulsarle nelle orecchie come in orgasmi multipli, l'idea che lei e le spire di metallo si fossero uniti per divenire un cosa sola. Non era mai stata tanto vicina neppure a un amante umano.

Lo shock aveva relegato gran parte del dolore a ottundersi per un po', rendendo l'esperienza allucinogena grazie ad adrenalina e serotonina. Trascinandola fuori dal corpo fra lampi psichici, abbracciata da spiriti che all'orecchio le bisbigliavano dei miti sulla vita nata in qualche sorta di fornace. O la parola usata era *crogiolo*? Spettri con affilate unghie di cruscotto artigliavano con passione le sue cosce e sondavano l'umidità in mezzo a loro con spettrali mani richiuse a pugno, grandi quanto il carburatore conficcato nel suo grembo con la fatalità di un amore brutale. Non vi era un tunnel di luce, ma una strana specie di divano sul quale si alternavano dei fantasmi neri, fisicamente inarrestabili. Fu così che trovarono la sua auto nel fosso. Qualcuno che si era fermato per leggere una mappa, aveva abbassato il finestrino e udito i suoi gemiti. Ma quei lamenti provenivano da una Lolita incosciente, dilaniata fino all'estasi dalla sua mastodontica, distrutta V-8.

Andava tutto bene. Nessuno aveva sogghignato. I suoni del tormento erano gli stessi.

Lolita, chiudendo gli occhi, pensò che se avesse provato a immaginare con sufficiente tenacia avrebbe potuto fingere che il reparto speciale fosse un'orgia, e che quelli che udiva fossero piagnucolii e gemiti di piacere. E che lei fosse solo una delle partecipanti a quella grande, mortale maratona sessuale nella quale si soccombeva, si moriva, si rinasceva nel fuoco.

«Oh, Dio, sta arrivando» sussurrò Mory. La sua voce era dolce, logora a causa di una rozza tracheotomia eseguita da un collega con un coltellino tascabile economico per permettergli di respirare, quando i piani dell'edificio che stavano lentamente costruendo erano crollati. (Lo avrebbero dotato di uno di quei piccoli amplificatori, rendendolo simile a un fantascientifico robot di terza categoria?)

«Chi sta arrivando?» gli domandò Lolita. Si rigirò nel dormiveglia. Non era veramente infastidita dal fatto che l'avesse svegliata. Mory parlava così di rado. Era troppo difficile, per lui.

Sentì il suo respiro affannoso mentre cercava dolorosamente di rispondere. Si voltò per guardarlo alla pallida luce concessa nottetempo nei reparti. Si ricordò di quei cartoni animati in cui coyote e gatti vengono schiacciati quando i loro piani vanno a rotoli, e piovono loro addosso pianoforti o magli grandi come montagne. Un lato della faccia di Mory era appiattito. Tutto il suo lato destro era stato livellato, ammorbidito, granulato. Aveva un solo polmone, mezza gabbia toracica, un rene e un testicolo. Le macchine che contribuivano a far funzionare tutto mormoravano senza sosta.

«Avranno letti disponibili, domani» le disse Mory con aria allusiva; lo sguardo del suo unico occhio, il sinistro, era terrificante. Era talmente iniettato di sangue, e sporgente, che Lolita si aspettava che saltasse fuori, lasciandolo completamente cieco. «Non credo che prenderà me, comunque. Sono così magro, ho solo una parte.»

Lolita si chiese se Mory intendesse scherzare. Poteva sentire gli altri ricoverati battere i denti. Alcuni stavano cercando di raggiungere il pulsante per chiamare l'infermiera, sistemato ovunque avessero potuto pigiarlo in fretta. Alcuni lo tenevano accanto al cuscino, per premerlo col naso.

«Non vi preoccupate» li ammonì qualcuno, con voce tremula. «Non verranno. Probabilmente non sono nemmeno alla stazione. C'è un altro festino all'obitorio, stasera. Ho visto l'infermiera Griffin con le sue calze nere in lattice, e questo significa sempre che ci sarà baldoria all'obitorio.»

Si udì un rumore in corridoio. Qualcosa rimbombò con lo stesso fragore prodotto da uno sportello d'auto contro un albero, quando il veicolo sbanda.

«Chi sta arrivando?» domandò Lolita, ma solo dopo aver abbassato di una tacca il volume della voce. Aveva visto le pareti tremare? I medicinali rendevano gli oggetti solidi simili a nebbia, e li facevano muovere come metalli morbidi.

Le persone immobilizzate nei letti del reparto tremarono. Lei li fissò, guardandoli mentre cercavano di far oscillare gambe inutili per fuggire su nubi di piaghe da decubito. Invalidi che non avevano mosso un muscolo da quando lei era arrivata adesso si trascinavano lenti e si ammassavano, nel tentativo di fuggire.

Il fiato dalla gola di Mory sibilò: «Bocca di Bisturi!»

Quello si fece avanti a lunghi passi, chinandosi per passare sotto lo stipite della porta, stirandosi poi per tornare alto e flessuoso, la testa troppo lunga. Il profondo taglio sopra il suo mento stava scintillando.

E ticchettava. Lolita vide quella sua testa troppo lunga ruotare, e seppe che stava cercando, come un radar, le suture alla base delle loro spine dorsali e le fonti del vino che ribolliva dai buchi di trapano nelle loro teste.

Un fetore, fluttuante e virale, strisciò fuori dalla sua larga divisa bianca. Puzzava, perché veniva dal lazzaretto. Si era saziato con croste e cancrena. Ora voleva la carne più dolce di un paraplegico impotente. La cotica suina di un antipasto a base di amputazioni, la cremosa schiuma di frappè di un paralitico affetto dal Parkinson.

Lolita sentiva una voce che la infastidiva, nel retrobottega della propria mente. Ricordando qualcosa di capovolto, sognando il dolore di un bestiale stupro cromato.

*Incomincia nel minerale, Lolita. Striscia e risale attraverso la vena della montagna.*

Bocca di Bisturi fece una smorfia in segno di saluto da quell'oscurità chirurgica. Fece scattare le fauci come nacchere da escissione, e si leccò le labbra d'acciaio inossidabile. La lingua era striata di cicatrici.

Che cosa era? Un medico, o un vassoio di strumenti? Qualche strano ibrido creato durante una delle orge all'obitorio, quando i membri del personale aveva in corpo troppo etere e Jack Daniels, sentendosi grottescamente divini?

L'allampanato mostro all'ingresso del reparto speciale leccava con quella sua lingua intagliata, immaginando gli umidi grumi che avrebbe degustato.

Voltò la lunga testa a destra e a sinistra, poi si avvicinò furtivo a Mory.

«Tenero» disse con approvazione, e si chinò dando le spalle a Lolita. Si udì un rumore non diverso dalla lacerazione di lenzuola bagnate, come di stridore elastico che potrebbe produrre una caramella toffee allungata all'estremo. Mory rantolò attraverso la gola bucata, un ottuso nitrito.

Due degenti immobilizzati riuscirono infine a darsi una spinta e a cadere dai loro letti, ma Lolita non riuscì a vedere se vi fossero rotolati sotto. Avrebbero potuto farlo? Com'erano fatti, i letti di quell'ospedale speciale? Avevano dello spazio, sotto, perché le ombre ci si potessero accovacciare e le infermiere ci potessero riporre ciò che raschiavano via da bende e padelle?

*Quello che passa attraverso il crogiolo alla fine ha il potere di sostituire la carne. Se c'è tempo a sufficienza. Alla fine i tuoi pensieri non si cureranno più del mio accoppiamento con te. Ho una sorella, da qualche parte, che fa l'insegnante, e ha un'anca in acciaio inox.*

Memorie di conversazioni (o minacce) del blocco motore. *Ti senti gelare? Fredda come il metallo della terra? Anche le otturazioni nei tuoi denti possono renderti meno umana.*

Cos'era quel Bocca di Bisturi? Aveva importanza? Un folle drogato, dotato delle più recenti e bizzarre applicazioni che la chirurgia plastica possa ideare, oppure una combinazione di sepolcro e fonderia? C'era qualcosa, nel ronzio delle componenti intorno e dentro di lui, che fece raggrinzire l'utero astrale di Lolita, ripensando all'incidente, alla voce, la voce... dell'auto.

Non dell'auto. Del metallo.

*Stupri e saccheggi nella rivoluzione industriale. Distendersi ed essere lacerati e conquistati. Distendersi, e godersela.*

Bocca di Bisturi si mosse a scatti attorno a Lolita, con piatte strisce di carne penzolanti dal suo sorriso. Lei avvertì un languore all'inguine. Era intrappolata, nonostante agitasse le braccia ancora in perfette condizioni. Le esalazioni della sua paura erano stuzzicanti come traspirazioni di Roquefort.

Il motore in realtà aveva continuato a macinare, dopo che ebbe finito di rotolare fuori dalla carreggiata piovosa. Aveva ronzato e ringhiato, sporgendosi verso di lei. Dicendole: *Io ho uno zio con una piastra d'acciaio in testa che lavora al Pentagono.*

(I gemiti di Lolita l'avevano tratta in salvo. Ma una volta in ospedale non era riuscita a dormire, ricordando l'incidente. Faceva così freddo.)

Bocca di Bisturi trascinò un dito carnoso, molto umano, per tutta la lunghezza del liscio braccio destro di Lolita. Poté vedere i ricordi di auto in fiamme rotearle dentro agli occhi. Tipico.

*Se ti daranno gambe e vulva di metallo, pensa a me, Lolita.* Maledizioni metalliche.

Bocca di Bisturi le toccò le braccia, immobilizzandole quando Lolita tentò di combatterlo. C'era più roba da masticare, rispetto a carne passiva. Ritorse verso il basso il mento vivisettore per rimuovere il trauma argenteo della sua tagliente protesi dentale. Aprì la nera borsa medica per estrarre e quindi installare, con un cigolio stridente, il suo provocante segaossa.

Il metallo canta. *Ho già detto di avere un cugino medico?*

# MORTI E SPLENDENTI

Bastò che un idiota si addormentasse con la sigaretta accesa per incendiare il materasso nel ricovero per barboni. Chris probabilmente non conosceva nemmeno quell'uomo; dormiva, rimuginando sui fatti propri, lieta di avere un posto che la riparasse. Non rimase al freddo per molto. Si risvegliò fra contorsioni al calor bianco. Urlava già prima ancora di aver ripreso piena coscienza, con i pori che scoppiettavano. Alcune torce stavano correndo nelle corsie, tra i letti, mentre il tetto crollava in un blocco di fiamma.

Quelle erano le roventi Rivelazioni di San Giovanni. Chris sentì esplodere le proprie cellule adipose. Vide evaporare in fantasmi le molecole di acqua corporea. E poi, attraverso l'olocausto di cerini umani e bacon di senzatetto, vide avanzare a cavallo il barbecue. O esistevano più di quattro cavalieri dell'Apocalisse, o quel tizio lavorava per il primogenito della morte. Faceva schioccare una frusta, e i corpi carbonizzati scomparivano quando venivano toccati. Le loro urla non lasciavano neppure un'eco, o fumo. Forse lo portavano con loro.

La frusta non la toccò mai, ma Chris voleva scomparire! Era in preda alla disperazione per il desiderio di poter uscire di là. Era impazzita, faceva guizzare spastici moncherini al centro del sole. Quando arrivò il pompiere, dietro quel simulacro a cavallo, sembrava un lupo mannaro. La testa sotto l'elmetto era lucida, e troppo selvatica. La afferrò, e Chris lo maledisse con la lingua raggrinzita in bocca e senza labbra.

(Lasciami qui, stupido! Sono morta! La frusta sta per toccarmi, così potrò uscire dal fuoco!)

E le parve di trasferirsi altrove. Temporaneamente. Poté quasi ricordare dove e quando aveva ripreso conoscenza. Non sarebbe corretto dire che aprì gli occhi, perché non c'era più alcun occhio da aprire. Ricordava l'istante in cui le erano esplosi per il calore? Gli abitanti di Hiroshima erano diventati ciechi, prima di morire, o era stato un incenerimento immediato?

(Non c'è niente di immediato, al riguardo. Non c'è morte improvvisa. Ne sono sicura. Non esistono delle morti lente. Io sono morta, eppure mi trovo ancora in questo fottuto posto.)

Sapeva dove si trovava. Il suo fantasma camminava in quella notte arrostita, mentre l'ambulanza portava le sue carni al reparto ustionati. Stava galleggiando in una vasca, con oltre il novanta per cento di se stessa distrutto. La sua pelle era come una pietra maleodorante. Le sue ossa erano il prodotto di un vetraio impazzito.

La tabella appesa al di là dei fluidi diceva: PAZIENTE NON IDENTIFICATO.

Gorgoglii in lontananza. Rumori di scoregge sott'acqua.

Sgocciolio.

(Ciò che resta di me sgocciola come una grassa, unta candela durante la Messa, quella che la mia povera vecchia mamma potrebbe accendere, recitando una preghiera per la mia inutile anima. Qualcuno mi accenderà, per dire una preghiera?)

**Galleggiava, senza peso**. Scivolò sul liquido come uno sputo scuro. Era una crosta croccante con una specie di faccia. Un'infermiera – o comunque una sagoma bianca – si chinò sopra di lei, e Chris stirò i tendini delle mascelle in uno strillo che suonò vagamente simile a quello lanciato dal suo materasso quando il fuoco ne aveva tostato l'imbottitura.

(Non vedo il camice dell'infermiera. È una pressione che mi soffoca, che mi toglie l'aria. Fatemi uscire! Sono morta!)

(Non vedi che sono morta, merdosa idiota?)

(Perdonate il mio fottuto francese, ma in questa parte dell'inferno si brucia così tanto che abbiamo dimenticato l'inglese.)

*Sondando. Pizzicando con dita sterili. L'infermiera riesce a trovare una vena non ancora collassata. Inietta un medicinale, e Chris inietta se stessa nella frenetica corsa che ne consegue. Quello è davvero l'unico modo per eludere il tormento... con l'anima che passeggia attraverso l'aria fredda, sotto stelle più gelide di quelle che ammiccano nella sterilità della morfina.*

Ma Chris rabbrividì, muovendosi dal presente al passato. Non era abbastanza rilassata. Quel maledetto cordone d'argento la legava alla brutale periferia del dolore. Sul vento, le sue unghie astrali si incurvavano per guadagnare maggiori distorsioni di spazio e di tempo, un centimetro alla volta.

Se è vero che il tempo può essere piegato, allora lei era un'anima dimessa dal reparto ustionati, e adesso è sottoposta a una **calefazione sismica**; si risveglierà, morta e furiosa, ritrovandosi sospesa all'espediente di qualche eroico dottore. Avevano ammesso che il PAZIENTE NON IDENTIFICATO probabilmente sarebbe morto. Li aveva sentiti.

«Non ho mai visto nessuno spingersi così in là, prima d'ora» disse un medico di turno.

«Conosciamo già il sesso di questa vittima?»

Quel commento era sempre promettente ogni volta che Chris lo sentiva, si trattasse del passato, del presente o del futuro.

Non c'era cadavere, per quanto prossimo al più completo annientamento, che non fosse costretto da misure estreme ad aggrapparsi all'orlo della mortalità con i denti... denti che non bruciano, non importa quale sia la temperatura, denti che sopravvivono a qualunque cremazione. Le ossa, i brandelli di pelle inutile, gli organi arrostiscono in una scoppiettante morbidezza, come mele in un forno. Grumi di peli avvizziti battono ciglia come ragni morenti. C'era un limite, a quel sadismo? Non c'era ghiaccio a sufficienza per lenire il bruciore. Il fuoco procedeva lungo i nervi, che si rifiutavano di smettere di urlare anche se erano perduti, e nei denti, che continuavano a battere.

Chris aveva voltato le spalle a tutto, e stava vagando nella notte. Forse quegli stolti avrebbero rinunciato, mentre lei era fuori dal proprio corpo, e se vi avesse fatto ritorno sarebbe stato per scoprire di esser stata riversata dentro una viscida sacca per cadaveri. (Già, meglio. Fuori di qui.)

Forse stavano solo tentando di aiutarla, ma dannazione: *era morta*. Cosa cercavano di dimostrare? Li odiava. Il fuoco non era colpa loro, ma tutto il dolore che poi ne era seguito di sicuro lo era.

Stava sognando, quando il paesaggio si era trasformato? Vedeva fuoco ovunque. Fuoco che scioglieva gli edifici come fossero surreali orologi di Dalì. Incendiava alberi e brillava lungo vicoli nei quali si aggiravano demoni tremolanti mentre vampiri atomici esplodevano nel sangue. I passanti, in strada, non la vedevano; erano in fiamme anch'essi. Solo che ancora non lo sapevano. Alcuni di loro fumavano lungo i margini, bruciando internamente, consapevoli di un vago tormento, un calore nell'intestino o nella testa. Forse pensavano di avere un cancro, ma il cavaliere li stava seguendo. E Chris stava cercando di seguire lui.

Molti altri erano ovviamente destinati alla vasca, alla tortura che avrebbero dovuto patire mentre la condizione della morte diventava una barzelletta ripetuta fino a farsi stantia. Altri ancora avrebbero potuto ridursi in cenere prima che i coraggiosi pompieri/licantropi con pellicce d'amianto potessero estrarre le loro ululanti carcasse – deturpate e sezionate – da altri inferni. Quelli erano i fortunati. Avevano conosciuto la frusta del cavaliere. Uno schiocco, e per loro il crepitio terminava. Così era giusto.

Chris quasi pianse, trovandosi a far ritorno nel reparto. Era troppo presto. Non era stata fuori abbastanza a lungo. Non si era ancora raffreddata. Stava camminando lungo il corridoio dell'ospedale. Possedeva degli occhi, in quella sua forma spiritica, e poteva vedere i pazienti ustionati aggirarsi nell'ambulatorio senza meta. Con luci-spia negli occhi. Arti artificiali. Pinne laddove le dita si erano fuse assieme, e cicatrici lucide e argentate simili a disegni di Giger. Non c'erano specchi, in quel luogo. Non c'erano vetri, perché a volte nel vetro ci si può riflettere. Avrebbe voluto spalancare le braccia.

(Vieni qui, baby! Un abbraccio di fuoco, e presto tutto sarà finito. Andiamo, tesoro! Troveremo il cavaliere e ci faremo una cavalcata!)

Un calvo viluppo di bende la vide. Ne fu certa. Il relitto sollevò gli occhi e la fissò mentre lei scivolava verso la stanza che conteneva la sua vasca. E alzò le braccia!

(Un tempo ero graziosa. Vede che gli sto soffiando un bacio? O sta osservando una pirotecnica colonna di fiamme? Forse pensa che io sia la fottuta dea dell'alba!)

Il tempo si contorceva, più che piegarsi. Lei non si trovava nel reparto ustionati, e il liquido nella sua stessa vasca era ancora fermo come acqua stagnante. Il dolore recuperò terreno su di lei, quando si protese per riversarsi dentro il proprio guscio. Chris lottò.

(Io non entrerò di nuovo là dentro.)

Riusciva a sentire rumore di zoccoli in lontananza.

(Sta arrivando il cavaliere!)

Un'infermiera stava preparando un'altra iniezione.

Chris le diede un colpetto su una spalla e le sussurrò con la sua voce di spirito: «Perché non infili quella testa annerita sott'acqua, e non l'affoghi? Cosa ne diresti di un po' di misericordia?»

Ma l'infermiera aveva appena preparato la morfina. Chris tentò disperatamente di guidare la sua mano, per farle riempire la siringa con un'overdose. Poi...

Chris poteva restarsene fuori, no?

Qualche segreto cruccio attraversò il volto dell'infermiera.

«A cosa stai pensando?» le domandò un medico che aveva notato quell'espressione.

«Mi chiedevo se questa cosa sogna.»

(Questa cosa?)

(Ancora non sai se sono un ragazzino o una ragazzina, eh? Tette bruciate e fica piena di cenere, o cazzo bruciato? Un pezzo di carne è un pezzo di carne.)

Chris cercò di comunicare.

(Io sogno. Sogno il cavaliere in sella al suo fedele, sfigurato destriero. Fa schioccare la sua frusta di fornace e lacera quel cordone d'argento.)

**Ciò avrebbe affrancato i suoi carboni da ossario dall'ossessione di quella risorta Babilonia.**

*L'infermiera guarda in basso, esitando su quella cosa rugosa, quel guscio d'ostrica rinsecchita, ma con orbite e buchi delle orecchie. Denti.*

Chris trovò incredibile poter leggere nella mente di quella donna.

L'infermiera stava pensando con tale intensità che a Chris pareva di udirla. «Faremo meraviglie, ora. Ti porteremo a una piena consapevolezza, e poi ameremo la tua bruttezza e la tua sofferenza. Sarà un amore da brivido, repellente, tesoro. Tu hai uno scopo, al mondo, e questo ci rende grati. Solo il guardarti mi rende religiosa.»

Zoccoli. Più vicini. Al di là di un muro che si muoveva come un miraggio nel deserto. Il cavaliere stava aspettando che Chris venisse liberata, per poter aggiungersi al suo fumo, al suo angelico splendore. C'era estasi, nella piena ira di Dio, e redenzione nel suo venerabile ruggito. Chris guardò attraverso il lato posteriore della propria testa spiritica, e lui era là. In attesa.

L'infermiera procedette con l'iniezione, ma l'ago non era riempito con morfina. Era un antibiotico per fermare la polmonite batterica. La vasca aveva la tendenza a richiamare microbi. Molti pazienti ustionati morivano per infezione.

L'infermiera osservò il corpo nella vasca incresparsi, palpitante di coscienza, il foro della bocca senza lingua gemente in un sibilo. Chris era rientrata. Sopra i suoi monconi erano impressi dei falò. Quando il dolore avvampò nei suoi neuroni animati dall'emorragia, fu come se il mondo stesse finendo un'altra volta. Il lento, lento trapasso dei sospesi. Il concetto di mortalità era un farfugliante nonsenso su rossi orizzonti. Non aveva nemmeno le dita per togliere via i miseri trapianti che non avevano attecchito e marcivano lentamente.

E il cavaliere se ne stava andando di nuovo. Il rumore degli zoccoli si andava attenuando. Chris si sforzò per urlare, per avvisarlo di aspettare. Forse, si sarebbe sforzata così tanto da farsi scoppiare il cuore.

La porta si aprì e un paziente barcollò nella stanza. Stava sorridendo, o magari aveva solo perso gran parte dei tessuti nella metà inferiore del viso. Era lo stesso che l'aveva vista, quello che aveva allungato le braccia per stringerla.

Dalle bende avvolte intorno all'intestino reciso estrasse una bottiglia di etere. Dove l'aveva presa? In qualche fottuto armadietto. Aveva importanza? Aveva rubato anche alcuni fiammiferi.

(Oh, baby!)

Versò il liquido addosso all'infermiera, poi ne spruzzò dell'altro lì attorno, nelle vasche, sulle pile di garze e asciugamani. Il medico si scagliò in avanti per fermarlo, strillando. Ma il paziente dovette solo accendere un fiammifero; gli ci volle appena un secondo. L'intero reparto parve esplodere, all'istante, in quell'unica scintilla di vera compassione. L'infermiera e il medico vomitarono dei fischi sordi, sobbalzando fra balzi vaporosi. Le vasche sibilarono, annerendo i pietosi bozzoli al loro interno. Chris urlò, si contorse, balzò fuori. L'orologio sul muro si stava sciogliendo, e quel dannato Dalì aveva ragione. Surreale come l'inferno.

I resti di Chris e di quel paziente si fusero. Udirono gli zoccoli. Gli spiriti stavano esplodendo, intonando canti da salamandra, scrollandosi di dosso lembi di pelle tostata, gettando via i loro organi bolliti.

Il cavaliere si avvicinò, col suo destriero scalpitante sopra una terra in rovina. Non indossava armatura, ma un forno, e il suo viso sbirciò attraverso la grata al calor bianco.

(Da questa parte! Sono morta! Morta, e pronta!)

(*Siamo* morti, e splendenti!)

Il cavaliere fece schioccare la sua frusta.

Chris e gli altri disseminarono i propri denti attraverso la pianura del caos.

E portarono il fumo con loro.

# LA DONNA IN ROSSO

Il rosso era più di un colore. Il rosso richiamava **il visionario incallito**, spingeva a commettere peccati appetitosi, ti rendeva quasi invincibile, immortale. Grace desiderava essere rossa.

Non le bastava vestirsi di rosso. Aveva sperimentato che indossando lunghi abiti di seta rossa gli orli le sussurravano attorno ai piedi, come frusciante taffetà scarlatto. Velluto cremisi, spesso e morbido come carne di pipistrello. Capi intimi color vino che aderivano alla pelle come sensi di colpa. Ma non si sentiva soddisfatta.

Grace si truccava con untuosi oli di cannella e gel cinabro. Si metteva in mostra, scintillando con perfidia. I suoi amanti vedevano se stessi riflessi sulla sua epidermide.

«Sembri un gamberetto sgusciato in salsa cocktail» scherzavano, muovendo le mani come per dipingerla con le dita, scivolando lungo la sua levigatezza.

«Vieni a immergere i tuoi sensi nel mio frutto di mare» rispondeva lei, usando le sue abili dita per divaricare le ali del suo pesce angelo.

La cosa smise rapidamente di darle soddisfazione.

Grace macellava i conigli acquistati al mercato, e faceva il bagno nel loro sangue. Ci siamo vicini, pensava. Ma ancora non era ciò di cui aveva bisogno.

Disse all'artista: «Voglio essere la donna in rosso.»

Nella sua bottega di tatuaggi, l'uomo si portò accanto a un divano schizzato in stile Rorschach con sangue e inchiostro. I suoi aghi perforarono, raschiarono, sfregiarono ogni curva e avvallamento di lei in tutta la loro lunghezza e larghezza.

Sulle braccia di Grace vi erano incise streghe arse sul rogo, una giovane e voluttuosa sulla destra e una vecchia e avvizzita sulla sinistra, legate strette ai loro pali mentre i volti incappucciati degli inquisitori le sbirciavano. Sulle gambe erano ritratti incidenti d'auto fra Corvette rosse, con i piloti feriti a morte che strisciavano fuori dalle lamiere contorte e i passeggeri scagliati come palle di cannone attraverso i parabrezza, dove si infrangevano le loro anime scarlatte. Campi di battaglia sui quali minuscole figure combattevano lungo la Gettysburg della sua schiena. I suoi seni erano due lampade rosse accese in uno scantinato, dove un pervertito dalla faccia volpina aveva appeso file di bambini dagli occhi tristi, occhi come quelli stampati sulle confezioni del latte. Li stava scuoiando fino a esporne la scintillante, striata muscolatura.

Quando l'artista ebbe finito, lasciando che Grace sfilasse davanti allo specchio, era pieno d'orgoglio. «Sei diabolicamente rossa» le disse.

Lei separò le natiche e fissò affascinata l'esplosione atomica con cui gli aveva illustrato la zona perianale. Nell'epicentro, tante microscopiche persone baluginavano di rosso in sagome d'ombra rugginosa. Molte di più –

quasi infinitesimali – versavano in varie condizioni, fra vesciche sanguinanti e sfilacciate garze di pelle insanguinata, che svolazzavano come se gli ustionati fossero spettri ambulanti.

Le sue palpebre erano divenute bocche urlanti, e sulle sue guance erano incisi altari Aztechi con cuori strappati da toraci squarciati.

C'era l'immagine di una fossa, sulla fronte; alcuni nazisti fucilavano degli ebrei e ve li facevano precipitare dentro.

L'artista le aveva tatuato persino la vulva e le labbra vaginali. Lei si era avvinghiata ai cuscini, stretta nella sua agonia, fino a quando i vecchi liquami le erano trasudati fra le dita. Era rimasta senza fiato, soffocando nel calore opprimente di quei tessuti. Non era la moderna arte del tatuaggio, tipo quella esibita da ciclisti, da sollevatori di pesi e da rock star. Era una combinazione primitiva e aliena, animalesca e sovrumana. L'inchiostro aveva un opprimente odore di mango marcito e ghiaccio secco. Si era rifiutata di gridare. Aveva stretto i denti finché non ne aveva assaggiato il sapore polveroso, poi si era masticata la lingua fino a lacerarsi le papille gustative.

Passò a esaminare il rosso livido tra le gambe, la caricatura di un aborto fallito col feto disegnato nell'atto di sgusciare fuori dal grembo materno. Aderiva umido all'interno di una coscia. Vicino, si era sentito il rombo di un incidente stradale. Quel feto, dunque, era uscito dall'utero di Grace, o lo aveva perduto la donna sparata come un proiettile attraverso il parabrezza mentre il suo corpo si schiantava sul cofano dell'auto?

«Ora, non vi è anima al mondo che non concorderebbe sul fatto che tu sia la donna in rosso» le disse il tatuatore.

Grace aggrottò la fronte. Riusciva ancora a vedere sfumature, schizzi di neri in varie tonalità, marroni cheloidi e necrotici verdi iridescenti in mezzo ai rossi. Scorgeva brani della sua normale carne pallida, bianca come schegge d'osso. Era squisito, sì. Era macabro, sì.

Ma non era abbastanza.

Gli firmò un sostanzioso assegno, gli permise anche di inginocchiarsi fra le sue cosce e di penetrarla col suo membro rigido ma sottile come una gruccia. (Il feto, dunque, era un aborto, scavato fuori dallo stesso strumento utilizzato per forzare una portiera d'auto e per appendere la giacca gocciolante dello squartatore.)

Grace abbandonò i vestiti che aveva indossato per recarsi al salone del tatuatore. Camminò nuda lungo il marciapiede, fingendo di non notare le reazioni inorridite della gente per strada. Sorrise segretamente quando una suora si genuflesse, un uomo diede di stomaco e una madre strattonò lontano il figlioletto così che non potesse vederla, premendole il viso in grembo come se volesse spingerlo di nuovo dentro di sé, piuttosto di lasciargli            guardare            quella            dannazione            ambulante. Un dannazione ambulante. Ecco come Grace vedeva se stessa, quando si rese conto che non era così che immaginava la donna in rosso. Avrebbe dovuto cercare altrove, ancora.

Udì una sirena. Una luce stroboscopica rossa giocò lungo i suoi macabri tatuaggi come un viola liquido versato sopra carne rossa. L'auto della polizia accostò al marciapiede e si fermò.

«E tu cosa saresti?» le domandò stancamente il poliziotto appena sceso dal veicolo, sbatacchiando fuori un paio di manette.

«Mezzanotte al ballo del diavolo?» rispose lei, improvvisando. Mai e poi mai avrebbe detto '*la donna in rosso*', perché ancora non lo era.

«Ti ringrazio per non aver detto il solito '*Sono il tuo peggior incubo*' di merda» disse lui, portandole sbrigativamente i polsi dietro la schiena.

Grace rise appena. «Oh, questi incubi non sono così male.»

«No, anche se alcuni di loro sono familiari» le disse il poliziotto aprendo la portiera posteriore della volante, posandole una mano sulla chioma tinta di castano dorato per farla abbassare e guidandola all'interno dell'abitacolo con una garbata pressione.

«Hai visto di peggio?» gli chiese, guardando i suoi occhi nello specchietto retrovisore dopo che l'uomo si fu seduto dietro il volante.

Lui ridacchiò, sospirando poi con un fiato che sapeva di strani fiori. Forse si lavava i denti con belladonna, o ne masticava caramelline.

«Le atrocità reali sono sempre peggiori. Forse '*più vivide*' rende meglio l'idea» disse. «Le immagini possono essere interessanti, all'inizio, dato che l'incontro con l'occhio è viscerale. Ma nel complesso sono stagnanti. Non vanno da alcuna parte, e una volta che le hai studiate e hai visto tutto quello che hanno da offrire, la suspense è finita. Sono solo un murale, e non storia, non crimini in corso.»

Grace rifletté un momento. «La storia non si muove» considerò poi. «È accaduta, ed è immobile come una foto del passato.»

«La storia scorre all'indietro» spiegò lui. «E la storia del sangue scorre all'indietro in un fiume rosso, collegato al primissimo omicidio, il primo atto di predominio, di infanticidio, di mutilazione. Ha un'energia indistruttibile che io chiamo carneficina quantica. Il male nel mondo cresce esponenzialmente rispetto al suo valore, mentre il suo potere si intensifica.»

Grace era elettrizzata. Non aveva mai sentito nessuno parlare in quel modo. Era esattamente ciò in cui aveva sempre creduto.

«Ma i crimini procedono in avanti» sottolineò. «Un fiume può scorrere in entrambe le direzioni allo stesso tempo?»

«Se l'autore della prima violenza è naturale *e* soprannaturale, sì.» Gli occhi del poliziotto saettavano, verso il traffico e verso lei. «E questo rende ogni morte sanguinaria un elettrone nel quantum.»

«Ma così non si eleva la morte a uno stato di controllo divino?» domandò Grace. «Eliminando in questo modo l'atto del peccato? In definitiva, assolvendo l'assassino da ogni colpa?»

E pensò, ironicamente, *rendendo inutile la polizia?*

«Non proprio l'omicidio di per sé. Ogni morte violenta è omicidio, anche se non c'è alcun assassino a cui dare la colpa» disse.

Grace sbatté le palpebre. «E incidenti d'auto, disastri aerei, terremoti che spaccano le tubature del gas provocando esplosioni sotto le città?»

«Tutto.»

«Chi è l'assassino, allora?»

«La donna in rosso.»

Grace sentì una vampata di calore dentro il cranio. Non fu più in grado di parlare finché il poliziotto non si infilò in un parcheggio e spense il motore. Mentre l'uomo apriva la portiera per farla uscire, studiò l'edificio a un solo piano. Era la stazione di polizia? C'erano poliziotti che stavano uscendo, ma non vi era alcun segnale che indicasse una proprietà municipale.

Un altro poliziotto stava scortando un magro giovane vestito in pelle nera. Teschi d'argento gli penzolavano dalle orecchie e dal naso. Teneva un topo morto appeso a un laccio, intorno al collo. Doveva essere schiattato da almeno un paio di settimane, il roditore, e perfino le larve lo avevano abbandonato da tempo. Il giovane teneva la testa abbassata per inspirare profondamente, rabbrividendo a ogni respiro come se stesse sniffando colla. Sbirciò Grace esibendo una fragile e aguzza dentatura artificialmente modificata.

«Ah, l'odore della morte» blaterò quello, con gli occhi tondi e gialli come i vecchi dobloni dei pirati. «Vieni ad annusare!»

Il due poliziotti si sussurrarono qualcosa, poi il ragazzo fu spinto all'interno dell'edificio.

Quello che aveva condotto fin lì Grace scortò dentro anche lei, massaggiandosi le tempie con movimenti circolari dei pollici, come per lenire un mal di testa. Grace vide il giovane con il topo-ciondolo entrare in un ascensore col suo poliziotto di scorta. L'ascensore era l'unica cosa presente nella costruzione, a eccezione di una singola scrivania e una sedia. A giudicare dalle dimensioni, l'edificio sembrava ospitare un gran numero di stanze. Ma la porta dell'ascensore e la scrivania si trovavano in un piccolo locale di soli due metri e mezzo per tre. Non c'erano altre porte, oltre a quella attraverso la quale l'aveva condotta lo sbirro.

Non c'erano finestre. Non riusciva a udire il traffico sulla strada, appena al di là del parcheggio. Aveva sentito il rumore di un jet proveniente dal vicino aeroporto, quando erano arrivati, ma era scomparso nel momento in cui la porta si era chiusa dietro di loro.

Un sergente dagli occhi cerchiati sollevò lo sguardo. «Aspetta un minuto finché non torna O'Malley, poi procedi e portala di sotto, Jackson» disse al poliziotto di Grace. Guardò distrattamente i suoi tatuaggi, poi tornò a leggere una rivista come se avesse già visto tutto quanto prima.

Grace scrutò la copertina. LEGGE DELLA GIUNGLA. Il titolo scelto per attirare il lettore, mentre altre parole scolpite sul volto bestiale di un antica pietra annunciavano: OMICIDIO MISTICO. PERCHÈ CREAZIONE E DISTRUZIONE NON SONO FACCE DELLA STESSA MONETA.

Le prudevano le palpebre. Ogni centimetro quadrato della sua pelle tatuata di fresco le prudeva. Abbassò lo sguardo per vedere gocce di sangue e inchiostro trasudare come un velo di sudore. Sia il sangue che l'inchiostro le colavano negli occhi, facendoli bruciare. Avrebbe voluto grattarsi, ma aveva le mani ammanettate dietro la schiena.

«Che razza di stazione di polizia è questa?» chiese a se stessa.

Il sergente continuò a leggere. Il poliziotto di nome Jackson sorrise appena, domandandole: «Ti ho già letto i tuoi diritti?»

L'aveva fatto? No.

Indicò il proprio distintivo, che aveva la forma del regolare scudo della polizia. Sopra non c'era alcun timbro ufficiale della città, né numeri di serie, né un nome. Si vedevano dei simboli incomprensibili lungo la circonferenza: rune o caratteri cuneiformi. Grace riconobbe la forma di una croce, al centro, ma non era un crocifisso. Era piuttosto un glifo per indicare un incrocio. E c'era una impronta digitale, al centro della croce, incorporata nel bronzo. Gli elzeviri della stampa erano di un rosso sgargiante.

«Suppongo che chiamare il mio avvocato sia fuori discussione» disse, ricorrendo a un commento simpatico per esprimere la nervosa sensazione che vi fosse qualcosa di terribilmente sbagliato, in quel posto. Non funzionò. «Se non sei un poliziotto, allora cosa sei?»

«Ci hanno dati un sacco di nomi, che per la maggior parte ti risulterebbero sconosciuti. Di solito vengono tradotti come 'ingannatori'» rispose, facendosi scrocchiare le nocche. «Ma questa definizione è basata su metodi che non utilizziamo più. Con i moderni mezzi di comunicazione e altre tecnologie, è più calzante parlare di 'radunatori'.»

Una luce rossa si accese sulla scrivania del sergente, ronzando come un folto sciame di tafani. Il sergente lasciò ricadere la rivista con un gridolino di sorpresa e balzò in piedi.

«Meglio portarla giù ora, Jackson. Non aspettare O'Malley» gridò, agitando le mani, fattosi molto pallido in viso.

Il poliziotto (il radunatore?) Jackson afferrò Grace per un braccio e la trascinò all'ascensore.

«Aspetta!» esclamò lei, cercando di puntare i talloni nudi sul pavimento di cemento liscio, senza alcun risultato. «Ma chi diavolo 'radunate'?»

L'uomo la spinse dentro, più per la fretta che per crudeltà.

«Un sacco di nomi: Ereshkergal, Ixchel, Le-hevhev.» L'ascensore traballò, rovesciando le viscere di Grace. La ragazza barcollò e lui la resse, continuando a recitare quei nomi. «Hel, Thlen, Am-mit, Gorgoni, Ilamatecuhtli, Kali Ghora-rupa.»

L'ascensore si aprì e Jackson la trascinò fuori. L'altro poliziotto stava fissando il buio denso, una profonda caverna. Il fetore che ne proveniva quasi spinse Grace a cadere sulle ginocchia, e lei non era certo un tipo schizzinoso. Il poliziotto O'Malley teneva i pugni serrati con forza e sudava copiosamente.

«È successo all'improvviso. Lei si è portata dentro quel Ridalgo davanti ai miei occhi. Aveva quasi finito» disse. «E poi, ha fiutato... lei.» Indicò Grace.

Il gracile ragazzo in pelle nera se ne stava rannicchiato contro uno dei viscidi muri del sotterraneo; teneva sollevato il muso del topo morto, e lo abbracciava in cerca di sicurezza. Singhiozzava e ridacchiava su quel corpicino decomposto finché alcuni pezzetti ne caddero a terra in umidi brandelli.

L'odore dalla caverna suggeriva decomposizione, al suo interno. Jackson aprì le manette e spinse Grace. «Avanti, miss.»

«Perché dovrei?»

«Così puoi vedere il flusso della storia.»

Grace non poté trattenere la curiosità. I tatuaggi le prudevano da morire.

Il ragazzo in pelle nera aveva ovviamente visto qualcosa che l'aveva trascinato oltre il limite. I suoi occhi si erano ormai abituati all'oscurità; in effetti vi era una sorta di luce, nella grotta. Non sapeva da dove provenisse. Ma poteva appena scorgere le sagome di torsi cenciosi, arti maciullati, ossa rosicchiate, cumuli di teste decomposte sistemate in perfette piramidi geometriche. Grace avrebbe dovuto sentirsi spaventata a morte.

Invece era incuriosita. Si chiese se avrebbe dovuto proseguire strisciando sulle ginocchia, come un pellegrino.

«Forza, miss!» sibilarono i due ingannatori.

Vide la massa adagiata sul trono di carogne. Braccia e gambe apparivano piccole in confronto al corpo gigantesco. Seni penduli si allungavano sui fianchi, sopra il corpo rigonfio. Se avesse posseduto braccia e gambe adeguate, quella cosa sarebbe stata scambiata per qualcuno che aveva mangiato così tanto, per anni, da non esser più in grado di camminare. Il corpo era cresciuto enormemente, mentre gli arti si erano atrofizzati e raggrinziti. Ciò che doveva averle dato la capacità di afferrare le cose erano i tentacoli che spuntavano dalla testa. Come i capelli serpentini di Medusa. Il nanismo degli arti e il corpo, che pareva quasi tronco, ricordò addirittura a Grace ogni primitiva dea d'argilla che avesse mai visto.

C'era un solco, tra le gambe tozze, dove si agitavano le oleose foglie di palma della vulva, flaccida per l'età. Il volto era un ammasso di rughe all'interno di altre rughe, e i lineamenti erano andati perduti, a parte gli occhi. Che avesse appena mangiato era reso evidente dai resti di (una ragazza?) ancora accalappiata fra i tentacoli, alcuni dei quali si srotolavano per poi svanire fra le pieghe che celavano la bocca della cosa. Quel pasto si agitava ancora, lentamente, come se stesse cercando di liberarsi, mugolando irriconoscibili suoni d'agonia e canti di morte. I tentacoli si strinsero, visibilmente, tra i fasci della strana luce che filtrava attraverso la caverna, poi spremettero forte fino a che la piccola vittima schizzò letteralmente da entrambe le estremità, cervello da una parte e merda dall'altra.

Gli occhi nel volto di quell'essere femminile si aprirono e parvero illuminarne la pelle interamente rossa, liquida come in un costante movimento vorticoso, scorrendo in un torrente scarlatto. Grace fu colta da vertigine. Distolse lo sguardo, poi lo riportò sulla creatura, poi lo allontanò di nuovo. Avrebbe padroneggiato quelle emozioni, doveva farlo! Doveva *vedere*.

*Bene.*

Grace non aveva udito pronunciare una sola parola. Doveva essere accaduto solo nella sua mente. Sollevò un sopracciglio nel rendersi conto della facilità con cui aveva accettato l'idea che quella cosa comunicasse con lei telepaticamente. La creatura doveva aver perduto la capacità di parlare da quando le rughe le avevano quasi nascosto la bocca, consentendole solamente di mangiare.

«Sei tutti i nomi che lui ha detto?» le chiese Grace, in un misto di repulsione e venerazione.

*No, quelli erano altri. Li vedi? Il mio nome è Bathory.*

La luce le scivolò attorno fintanto che Grace non fu in grado di identificare delle forme femminili definite. Non c'erano che i fantasmi delle vittime, lì. Indossavano cobra intorno alla vita, erano avvolte in vesti di serpente, avevano fauci di coccodrillo e artigli di leonessa.

*Che cosa desideri?*

La voce nella sua mente era molto femminile, davvero piacevole. Era come i succedersi di una serie di delicate campanelle tubolari d'argento.

Grace non esitò. «Voglio essere la donna in rosso.»

*E ora... la storia non è più immobile.*

C'era qualcosa di bagnato, che scorreva sulla pelle di Grace. I tatuaggi avevano cominciato a muoversi. Le streghe con le braccia legate ai pali si contorcevano tremule mentre le fiamme violentavano ogni centimetro delle loro carni. I monaci che le scrutavano da sotto i cappucci scuri si leccavano le labbra e mandavano loro dei baci. Le auto correvano lungo le strade delle sue gambe, sbandavano e si scontravano fra loro con forza sconvolgente. Le persone erano mutate in proiettili attraverso i parabrezza o in fisarmoniche strette tra sedili e volanti. La guerra infuriava sulla schiena, destrieri al galoppo in mezzo al fumo di cordite con cavalieri senza testa, grosse pallottole spaccavano torsi come fossero uova, baionette infilzavano ventri per dipanare rotoli di intestini. Il maniaco nel seminterrato si spostava da una vittima all'altra, con la luce rossa della lanterna sulla lama del coltello, per incidere rune e caratteri cuneiformi, lasciando un'impronta digitale scarlatta fra i seni acerbi. La bomba attorno al suo ano esplodeva, ancora e ancora, riversando ondate di calore nucleare sulla minuscola gente che si trovava nel suo raggio. Le palpebre strillavano attraverso labbra tinte di rossetto; i sacerdoti di Teotihuacan affondavano i loro coltelli cerimoniali e strappavano fuori rossi frutti di cactus; i nazisti sparavano agli ebrei e ne facevano rotolare i corpi morenti nella fossa. Il feto cadeva, estratto dal suo grembo, disancorato, ancora mosso da spasmi.

Grace si piegò in due per i crampi, avvertì ogni scena raddoppiare in termini di velocità, riavvolgersi scorrendo all'indietro e poi interrompere l'azione a metà per non più di una frazione di secondo, prima di precipitarsi di nuovo in avanti in un vortice di sangue. La sua colonna vertebrale e le sue ossa scricchiolavano; lo scheletro era in tensione, stava crescendo. I suoi capelli ramati crepitavano, si domandò se fosse per via dell'elettricità statica. Ma subito dal suo cranio spuntarono dei tentacoli che presero ad accarezzarle le spalle.

Gli spiriti della luce le danzavano intorno. La creatura gonfia dinnanzi a lei strinse i propri tentacoli in convulsioni di morte finché la vittima catturata non venne ridotta alla consistenza di un omogeneizzato. Grace scosse la testa, nel tentativo di controllare le spaventose mutazioni del corpo, cercando di negare il tutto con la sua debole, umana natura. «Ma tutto questo proviene da libri che ho letto, da statue che ho visto. Sono dee della dualità: vita e morte. Questa è la Natura, non è vero?»

*No. C'è un equivoco di fondo, su queste entità. Non erano tutte dee della natura; alcune erano dee dell'umanità, e ciò è ben diverso. Le une creano; le altre distruggono. LORO sono scalze, ed eternamente gravide. NOI ci divertiamo.*

E se Grace si fosse rifiutata, cosa sarebbe accaduto? Il massacro si sarebbe concluso? Le dee della natura si sarebbero riprese il mondo?

La sua pelle era un impeto di cremisi assoluto, ogni crimine brutale, ogni atrocità indistinguibile nella forma. Tutto scorreva, di continuo, in un unico fiume. Grace non riusciva più a trovare, né a sentire, alcuna porzione di sé che fosse priva di macchie. Era bagnata, e viscida. Poteva ancora percepire le emanazioni di quelle cicatrici carnose che fuoriuscivano da lei in onde d'orrore come un truce, meraviglioso sogno dentro il mondo, cagionando altra violenza.

Poi, da qualche parte, inatteso, venne l'odore della pioggia, dell'aria pulita di montagna, delle piume polverose di uccellini innocenti. Vi era un barlume di illuminazione che non era una luce-fantasma, o le fiamme di un falò, e neppure il bagliore delle lanterne nel seminterrato. *Bambina, tu sei una donna: come potresti essere una dea?* Le voci che così parlavano dentro la sua testa non erano campane. Che cos'erano? Rumori di semi che germinavano, rami che generavano foglie, fiori che sbocciavano all'alba. Grace esitò, confusa. Lei era solo una donna.

Gli occhi della creatura lampeggiavano. *In una corretta teoria quantica l'energia non è prodotta da un continuum lineare. Proviene dalle particelle irradianti chiamate 'quanti'. Le proprietà della materia e della luce sono tali che una particella può essere allo stesso tempo un'onda.*

*Nella carneficina quantica le proprietà della materia e dell'oscurità sono tali che una donna può essere una dea. Le donne in rosso rappresentano i 'quanti' oscuri. Tutte quante sono necessarie per produrre quel fiume scarlatto che è la storia umana.*

Grace fu colta da nausea, un tormento straziante all'interno dei suoi stessi neuroni strizzati, come se le due forze stessero cercando di convincerla. Lei si scosse. No! Pensò a quelle sorridenti, amorose creatrici. Non ti permetterò di vincere! Tu sei nulla, senza di noi, in ogni caso!

Alzò le braccia e intonò, in uno scampanellio: «Io sono la donna in rosso!»

*Lo eravamo tutte. Lo siamo tutte.* Gli occhi nell'antica massa si chiusero.

Grace arricciò il naso. Il ragazzo vestito di pelle piagnucolava e sbavava sopra il suo topo-ciondolo. Lui sarebbe stato il primo. Lo avrebbe tenuto appeso al collo fin quando non fosse marcito. Avanzò cantando: «Ah, l'odore della morte.»

Non c'era da stupirsi del fatto che lei desiderasse essere così. Episodi di massacri filtravano da lei in **orgasmi da maleodorante discarica, e strisciavano verso il mondo ignaro. Si lanciavano fuori dal suo fiume rosso, che alla fine li avrebbe riassorbiti.**

Grace inalò manghi marciti e ghiaccio secco. Si elevò a un'altezza sempre maggiore, afferrando il ragazzo con i suoi tentacoli e poi facendosi avanti per spingere l'ex regina giù dal trono di carogne. Fissò imperiosamente i suoi due ingannatori, che tenevano le fronti premute a terra in segno di riverenza.

«Ho fame! Provvedete!»

## ATTRAVERSO LE VENEZIANE

Lora sollevò la testa, reclinandola all'indietro, strizzando gli occhi verso la sporcizia sulle veneziane. Doveva pulirle, altrimenti la luce non sarebbe più entrata nella sua camera da letto. Un lavoro spaventoso per spaccarsi la schiena e indolenzirsi il collo: ecco cos'era, pulire le tapparelle. Si rese conto che avrebbe dovuto prendere una sedia per raggiungere le stecche più in alto, con la possibilità di provocarsi ulteriori danni. Le vecchie ferite si accendevano ogni volta che faceva qualcosa di faticoso. Sarebbe montata su quella sedia e le sarebbe venuto un crampo, una serpeggiante scia di lumaca dall'utero in giù, lungo le cosce. Ancora poteva vedere del quarzo rosa ammiccare dalle cicatrici che le si incrociavano sul viso.

Le veneziane erano ancora in disordine, ripiegate in un senso e nell'altro per colpa dell'intruso che vi si era addossato contro la sera prima. Ma almeno erano ancora al loro posto, nonostante l'uomo avesse divelto i bulloni dalla parete. I vetri della finestra erano ancora in frantumi, e non rimaneva altro da fare che sostituirli. Aveva usato un mattone, un martello o tutto il proprio corpo come un proiettile ossuto, per romperlo. I frammenti raccolti in un mucchietto non erano ancora stati tolti di mezzo.

La polizia le aveva detto che era tutto a posto, e che ora poteva ripulire. Avevano disegnato il contorno con il gesso, effettuato tutte le loro misurazioni, raccolto prove.

Lora sospirò, distesa nel letto, continuando però a vedere lo stesso quella forma. Il sonno era una favola che non aveva mai capito. Era una parabola con una morale che continuava a eluderla. Si trattava di una storia piena di presagi, oppure una donna che ha visto passato e futuro sbirciare attraverso le sue veneziane sa essere più lungimirante?

Considerò il modo in cui i poliziotti l'avevano guardata, di sottecchi, alle tre di notte. Scrutandola meglio che potevano con la coda dell'occhio, come se così tante cicatrici faticassero a entrare dentro le loro limpide orbite ... cicatrici piccole e irregolari: una faccia-piena-di-capezzoli. Preferivano non osservarla direttamente.

«Sono già stato qui una volta» Lora sentì quello più alto dire all'altro. «Un anno fa, più o meno.»

«Sì?», chiese il più minuto dei due poliziotti.

«La signora non è stata così fortunata, all'epoca.»

Lo sbirro basso squadrò furtivo le pareti, giù fino al pavimento, sul tappeto di sangue e schegge.

«C'è qualcuno che ha avuto fortuna, qui?», mormorò incredulo.

\* \* \*

Tredici mesi prima. La notte lampeggiava, orizzonte d'ebano, invasione di spazio negativo in parallele ossessioni di minaccia. Lora lo sognava, il corpo simile a un'orrenda maschera di gomma, flaccida e sudata.

Era già tutto scritto, allora? Era un incubo premonitore che trasudava attraverso le veneziane come un attacco preventivo da parte del destino? Le sue dita affilate scavavano miseri caratteri Braille finché soltanto i vermi ciechi avrebbero potuto leggere i messaggi che vi aveva inciso per lei. La lingua dell'uomo deponeva uova di sperma nella sua bocca, le si gonfiavano in gola fin quando non riusciva più a inghiottirle. Aveva riempito una sacca con le perle strappate all'ostrica del proprio grembo e con una manciata di capelli ... l'estremità di ogni follicolo imbrattata da una spessa goccia color carminio. In ognuno di quei sogni spietati lui fracassava la finestra, scorticandole i seni contro i frammenti di vetro ... argentei come la pioggia che lei poteva soltanto vedere, al di fuori della sua portata. I cappi ruvidi e taglienti che le legava attorno alla faccia e alle spalle sembravano modellati alla maniera degli origami, usando parti di pollo crudo, ma puzzavano come grumi di farina d'avena invecchiata. Al culmine di ogni sogno Lora giurava, dopo che lui si era di nuovo tuffato fuori dalla finestra ora priva di vetri e di veneziane, che avrebbe preso precauzioni e misure per rendere sicura la casa, così che quella premonizione non divenisse la sua vera sorte.

E poi si era svegliata, aveva visto le tavole inchiodate sopra la finestra distrutta. Avvertiva le lenzuola impigliarsi nei viluppi di garza delle bende, tirare le suture, aggrovigliare le maglie dei trapianti cutanei. Aveva capito che l'uomo dell'incubo era davvero un uomo appartenente alla sua memoria. Si era alzata con fatica dal letto, barcollando per casa, saggiandosi con colpetti esplorativi i lividi sul cuoio capelluto. E aveva distrutto un altro specchio, da qualche parte ...

\* \* \*

La maggior parte della vita di Lora era costituita da immagini percepite attraverso le stecche delle tapparelle, col sole che ammiccava nel mezzo, ricadendo come macchioline di cenere radioattiva o sgocciolando come scintillante neve sciolta.

C'erano gli onnipresenti granelli di polvere, stratificati fra viticci di sole e crepuscoli muffosi.

C'è stato un incidente, quando aveva dieci anni e sua madre aveva urlato: «Bastardo!»

La donna – non ancora trentenne, allora, ma naturalmente a Lora sembrava vecchia - stava spaccando piatti e bottiglie addosso a suo padre. E quando rimase a corto di roba da gettargli addosso, lo colpì a mani nude. «Come hai potuto farle questo? A tua figlia!»

Lora, bambola nuda e corrotta, aveva sbirciato fra le stecche il vecchio papà barcollare in strada con i pantaloni ancora aperti. A differenza di mamma, suo padre era anziano per davvero, grigio nei capelli radunati ad anello sul cranio calvo, e bianco nel semicerchio di Stonehenge attorno al pene moscio. E l'oscurità parve sventrarlo e sezionarlo, quando si chinò per tirarsi su i pantaloni che gli erano scivolati alle ginocchia. Lora, piangendo, aveva visto i suoi occhi, gialli come il vino bianco, a mezzo pollice di distanza dai suoi, li aveva sentiti ammiccare contro le primule dei suoi capezzoli, sul torace piatto, e spalancarsi sull'umida orchidea dei suoi lombi.

E dopo la sua fuga, mamma l'aveva abbracciata una sola volta. Le lacrime della donna odoravano di aceto balsamico e uova marce. Poi non l'aveva mai più guardata, gli occhi sempre altrove, lontani, verso i sottili strati di giorno e notte rivelati attraverso le stecche delle veneziane. Incolpando Lora per la propria solitudine, o solo perché gliela ricordava.

Un anno prima e un anno dopo, Lora osservava altri bambini giocare in strada. Li vedeva avvicinarsi in punta di piedi e lanciare sassi contro i vetri, cercando di scorgerla. Così avrebbero potuto dire di aver visto il mito del quartiere, la strana bambina che non si era mai avventurata all'esterno.

«Ehi! Sei là dentro? Ehi! Sei là dentro?»

E poi, una notte ... quanti anni aveva Lora, all'epoca? Dodici, forse. Sentì di nuovo il rumore alla finestra. Ciottoli. O nocche. Un soffice mormorio, lievemente bagnato dalla pioggia d'argento. «Ehi ... sei là dentro?»

Lora andò alle tapparelle e sbirciò fuori. C'era un ragazzo dai capelli biondissimi, che immaginò arrivare dal fondo della via. L'aveva visto giocare con gli altri, non era così? Più o meno. Lo aveva visto *inseguire* gli altri bambini. Quelli avevano corso per tutto il tragitto fino alle loro case, precipitandosi dentro e chiudendo frettolosamente le porte. Adesso, lui stava sorridendo a Lora.

«Posso entrare?» bisbigliò. «Non vuoi qualcuno con cui giocare?»

A Lora sarebbe piaciuto giocare - o almeno avere compagnia, per un po' – quindi sollevò le veneziane e aprì la finestra. Il ragazzo strisciò all'interno, trascinandosi dietro una logora sacca.

«Cosa c'è lì dentro?» gli domandò Lora.

Lui rise, con uno sbuffo flemmatico e disinvolto. Aprì la borsa, tirando un cordoncino molto simile a quello che lei aveva usato per sollevare la veneziana.

Le permise di sbirciarvi dentro. E la spina dorsale le si aggrinzì in un brivido di repulsione.

All'interno c'erano teste di gattini che sembravano luridi gomitoli ringhianti, zampette di cuccioli simili a flaccidi peni pelosi col prepuzio ancora attaccato, rane squarciate da petardi infilati giù per la gola ridotte ad ammassi rossi e bagnati. Ragni schiacciati somiglianti a palpebre tagliate piene di ciglia arricciate. Segmenti di vermi, unti e appiccicosi. Un parrocchetto giallo bruciacchiato legato a una di quelle lampade elettriche anti-zanzare che alcuni tengono in veranda, e che spesso producono nauseanti Zap! Zap! Zap! Alle sue piume aderivano neri fiocchi di brina scura.

«Hai qualcosa per me da mettere nel sacco?» le chiese.

Quando lei lo guardò senza capire, aggiunse: «Sai, dolcetto o scherzetto.»

Anche se Lora non aveva mai provato il 'dolcetto o scherzetto', sapeva cos'era. Aveva spiato attraverso le veneziane ogni 31 ottobre, per vedere parate di demoni e folletti andare di casa in casa. Ma aveva sempre creduto che nelle loro borse ci fossero dei dolciumi.

Forse, per i mostri quelli erano dolciumi.

«Non è Halloween» rispose.

Il ragazzo si sporse in avanti, sogghignando, e le disse: «È sempre Halloween.»

Poi la baciò, le sue labbra pizzicarono viscide, quelle di Lora. Del muco colato dal naso di lui li unì tra loro, per un attimo, tramite una gommosa una stringa. Le dita del ragazzo la raggiunsero sotto la camicia da notte come un fottuto grappolo di piccole bombe. Lora strillò e lui scappò dalla finestra, trascinando con sé la sua rozza sacca. Lora attese che sua madre facesse irruzione in camera, con bottiglie e piatti pronti per un attacco aereo. Ma la porta non si aprì. Nessuno arrivò. Allora corse in corridoio e ascoltò alla porta dell'altra camera da letto. Sua madre non l'aveva nemmeno sentita?

Dall'interno della stanza proveniva un pianto.

Poté udire la donna gemere: «No no no no no ... lui non c'è. Non sta urlando perché lui è tornato con i suoi vecchi trucchi. Ho cacciato via quel vecchio. Stai ferma! Sotto le coperte ... se *è* lui, forse non verrà qui. *Ti prego* ti prego, vieni qui. No no. L'ho cacciato via ... per colpa *sua*. *Puttana*. Mio padre ...»

Lora si congelò, sapendo che non era lei che la mamma sperava entrasse nella camera e si infilasse sotto le lenzuola sgualcite. Come poteva implorare papà, dalla bocca sdentata e la lingua acuminata dal sapore metallico di un termometro da ospedale, con zolle di terra nera nella fenditura del culo? Era stato solo tutto più facile, da quando lui se n'era andato, e lei non era più terrorizzata da lui.

Lora ripercorse il corridoio. Chiuse la finestra bloccando la serratura, abbassò nuovamente le tapparelle, giurando che non le avrebbe mai più risollevate. Ci avrebbe guardato attraverso, certamente, ma le considerava una barriera sicura da non oltrepassare, con le loro barre laterali. Quello fu probabilmente il motivo per cui la madre le aveva fatte installare a tutte le finestre di casa, mantenendola in un'oscurità striata, accogliendo non più luce di quanta ne potesse tollerare.

Lora ricordava di aver assimilato molte percezioni, attraverso le persiane. Dai sei fino ai sedici anni, tutti i giorni, osservò il suo insegnante, che si faceva chiamare tutor, venire e andarsene, anno dopo anno. Finché ricevette per posta una specie di documento che certificava il fatto che si era diplomata.

Ricordava un'assistente sociale seduta davanti alla finestra a contare gli animali di pezza stipati su uno scaffale. A consigliare a mamma «Lasci che la bambina prenda un po' di sole, e aria fresca ...» Doveva aver notato l'abbronzatura a strisce di lei, sul volto pallido, il collo e i palmi delle mani, e i capelli che odoravano di stantio.

Poi, quando Lora compì trent'anni ... La mamma se ne andò, senza alcun biglietto d'addio. La conclusione del medico legale fu 'morte accidentale'. La vecchia era nella vasca da bagno, completamente vestita. Doveva aver colpito la testa, annegando mentre era priva di sensi, o semplicemente non riuscendo a rialzarsi. Lora si trovava a meno di dieci metri di distanza, nella sua camera da letto in fondo al corridoio, quand'era accaduto. Non aveva sentito un tonfo, per cui non credeva che mamma fosse caduta. Non c'era stato alcun rumore, così come non c'era alcun messaggio. Solo una scivolata in una landa di lucida liquescenza, senza addii.

Lora aveva fissato il sacco con la salma sopra la barella, aspettandosi che facesse qualcosa. Avrebbe potuto frusciare come un grande corvo dalle ali di plastica nera. Poteva esserci qualunque cosa, là dentro. Ma non c'era davvero nulla, nessuno. Perché se qualcuno vive con te per trent'anni, ma per almeno venti non ti guarda mai, non ti parla o non riconosce in alcun modo la tua esistenza, sei tu che non esisti, oppure l'altro? Si tratta, dopo tutto, del *loro* silenzio, del *loro* non fare nulla e dei *loro* muri di invisibilità. Sua madre non si era occupata di Lora per due decenni, per cui non poteva essere davvero morta e chiusa dentro quel sacco per cadaveri. Le macchie di sporcizia sulle dita che Lora si era procurata per scostare due listelle delle veneziane, e guardare l'ambulanza che si allontanava lentamente, erano più reali di tutto il resto.

Rammentava immagini di quello stesso anno. Di avvocati davanti a quella finestra, poi magicamente sul lato opposto, come se avessero attraversato le veneziane, i vetri e le ombre, per osmosi. Granelli di polvere, **visibili durante il giorno in strisce opalescenti, che poi svanivano in sabbia dal tramonto all'alba.**

Aveva **quarant'anni quando** osservò i propri desideri, la persona amata, davanti alle veneziane.

«Avevo sperato di poterti portare fuori. Solo per un po' , all'inizio. Poi per un'ora alla volta, forse. Ma mi rendo conto, adesso, che ciò non accadrà mai. La tua agorafobia è al di là delle mie possibilità di aiutarti», le aveva detto Joelle, triste, di fronte alla finestra della camera da letto, come una sagoma di gemme in una frammentata silhouette.

Atletica e abbronzata, Joelle era stata il suo editor, prima che un incontro a casa di Lora si trasformasse in una storia d'amore. Anche in quella casa buia, tra filigrane di luce che non producevano calore, la carne di Joelle tratteneva ed emanava un delizioso tepore. Il sudore tra le cosce di lei e i seni dorati odoravano di vasti parchi verdi e orizzonti vertiginosi. Portava con sé la pioggia fra i capelli, in fili d'argento che solcavano il nero corvino. Lora non pensava di aver bisogno d'altro.

Lora se n'era rimasta in piedi, con una mano premuta sulla parete gelata e il corpo scosso dai singhiozzi, mentre attraverso le tapparelle guardava Joelle andarsene, raggiungendo l'auto parcheggiata accanto al marciapiede. Vi entrò. La luce idiota dell'abitacolo si accese e un segnale acustico risuonò, monotono, come a dire: «Ehi! Sei là dentro? Ehi! Sei là dentro?»

Poi venne l'attacco, qualche mese dopo. Lora non ricordava che poche schegge di secondi prima del tormentoso oblio, memorie molto simili ai tramonti intravisti attraverso piatti strati d'oscurità. Era uscita di casa, alla fine, proprio così; era in terapia intensiva, alimentata tramite un groviglio di tubi. Le bende erano strettamente avvolte su viso e occhi. Così che le sembrava ancora di vedere attraverso le finestre della sua camera. Spiare la morte attraverso veneziane, allo stesso modo in cui aveva spiato la vita, senza fare la minima connessione, senza metter nulla in relazione.

L'esistenza è solo un modo di guardare, sono solo insignificanti frazioni che non possono soverchiare l'anima. La luce del sole e l'oscurità possono essere accolte nella propria vita come si farebbe con qualsiasi estraneo: con attenzione, cautamente, cercando un legame emotivo col mondo che spesso è un'intrusione troppo terrificante.

Lora presagì l'uomo del suo incubo e si svegliò devastata, liberandosi dalle flebo. Si rese conto che solo i suoi sogni avevano potere sul varco sbarrato della finestra. Quella barriera era un improvvisato immiserimento di solitudine. Ma alcune anime hanno bisogno di isole per loro stesse. Lei non poteva lasciare la finestra sbarrata per sempre, perché allora dall'esterno non avrebbe ricevuto proprio nulla. Quegli sguardi erano sempre stati parte di ciò di cui aveva bisogno, di un assaggio, non dell'intero banchetto di ciò che si consumava dall'altra parte. Non poteva rinunciare anche a quella piccola fetta di mondo.

Così dovette sostituire il vetro della finestra e parte dell'intelaiatura. Poi, che cos'avrebbe usato per l'interno? Non delle tende. Quelle non garantivano maggior protezione del tessuto di una sacca di tela grezza contenente una necrotica melma puzzolente, di una camicia da notte trasparente e delle più sottili mutandine che si offrivano ai fuochi d'artificio dei membri maschili.

Doveva usare le vecchie veneziane che erano rimaste appese là fin da quando era nata? O quelle nuove, piccole e colorate, che vedeva sui cataloghi che ogni giorno venivano ingoiate dalla fessura per la posta sulla porta? O le Levolor verticali, alte due metri, che ondeggiavano come aggressori spettrali? Spedì un ordine per corrispondenza, poi installò quelle nuove, fatte da lei stessa.

* * *

Erano rimaste appese per mesi, raccogliendo la polvere lungo le listelle, sovrapponendosi, tintinnando quando il soffio dall'aria condizionata le spostava. Si dice che la maggior parte della polvere di casa sia costituita da scaglie di pelle umana. Quella era la prova che lei si stava sbucciando come una cipolla, giorno dopo giorno.

Lora si svegliò con in bocca il sapore di intonaco e mostarda, le cicatrici che mormoravano presagi come feriti oracoli della mitologia norrena. Sentì la nuova finestra esplodere all'interno, vide le veneziana fluttuare nella notte, poi ebbe uno spasmo quando un'ombra cercò di divellere quella barriera.

Accese la lampada, stringendosi nel bozzolo della trapunta. Tremò quando l'uomo col sacco logoro strillò, sgretolando il vetro, schizzando un tuono rosso attraverso le stecche incurvate ma non del tutto cedevoli, risuonando in gong arteriosi e dividendo i battenti dei tessuti molli. A Lora, se socchiudeva gli occhi, parve che l'uomo si allungasse tra le persiane. Filtrò all'interno in orizzontali tentacoli d'inchiostro. Ricadde attraverso le listelle in una moltitudine di innocue lumache che interruppero i loro guizzi non appena colpirono il pavimento.

* * *

Lora strofinò uno straccio lungo una stecca, cercando di ripulire quel pasticcio. Fece una smorfia quando si tagliò, attraverso lo strofinaccio e il guanto in cui teneva la mano deturpata. Forse avrebbe dovuto provare qualche altro metodo per pulire. Quelle veneziane erano pericolose, si era affettata le dita fino all'osso diverse volte prima quando le aveva dovute installare. Aveva perso le estremità di tre polpastrelli.

Poteva sentire i bambini del quartiere, là fuori, lanciare sassi contro le altre finestre della casa, per dispetto.

«Ehi! Sei là dentro?»

Andò all'armadio, aprì la botola del doppiofondo e sollevò la sacca che aveva nascosto prima dell'arrivo della polizia. Toccò con attenta deferenza le cose mummificate e quelle più fresche, appena irrigidite. Molte di loro erano icone del mondo esterno, tracce di città sconosciute ed esotiche terre desolate. Feticci di strane lingue che potevano aver recitato poesie straniere. Fazzoletti-reliquia di carne bollita. Trittici di ossa pelviche. E altre cose. Quali di quelle provenivano dal suo stesso corpo, si chiese?

Ridacchiò, mormorando, col viso infilato nell'apertura della borsa puzzolente. «Ehi! Sono là dentro? Ehi! Sono là dentro?»

Adesso poteva recuperarle, immaginò, vedere cosa ci fosse finito dentro, scegliere in quell'assortimento qualsiasi cosa per ricrearsi di nuovo. Oppure semplicemente toccarle, di quando in quando, senza più la necessità di fissare le tapparelle per ricavare brandelli di mondo. Ora possedeva più di quello che c'era fuori, in concreti talismani, era più di ciò che avrebbe potuto possedere, spiandolo attraverso le listelle. Toccare le veneziane non era davvero sicuro, in ogni caso.

I vetri della finestra tremarono. Le veneziane tintinnarono, migliaia di lamette cucite alle stecche parallele risuonarono, argentee come la pioggia che lei aveva solamente visto.

# CHARLEE JACOB

# L'AUTRICE

CHARLEE JACOB (1952) è un'autrice americana di horror e dark fantasy, tra i più grandi intepreti al mondo del sottogenere hardcore/extreme horror, esplorato nei suoi recessi più profondi, ignobili e ripugnanti con una prosa ricca, lirica, di alto livello che la distingue da tutti gli altri interpreti del gore, dello splatter, dell'horror estremo, e tramite una visione grandguignolesca innovativa, macabra e poetica, colta e visionaria, raccapricciante e brutale nella quale il subconscio è spesso protagonista. Tra i temi più frequentemente sviluppati dalla Jacob, la necrofilia, il cannibalismo, i piaceri devianti come lo stupro e l'incesto, il suicidio, la tortura, il sadomasochismo, l'icubo delle tenebre che insegue, costantemente, il lettore.
Grazie alle sue opere, Charlee Jacob ha vinto ben quattro Bram Stoker Awards e moltissimi altri premi.

Questa sua prima raccolta di racconti, pubblicata per la prima volta nel 1998 (titolo originale: *Dread in the Beast: A Hardcore Horror Collection*), considerata un vero e proprio cult della narrativa horror, sintetizza tutte le caratteristiche di questa grandissima autrice. Include 14 racconti: *Guarda*, *Il Tocco Oscuro*, *Il Giorno della Bestia*, *Diavoli Ubriachi e Mogli Sante*, *Fuoco*, *Golem Girl e lo Spazio-Cripta*, *Trapianti di Delicato Merletto*, *Misericordia*, *Ferita Mortale*, *Il Marchio della Notte*, *Bocca di Bisturi*, *Morti e Splendenti*, *I Limiti di Zen*, *La Donna in Rosso*.

Edward Lee, leggenda della narrativa horror hardcore, ha scritto di Charlee Jacob: "Se esiste una vera dicotomia nel genere horror, questa è rappresentata dalla Jacob che, armata di un talento straordinario, con la sua bellissima prosa riesce a raccontare l'orrore più indicibile e detestabile"
.
Tra le sue opere: i romanzi: *This Symbiotic Fascination* (Necro 1997, Leisure 2002), *Haunter* (Leisure 2003), *Soma* (Delirium 2004), *Vestal* (Delirium 2005), *Wormwood Nights* (novella, Bloodletting 2005), *Dread in the Beast: The Novel* (Necro 2005), Still (Necro 2007), *Dark Moods* (Wilder 2007); le raccolte di racconti e poesie dark: *Dread in the Beast* (Necro 1998), *Up, Out of Cities That Blow Hot and Cold* (Delirium 2000), *Skin* (2000), *Flowers from a Dark* Star (Dark Regions 2000), *Taunting The Minotaur* (2001), *Guises* (Delirium 2002), The Desert (2004), *Sineater* (2005), *Geek Poems* (Necro 2006), *Heresy* (Necro 2007) *The Indigo People: A Vampire Collection* (Wilder 2007), *Four Elements* (con Marge Simon, Rain Graves e Linda Addison, Bad Moon Books 2014).

# INDEPENDENT LEGIONS
PUBLISHING

# CATALOGO

**ES** EDIZIONI STANDARD
**EC** EDIZIONI COLLECTION
**ED** EDIZIONI DIGITALI

# ES

## EDIZIONI STANDARD
### TITOLI DISPONIBILI

### WIDOW'S POINT – IL FARO MALEDETTO
di Richard e Billy Chizmar
Novella – Formato cartaceo ed eBook
**Luglio 2018**

### SAMSARA
di Caleb Battiago
Romanzo – Formato cartaceo ed eBook
**Giugno 2018**

### PUTRIDARIUM
di Paolo Di Orazio
Novella – Formato cartaceo ed eBook
**Giugno 2018**

### CADAVERE SQUISITO
di Poppy Z. Brite
Romanzo – Formato cartaceo ed eBook
**Maggio 2018**

### I FIGLI DI UXOR 77
di Caleb Battiago
Raccolta di Racconti – Formato cartaceo ed eBook
**Aprile 2018**

### HELLRAISER – IL TRIBUTO
di Mark Alan Miller & Clive Barker
Novella – Formato cartaceo ed eBook
**Marzo 2018**

### IL RITORNO DELLA BESTIA
di Richard Laymon
Romanzo – Formato cartaceo ed eBook
**Gennaio 2018**

## MISTER SUICIDIO

di Nicole Cushing

Romanzo – Formato cartaceo ed eBook

Luglio 2017

## HEADER – CACCIA ALLE TESTE

di Edward Lee

Romanzo Breve – Formato cartaceo ed eBook

Luglio 2017

## LA CASA A NAZARETH HILL

di Ramsey Campbell

Romanzo – Formato cartaceo ed eBook

Gennaio 2017

## DISEGNI DI SANGUE

di Poppy Z. Brite

Romanzo – Formato cartaceo ed eBook

Aprile 2017

## MORTE CON CARNE

di Shane McKenzie

Romanzo – Formato cartaceo ed eBook

Febbraio 2017

## SENTIERI DI SANGUE

di Jack Ketchum

Breve romanzo – Formato cartaceo ed eBook

Novembre 2016

## IL CIMITERO DEI VIVI

di Poppy Z. Brite

Raccolta di Racconti – Formato cartaceo ed eBook

Ottobre 2016

## IO VIAGGIO DI NOTTE

di Robert McCammon

Romanzo breve – Formato cartaceo ed eBook

Luglio 2016

**NARAKA – L'Apocalisse della Carne**
di Caleb Battiago
Romanzo– Formato cartaceo ed eBook
Luglio 2016

**SHANTI – La Città Santa**
di Caleb Battiago
Romanzo– Formato cartaceo ed eBook
Luglio 2016

# EDIZIONI COLLECTION

T I T O L I   D I S P O N I B I L I

## TRITTICO HORROR

di Richard Laymon

Contiene tre romanza dell'autore

Contiene 3 Romanzi dell'Autore – Formato cartaceo

Tiratura limitata e copie numerate

Luglio 2018

## VLOODY MARY

di Paolo Di Orazio

Romanzo – Formato cartaceo

Tiratura limitata e copie numerate

Maggio 2018

## IL GIARDINO DELLE DELIZIE

di Caleb Battiago

Raccolta di Racconti – Formato cartaceo

Tiratura limitata e copie numerate e firmate dall'autore

Aprile 2018

## SHINING IN THE DARK

di AA.VV.

Racconti di Stephen King, Clive Barker, Ramsey Campbell e altri

Antologia di Racconti – Formato cartaceo

Tiratura limitata e copie numerate

Marzo 2018

# EC

## EDIZIONI COLLECTION

### IL LIBRO DEGLI ORRORI

di AA.VV.

A cura di Stephen Jones

Racconti di Stephen King, Ramsey Campbell, John Lindqvist e altri

Antologia di Racconti – Formato cartaceo

Tiratura limitata e copie numerate

**In uscita a Settembre 2018**

Preordinabile sul nostro Store

### STORIE DA INCUBO

di AA.VV.

A cura di Stephen Jones

Racconti di Joe Lansdale, Neil Gaiman, Ramsey Campbell e e altri

Antologia di Racconti – Formato cartaceo

Tiratura limitata e copie numerate

**In uscita a Dicembre 2018**

Preordinabile sul nostro Store

### CROTA

di Owl Goingback

Romanzo– Formato cartaceo

Tiratura limitata e copie numerate

**In uscita a Febbraio 2019**

Preordinabile sul nostro Store

### CALCUTTA HORROR

Graphic Novel tratta da un racconto di Poppy Z. Brite

Disegni di Stefano Cardoselli, Sceneggiatura di Alessandro Manzetti

Graphic Novel – Formato cartaceo

Tiratura limitata e copie numerate

**In uscita a Marzo 2019**

Preordinabile sul nostro Store

## QUINTESSENZA HORROR

di AA.VV.

A cura di Stephen Jones

Racconti di Stephen King, Clive Barker, Joe Hill, Neil Gaiman e altri

Antologia di Racconti – Formato cartaceo

**In uscita a Maggio 2019**

Preordinabile sul nostro Store

# ED

## EDIZIONI DIGITALI

### TITOLI DISPONIBILI

**I SOGNI DEL DIAVOLO – Splatterpunk Glory**
Racconti di: Richard Laymon, Poppy Z. Brite, Caleb Battiago e Lucy Snyder
Antologia di Racconti – Formato eBook
Settembre 2015

**DANZE ERETICHE- HORROR EXPERIENCE - Volume 1**
Racconti di: Richard Laymon, Poppy Z. Brite e Paolo Di Orazio
Antologia di Racconti – Formato eBook
Gennaio 2016

**DANZE ERETICHE- HORROR EXPERIENCE - Volume 2**
Racconti di: Ramsey Campbell, Gary Braunbek, Lisa Morton e Caleb Battiago
Antologia di Racconti – Formato eBook
Gennaio 2016

**IN LONTANANZA, UN BATTITO DI ALI NERE**
di Usman T. Malik
Antologia di Racconti – Formato eBook
Aprile 2016

**MR. TORSO – ABOMINEVOLE REDENZIONE**
di Edward Lee
Racconto – Formato eBook
Maggio 2016

**L'INCUBATRICE**
di Paolo Di Orazio
Novella– Formato eBook
Maggio 2016

**SIRENE E FIGLIE FAMELICHE**
di Alyssa Wong
Raccolta di Racconti - Formato eBook
Febbraio 2016

**BEST LEGIONS – I MIGLIORI RACCONTI PUBBLICATI NEL 2016**
di Richard Laymon, Ramsey Campbell, Poppy Z. Brite, Charlee Jacob, Caleb Battiago,
Lucy Snyder, Paolo Di Orazio, Alyssa Wong, Usman Malik
Antologia - Formato eBook
Novembre 2016

**B.I.H.F.F. - SPLATTER PRESENTA: BEST ITALIAN FLASH FICTION**
di Stefano Fantelli, Paolo Di Orazio, Caleb Battiago, Nicola Lombardi, Luigi Musolino,
Poppy Z. Brite, Edward Lee, Charlee Jacob e molti altri
Antologia - Formato eBook
Febbraio 2017

**AREA 52**
di Caleb Battiago
Novella - Formato eBook
Febbraio 2017

OOO INDEPENDENT LEGIONS PUBLISHING

WWW. INDEPENDENTLEGIONS.COM

**INDEPENDENT LEGIONS PUBLISHING**
DI ALESSANDRO MANZETTI
VIA VIRGILIO, 10 – TRIESTE (ITALY)
+39 040 9776602
WWW.INDEPENDENTLEGIONS.COM
INDEPENDENT.LEGIONS@AOL.COM

Consulta il catalogo delle nostre pubblicazioni in lingua Inglese
sul nostro Sito Web